北岳·中国文学年选

《名作欣赏》杂志鼎力推荐
权威遴选
深度点评
中国最好年选

卢翎 ◎ 主编

2018年 小小说选粹

Selected Mininovels

山西出版传媒集团 北岳文艺出版社
BEIYUE LITERATURE & ART PUBLISHING HOUSE
·太原·

图书在版编目(CIP)数据

2018年小小说选粹 / 卢翎主编. —太原 : 北岳文艺出版社, 2019.1
(2018·北岳·中国文学年选 / 续小强主编)
ISBN 978-7-5378-5819-9

Ⅰ. ①2… Ⅱ. ①卢… Ⅲ. ①小小说 - 小说集 - 中国 - 当代 Ⅳ. ①I247.82

中国版本图书馆CIP数据核字(2018)第297511号

书名: 2018年小小说选粹	主　　编: 卢　翎 策　　划: 王朝军 项目统筹: 庞咏平	责任编辑: 高海霞 书籍设计: 张永文 印装监制: 巩　璠

出版发行　山西出版传媒集团 · 北岳文艺出版社
地　　址　山西省太原市并州南路57号
邮　　编　030012
电　　话　0351-5628696(发行部)
　　　　　0351-5628688(总编室)
传　　真　0351-5628680
网　　址　http://www.bywy.com
E - mail　bywycbs@163.com
经 销 商　新华书店
印刷装订　山西人民印刷有限责任公司

开　　本　787mm × 1092mm　1/16
字　　数　334千字
印　　张　21.75
版　　次　2019年1月第1版
印　　次　2019年1月山西第1次印刷
书　　号　ISBN 978-7-5378-5819-9
定　　价　59.80元

序

/ 卢翎

2018年的小小说一如既往地密切关注当下生活的变化，以及这种变化所带来的内心情感的微澜，立足于平民立场，从细微之处入手，热切而真诚地记录下这变化与微澜，成为时代生活的见证。

当今的中国社会已迈过老龄化的门槛，处于老龄化逐步加深的阶段。关爱老年人成了今天社会的重要话题之一。在刘庆邦的《花镜》、张丽的《指爱》、吴鲁言的《红烧青鲇鱼》、王文钢的《书痴尚一品》、刘正权《还是七步》、张正旭的《布谷鸟》等作品中，作者着眼于日常生活中的小事，在充满温情的叙述中，传达出对老年人的理解与关爱。一幅老花镜的曲折“旅行”，是全家人对燕奶奶一生操劳的理解与体恤，他们也以尊重与信任传达着对燕奶奶的感恩与敬爱（《花镜》）；母亲那双曾“换取一家的温饱”的手，是那样令人触目惊心，“粗糙干裂、指关节变形”“丑陋不堪”，一次专门为母亲做的美甲，是抚慰，更是深深的爱（《指爱》）。对老年人的理解与关爱还意味着责任与无私奉献。七步，是张凤莲抱着瘫痪的婆婆从卧室到卫生间的距离，婆婆曾经的恶语相向使这短短的距离变得漫长而艰难，张凤莲的默默忍耐是一种无私无怨的爱与奉献；此外还有每天为村里的老人们读书的尚一品（《书痴尚一品》），倾其所有扩建了养老院的歪痣哥，带着深深的愧疚焦急地寻找爷爷的妻子（《布谷鸟》）……这是一群默默奉献的人们，他们令人感动，也使2018年的小小说中拥有了爱与善的温暖。

随着中国社会现代化进程的加速、经济的迅猛发展，越来越多的人失去土地、故乡、家园，无处安置的乡愁在今天已成为中国人心头的“疼痛”。王小龙的《你自己走好》以“我”在冬至的夜晚寻找师傅为线索，交替呈现记忆中二十世纪七十年代和今天的生活图景。对于上海这座发展迅猛的国际化大都市来讲，几十年的时间，其变化之大，不啻于沧海桑田，令人恍如隔世。“我”穿行于城市的街巷间，寻找师傅，驾车行驶路线就是这座城市急剧扩张的图景，昔日农田成为今天繁华的闹市区，那承载着师傅生命与生活记忆的老宅，已然一片瓦砾。巨大的“拆”字围起来一片片“破砖烂瓦”，是城市人的“故乡”，亦如乡村的土地，承载着全部的记忆，承载着恒常稳定而温情的乡村文化，它们带给我们温暖与寄托。“城市扩张是个大漩涡，越转越大，越转越快，水面上下的渣滓就被远远地甩到边缘去了”，师傅失去了“故乡”，到了有着“大兴安岭的凛冽和肃杀”的城市“边缘”。在冬至，他凭依稀记忆，来到老宅，与阳阳做最后的告别，也与自己的“故乡”做最后的诀别，“冷风吹过废墟，黄表纸火旺，一片片黑灰纷纷浮起”，这凄凉的情景正是从此背井离乡的师傅内心的伤痛。此外，一次“购买的一项虚拟服务”（胡晓江《雪国》）；一棵返乡后因“水土不服”而枯萎的桂花树（秦德龙《桂花树》）；母亲珍藏着的那把陪伴了生命中风风雨雨的老钥匙（王举芳《一把老钥匙》）；那根线断了，四处漂泊，无处可落的风筝（徐国平《飘逝的风筝》）；还有，稻草爷的那些无用的稻草（宗晴《稻草爷》）……当这些琐碎的小事、被遗忘的小物件一一呈现于我们面前时，它们不再是具体一事一物，而成为一种力量，扰乱我们的心绪，击中时代生活的“痛点”。

在这个快速扩张的城市中，背井离乡的不仅仅是师傅们，还有另一个群体，他们来到城市，漂泊、打拼。他们不堪重负，却不得不负重前行；在偌大的城市里，可供他们的栖身之地如老鼠洞般狭小，唯有老鼠“时常坐在书上，望着我，黑眼珠不动，里面汪着水，莫名其妙地有趣”，“我与城市的老鼠安然共居，少却很多寂寞”（飞鸟《城市的老鼠》）。“我”与老鼠的“惺惺相惜”

不仅是艰难生存的写照，还是一个漂泊者内心的孤独与寂寞。阿社的《他乡是故乡》、侯发山的《竹子开花》、非鱼的《姑娘，你是失恋了》、甘应鑫的《酒吧外的猫》等作品，从不同角度出发，怀着深切的同情将这种“背井离乡”的艰辛、酸楚与无奈表达得淋漓尽致。

复达的《北纬三十度的海味之刀鱼又叫杀猪刀》、蒋寒的《活成机器》、胡正彬的《一错而就》、宁春强的《心结》、女真的《办个事情》、李忠元的《培育一只功能奇特的虫子》、曾宪涛的《老祝的地盘》、佟继萍的《无妄之忧》、迂夫子的《老孙的科学生活》、张丽丽的《水中人》等作品，从社会问题出发，对种种社会问题以及怪相，诸如生态破坏、城市病、社会陋习等进行了有力地批判，传达出一种忧患意识。

如果说，这一切都使2018年的小小说成为一种有温度的表达，传达了强烈的现实关怀；那么，2018年的小小说因在另一个向度上即对存在的探索与发现，而具有了高度、力度与重量，是2018年小小说的收获。

米兰·昆德拉称小说家为“存在的勘探者”，“小说不研究现实，而是研究存在。存在并不是已经发生的，存在是人的可能性的场所，是一切人可以成为的，一切人所能够的。小说家发现人们这种或那种可能，画出‘存在的图’……存在就是在世界中。因此，人物与他的世界都应该被作为可能来理解。”（米兰·昆德拉《小说的艺术》）从这个意义上说，小说要表现人类存在的真实境况。

篇幅的限制是对写作者艺术智慧的极大考验。如何戴着镣铐舞蹈？林斤澜曾说：“作家面前摆着汪洋大海，写到稿纸上纵有百万字，也不过取一瓢水。这一瓢水到了读者眼里，却又勾起一个湖泊、一条溪、一片海洋。”（林斤澜：《短篇短见》）其实，任何小说都是有限的、局部的、带有片面性的，而优秀的小说家往往可以凭深邃的思想、高超的艺术智性在这个局部、片断与整体性的世界和人之间建立起隐秘而坚实的联系，让我们在“一瓢水”中领略“一片海洋”的景象，洞悉存在的真相。宗璞的《你是谁？》就是一篇这样的作品。它巧妙截取了张过与董芊晚年日常生活的一个片断，失忆的张过四处寻找照片上那个“绮年玉貌”的董芊，他“站在草坪上”，大声喊：“董芊!董芊!你在哪里?”面对苍老的董芊，面对董芊千百次地应和与解释，他却问不停地追问“你是谁?”他们曾经在月光下大海般辽阔的草原上轻快地奔跑过，他们曾拥有过绚丽飞扬的日子，亦曾相濡以沫风雨同舟……但是，张过如陌生人般的追问缠绕着董芊，“拉着她跑”，她开始怀疑，怀疑所有的一切，她不禁也要问：“你是谁?”于是在这一时刻，锥心之问“你是谁？”成了永远的追问。留白使作品产生了强大的艺术张力，不仅凸显人物晚景的悲凉凄苦，而且将人的荒原般的精神境遇推向极致。作品以强有力的美学表达直抵存在的真相。

阿成说，《会计》“写的是人的困境”。作品的叙述有些杂乱，读起来甚至有些涩滞的感觉，但掩卷回味，却有一种悲凉的意味挥之不去。出差途中，会计的生活如此乏味、百无聊赖，吃冰棍、水饺，观看“享福的娘们儿”，都是些“寻常小事”，但是“在生活中，它们却顽强地存在着，并被它们困扰，被它们左右，甚至被它们扼杀”（阿成）。当会计眼含泪水向“我”展示那条“布满补丁的衬裤”时，荒谬孤独绝望而又无从逃遁的“困境”令人错愕，这是人的精神的荒芜图景，或许是存在之孤独的秘密。

从“寻常小事”中发现与捕捉人性的诡异，个体生命所承受的创痛，在极致化的境遇中表达存在感。像双雪涛的《抱河》、安勇的《改口》、金海曙的《洗澡》、孟琳峰的《猫眼》等作品，将人物置于一种身不由己的境遇——一个不是由他所控制的“世界”中，让“我”无时无刻不想逃离的“爱情”（《抱河》），困扰着“我”的历尽艰辛也万难出口的“称谓”（《改口》），以及对“浴池”的近乎偏执的打造（《洗澡》），乃至“我”固执只能通过猫眼与他人交流（《猫眼》），这些孤独的个体，一直处于种种莫名的困扰之中，这些困扰无法预料，他们亦无力抗争。随着情节的推进，他们被一步步逼向绝望的境地，越是挣扎就越是堕入“深渊”。孤独、恐惧、尴尬……这些饱受创痛的个体复杂而痛楚的生命感觉，令世界的荒谬、人性的幽暗以及无尽孤独呈现出来。对存在探寻与发现使作品于人生的庸常、暗淡之处照亮了世界。

日常生活琐碎庞杂，遍布经验的陷阱，稍不留意便会滑入苍白与平庸，尤其是在大众文化日盛的今天。2018年小小说中不乏流连于琐屑经验的镜像呈现之作，停留于日常生活的表层，满足于对日常生活的复制，个体经验的重复，在不经意间对存在进行着缩写和简化。对此，我们都应当怀有一份必要的警惕。小说创作是一种精神创造，在深邃思想和强大艺术智慧的支持下，对日常生活进行审美再建构，叩问存在。正如本雅明在《讲故事的人》中所言："写小说意味着在人生的呈现中把不可言诠和交流之事推向极致"，显示的是"生命的深刻困惑"。

2018年12月

目录

第三辑

第四辑

第五辑

第六辑

第七辑

第八辑

第九辑

第十辑

第一辑

你是谁?

/宗璞

他回到家里，走进卧房，看到一个头发花白的陌生女人坐在窗前的扶手椅上喝茶，很觉奇怪，大声问道：“你是谁?”

那女人看着他，满眼都是泪，沉默了一会儿，站起来说：“我是董芊，张过你不认得我吗?”

张过冷笑道：“你说你是董芊？你以为我不认得她吗?”他指着墙上的照片说：“这才是董芊，我和董芊。”那是一张结婚照。那时的张过头发蓬松，面目英俊，身边的董芊披着婚纱，天使一般。这句话，是他当年说过的。“看见了吗？敢来冒充?”

张过很饿，到厨房找了些饼干，又找到了牛奶，自己吃着。董芊不理他，打开衣柜去取衣服。张过跟过来，大声叫道：“你敢偷董芊的衣服!”拿起手机打电话报警。董芊知道他会动手，便关了柜门，回到扶手椅坐下。

一会儿，两个警察来了，互相说这场面也不是第一次了。问张过什么事。他说：“这个女人要偷董芊的衣服。”

警察劝他道：“这就是董芊，她还给你做饭吃呢。”

张过指着墙上另外一张董芊的半身照片，那真是绮年玉貌，说：“她才是董芊。”

一个警察说：“她老了呀，董芊老了呀。”

另一个警察说："像你一样，你也老了。你看你头发都秃了。"他的头发只剩下周围一圈，中间光秃秃地发亮。

他一拍桌子，说："别啰唆！你们把董芊赶到哪儿去了？我要去找她！"说着，推开两个警察夺门而出。

屋外是一片大草坪，笼着淡淡的月光，他站在草坪上大声喊："董芊！董芊！你在哪里？"

董芊追出来跟着他跑，也大声叫："张过！张过！我在这里！"她跑得上气不接下气。

张过停止脚步转过头来。他看着眼前满是皱纹的脸，怀疑又同情地问："你把董芊藏到哪去了？你是谁？"他想了一想，又大声问："你是谁？"

"我是董芊。"董芊委屈地说，"你是张过，你不知道吗？我们回家吧。"她的声音很低。

张过喝道："你骗人！这世界到处都是骗子！我要去找董芊。"他说着，又向另一个方向跑去。那里不远有一个养老院。月光下有几个老人在乘凉，他们看见张过，问道："你来做什么？"

张过道："我来找我的妻子，她叫董芊。"

董芊也赶到了，说："我就是董芊，对不起，他失去记忆了。"

一位老人道："好啊好啊，什么都忘了才好呢。"

另一位有点绅士模样的老人说："苏格拉底曾经说……哎呀，说什么我忘了。"

又一位老人笑道："可别忘了吃饭。"

沙哑的笑声中夹杂着一两声轻轻的叹息。

张过对董芊说："你不要老跟着我，你是谁？"

养老院的管理员走过来，劝说道："你们回家吧。"

张过看看周围的人，又看看董芊，好像有点明白，迟疑地拉住董芊的手，向他们的家走去。如水的月光倾注在那片草坪上，照出两个老人的身影。

走着走着，张过忽然站住了，猛力推开董芊又向前跑，一面大声喊。这次喊的不是董芊，而是一个追问："你是谁？你是谁？"

张过的声音飘过来，把董芊缠绕住了。董芊很累，但是这个声音拉着她跑。她也要问："你是谁？你是张过吗？"

许多年前她和张过也这样跑过。那时是她在前面跑，张过在后面追。那是呼伦贝尔大草原，月光照着无边际的草原，他们好像在大海上，海浪簇拥着他们。他们跑得很轻快，月光和草原连同那轻快的感觉都过去了，只留下变了形的记忆，还有那永远的追问。

"你是谁？你——是谁？"

选自《上海文学》2018年第1期

评鉴与感悟

篇幅的限制是对写作者艺术智慧的极大考验。如何戴着镣铐舞蹈？林斤澜曾说："作家面前摆着汪洋大海，写到稿纸上纵有百万字，也不过取一瓢水。这一瓢水到了读者眼里，却又勾起一个湖泊、一条溪、一片海洋。"（林斤澜：《短篇短见》）其实，任何小说都是有限的、局部的、带有片面性的，而优秀的小说家往往可以凭深邃的思想、高超的艺术智性在这个局部、片段与整体性的世界和人之间建立起隐秘而坚实的联系，让我们在"一瓢水"中领略"一片海洋"的景象，洞悉存在的真相。宗璞的《你是谁?》就是一篇这样的作品。它巧妙截取了张过与董芊晚年日常生活的一个片段，失忆的张过四处寻找照片上那个"绮年玉貌"的董芊，"他站在草坪上"大声喊："董芊!董芊!你在哪里?"面对苍老的董芊，面对董芊千百次地应和与解释，他却问不停地追问"你是谁?"他们曾经在月光下大海般辽阔的草原上轻快地奔跑过，他们曾拥有过绚丽飞扬的日子，亦曾相濡以沫风雨同舟……但是，张过如陌生人般的追问缠绕着董芊，"拉着她跑"，她开始怀疑，怀疑所有的一切，她不禁也要问："你是谁?"于是在这一时刻，锥心之问"你是谁? "成了永远的追问。留白使作品产生了强大的艺术张力，不仅凸显人物晚景的悲凉凄苦，而且将人的荒原般的精神境遇推向极致。作品以强有力的美学表达直抵存在的真相。（卢翎）

北纬三十度的海味之刀鱼又叫杀猪刀

/复达

年轻时，有一次去表哥家。表哥指着砧板上的两条刀鱼说，这“杀猪刀”刚从船上拿来的，透骨新鲜。看那刀鱼，银白色，锃亮锃亮的，头与背部虽有点浅蓝，也泛着亮泽。时值清明时节，正是吃刀鱼的好时光。可是，刀鱼咋又叫“杀猪刀”呢？表哥说，你看这鱼侧扁的，形体像把刀。这刀，与杀猪刀的形状差不多一模一样呢。

确实像一把杀猪刀。胸鳍、臀鳍和尾鳍连在一起，呈微弯的弧形，尾鳍短小而尖，活脱脱如一把刀——杀猪刀。

这是我第一次听到将刀鱼叫作杀猪刀的。后来，有一次与一渔民老大吃饭，他也指着端上来的一盆刀鱼说，这杀猪刀蛮新鲜，多吃点。

想来，把刀鱼叫作杀猪刀的不乏其人。刀的种类好多，菜刀、弯刀、砍刀、镰刀等，将一种鱼唤作刀鱼的，已很形象，岛上的人则更具象化，直唤杀猪刀。

就让我想到小时候，在老家村里杀猪的情景。

村里无专门的屠夫，却有位会杀猪的，也有把杀猪刀。我唤他堂哥。村里养猪的少有，偶尔所养的，常常是儿子要娶亲的人家。待到要办结婚酒的前两天，所养的猪就得杀掉。那户人家便请来堂哥，几个男人也一起帮忙。杀猪时，堂哥解开灰黄的布兜，取出闪着亮光的杀猪刀和一块薄如火柴盒般的磨刀石，把锋利的杀猪刀磨上几下，似乎磨过后更锋利，或者更顺手。四个男人就前后各两人捉猪，前面的一手抓猪耳朵，一手紧紧捏住前蹄，后面的各握住猪后腿，使劲地向两边拉。猪就被捉到两条矮凳拼成的台板上，拼命地挣扎，拼命地号叫。只见堂哥左手摸一下猪头颈，然后，用力一刀刺进去，又使力一旋，便拔出来。一股猩红的鲜血瞬间喷射出来，流淌在地上的一只脚桶里。滚烫的热水早已烧好，倒进边上的一只大木桶。咽了气的死猪就被浸泡在大木桶里。堂哥又拿出把薄薄的刀片，褪去猪毛，一只白白胖胖的猪被捞出来，放在矮凳上，四脚朝天。堂哥又用杀猪刀沿着猪头颈切下去，却未割下猪头，留了一层皮肉，一看上去依旧似全猪的模样，那是因为晚上“相喜”时要供奉菩萨的。随后，破开肚子，取出内脏，用清水清洗一下光裸裸的肚子。做完这一切，堂哥就擦洗杀猪刀，装进布兜里。堂哥是种地的，杀猪只是偶尔为之，也不收人家工钱，只拿一副大肠、两只肾脏。我很佩服他的胆大敢为，也十分欣赏他的那把闪光的杀猪刀。

对村里人来言，可谓没有杀猪屠，也不会吃带毛猪。

——有一把杀猪刀就行。

像杀猪刀的刀鱼，味道却鲜美得不得了。

渔谚说，“春潮迷雾出刀鱼。”刀鱼是春季最早的时鲜鱼。那时的刀鱼，泛着银光，透着微黄，一派娇嫩的模样。清炖，酱渍，都肉质细嫩，肥而不腻，兼有微香。清朝李渔说，食鲥鲟易腻，但刀鱼“则愈甘，至果腹而不释手”。

刀鱼味美，吃着时可得注意肉中细软的小刺。岛上流传鱼刺越多、味道越鲜的说法。这刀鱼的刺十分细密，味道自是十分鲜美，似乎在印证这说法。因此，吃刀鱼时，不像吃其他的鱼那样去咬，而是得抿和吮。将刀鱼肉箸进嘴里，专注地、不声不响地慢慢地抿，细细地吮，一副温存的状态。嘴抿唇吮之间，把那细刺吐出来，再回味鱼肉的鲜香，才觉出刀鱼的美味。

一盆两条的刀鱼上来，原本围着席桌正在聊天的人往往会一下子静下来，看着我拿起筷子，轻巧地夹住刀鱼的头，徐徐地从头开始剔骨，直至鱼尾。倘刀鱼新鲜，清蒸得火候又正好，二三十厘米长的鱼骨从头至尾都能剔除出来，两片刀形的鱼肉分开两边，露出嫩白的肉质，很诱惑样的。这样的鱼，除了怕刺的，没有一人不由衷地去箸着吃。

我喜食刀鱼，也不怕刺。

老婆知道我喜吃，若菜场里有刀鱼，总会买上两条，清蒸、酱渍或者红烧，滋味不一，却让我吃得胃口大开。有时去饭店吃饭，朋友问我点什么菜，我会脱口而出：来盆刀鱼吧。一位二十多年前认识的定海老朋友是个有心人。很重情义，第一次吃饭点过刀鱼后，便铭记于心。待接下来的相见聚餐，他就不忘给我点刀鱼，除非饭店里无货。吃着朋友点的刀鱼，味道自然要比自己点的更好。刀鱼里蕴藏着朋友之情啊。

其实也怕刀鱼的软刺。有好几次，一不留神，软刺就卡在喉咙或者上腭里，令我如呕吐一般，发出的声响会震动屋面似的，眼泪也呕了出来。然而，这与我吃河鲫鱼不一样。好些年前，吃河鲫鱼时，也是一枚细刺卡在了喉咙里。河鲫鱼的细刺比刀鱼的硬一些，也有弹性。卡在喉咙里，手指够不着，用大口的米饭吞下去，也如一阵风吹过，让我难受了两三天。从此，就怕吃河鲫鱼。可是，刀鱼的软刺只要不深陷进去，还是可以随着饭菜吞下，或者拼命地呕几下就能消除。更何况，刀鱼的美味是那样深深地吸引着我，哪能挡得住品味的食欲？挡都挡不住。

在我们岛上，渔民老大没有专门捕捞刀鱼的网具，大多为兼捕。因为刀鱼栖息在近海，一些小的渔船就用拖网、串网捕捞，量总是不多。后来，才知道，在每年的二三月份时，刀鱼会游向江口，溯江而上，进行生殖洄游。甚而，产卵的群体会沿着长江进入湖泊、支流，加以产卵。然后，才陆续返回大海。幼鱼也顺水洄游至河口区肥育，第二年再回到海中。怪不得有时海里的刀鱼那么少。

海是刀鱼的老家，是它赖以生存的温床。岛上的人们都知道，刀鱼是生活在海里的。

知道长江刀鱼是后来的事。

几千元甚至上万元一斤的长江刀鱼，一炒，人们就感叹，这长江刀鱼果真那么好吃？

当海里的刀鱼向长江游动，溯江而上后，刀鱼承载着普通人们对“浮华”的幻想。那些贪心的渔民、不法的商贩、黑心的餐馆老板，像是约定过的，一起哄抬价格。所谓的长江刀鱼，它何时想到过自己有那么高的身价？不过是一种普通的海鱼罢了。可是现今，刀鱼的早春，再不是“拔刺银刀刚出水，落花香里鮆鱼肥”，过去那种长江刀鱼的影子，离百姓越来越远。

对长江刀鱼而言，清明是它的宿命。据说有这样的说法：“清明前鱼骨软如绵，清明后鱼骨硬如铁。”缘由长江刀鱼在清明前后会进行交配，交配之后，骨头开始变硬，犹如一个姑娘失去贞操后变为妇女吧。鱼骨变硬的长江刀鱼也就花容失色，价格一落千丈，寻常百姓才得以买一些回家。一条长江刀鱼多少蕴含了人间起落沉浮的意味。

在我们岛上，我未曾听说过清明前、清明后的刀鱼有啥区别的说法。只要是锃亮的，透骨新鲜的刀鱼，其味道还不一样？

没有海里的刀鱼，哪来长江刀鱼？

未尝过初春时的长江刀鱼，海里的刀鱼味道就是最鲜美的。

忽想，当海里的刀鱼溯江而上后，那刀鱼不知有否郁闷过，自己咋非要游向长江进行交配、放卵？就这样被不明不白地捕捞上来。或许，更多的刀鱼会感到高兴、荣耀，哪里的刀鱼会有如此的高价？不由得沾沾自喜吧。可是，这些都是产卵放子的刀鱼啊，一旦被赶尽杀绝，岂不断子绝孙？

这清明前的长江刀鱼，当真犹如杀猪刀，被那些贪得无厌的人高高举起，哄抬高价，却总有人喜滋滋地购买，津津有味地吃食。竟然连刀鱼的交配都未来得及，就被一刀捅死，卖得好价。

这样的杀猪刀，厉害！

选自《文学港》2017年第11期

评鉴与感悟

作品语言朴实生动，让人读之生趣。“杀猪刀”的含义层层递进，越来越深刻，发人深省。

清明节前的刀鱼在长江入海口，因为在淡水和海水的交界处，肉质异常鲜嫩。但由于水质污染和捞捕过度，长江刀鱼产量锐减，物以稀为贵，物价哄抬达到了几千甚至上万元。

第一次听说刀鱼还有杀猪刀这样的称呼，本身说鱼像刀已经足够形象了，能起出这样的名字说明这刀鱼融入了人们的生活。人们对它足够熟悉，有亲切感，才会有“杀猪刀”这样接地气儿的说法。文中的“杀猪刀”有三层含义：第一层便是单纯的像杀猪刀一样的刀鱼，银白锃亮，肉质鲜嫩，这表达了渔民对刀鱼的喜爱；第二层是杀猪刀本身，锋利勇猛，手起刀落，代表着岛上渔民淳朴的生活和豪爽果断的性格；第三层是人们利用“长江刀鱼”的噱头“宰人”，哄抬物价赚取高额利润，利欲熏心不讲情理，这“杀猪刀”和渔民的生活没有任何联系，只是被奸人利用的工具。本身这“杀猪刀”是渔民生活的一部分，人们喜爱吃“杀猪刀”，也吃得起，平时下海捕几条就够饱餐一顿，这里面饱含着渔民生活的忙碌热闹；大家都知道“我”爱吃，每次都为“我”点刀鱼，这里面是亲人朋友对“我”的关心，温情满满。可商人们把这一切都破坏了，“杀猪刀”变成了挥向刀鱼自己和消费者的利刃。“杀猪刀”在交配生产前就被捕获，数量越来越少；价格越来越高，让消费者望而却步，满足那些猎奇的有钱人的好奇心。“杀猪刀”完全失去了最开始渔民赋予它的意义，此情此景，让人扼腕叹息。（吴春明）

抱　河

/双雪涛

忘记了那是哪一年，大概是刚刚参加工作的时候，和同事喝完了夜酒，我独自一人沿着滨河路往家走。刚过了三九，几场雪下过，剩下单纯的酷寒。其实饭店离我家有大概三四公里，不过你知道，一个人刚喝了一肚子白酒，觉得有的是力气的，也觉得身上的衣服无比厚，身体像热气球一样肿胀。浑河已经结冰，从路堤上看去好像上了油的门板，我走了大概二十分钟后，忽然脑袋灵光起来，如果我按照原来的路线回家，需要在前面绕一个弯，如果我从河上过去，再从对面的河堤爬上，会节省一半的路程。我经常在这条路上走，怎么早没想到？我翻过栏杆，从土堤上滑下，一屁股坐在冰面上。结实得很，比马路还硬。对面高楼的灯光闪烁，直上云霄，天上没有一颗星星。走了大概五分钟，我看见一个人躺在地上，四仰八叉，好像被迎面飞来的子弹打倒的士兵。我走过他身边，是个活人，正在睡觉，穿得相当严实，帽子手套都有，脚上一双老式的黑棉鞋，嘴里鼻孔喷着哈气。

我又往前走了几步，想了想，还是折返回去。我蹲下，用手推了推他的肩膀说，朋友。他没有反应，睡得很实，眼屎都已经结冰。我又推了推他说，朋友。他醒了，侧过身子看着我，看了半天说，喝了？我说，一点点。你这样会冻死。他说，茅台？我说，是。他坐起来说，离我近点，再给我吹吹。我说，吹什么？他说，吹气，香。他四十岁左右，满脸乱七八糟的胡子，没修没剪，没有酒味，好像就是不小心睡着了。我说，回家睡吧。他说，你家在哪？我说，前面亮灯的就是。他说，那么多灯，哪一间？我说，那我说不出来。他说，我看你是骗人。我说，我骗你干吗？他说，我看灯已经灭了，是个黑屋子。我说，胡扯，我媳妇肯定亮着灯等我。多晚都会等。他说，对你那么好？我说，习惯了，我不回去她就睡不着。他说，说得有鼻子有眼，她长什么样？我说，我为什么要告诉你？我得走了，你爱睡就睡吧，人自己作死谁也拦不住。他说，你和她有感情？我说，这不是废话吗？他说，没她活不了？我想了想说，也不是，也能活，就是得换种活法。他说，诚实。他看了看我，发现我并没有要走，就点点头说，我啊，也有个老婆，也在亮着灯等我，你看河边那栋楼，第十七层，把山的那扇窗户，就是我家。我说，看不见。他说，不急，你听我讲完。我十八岁的时候喜欢一个女孩儿，你十八岁喜欢过女孩儿吗？我说，喜欢过，一个短头发的女孩。他笑了笑说，我那个女孩也是短头发，她多高？我说，一米六四。他说，她高一点，一米七。她现在在干吗，你知道吗？我犹豫了一下说，知道。在北京教书。他说，教什么？我说，在高中教物理。生了个男孩儿，三岁了，一头又黄又软的头发，脾气很坏，老爱动手打人。他说，你怎么这么门儿清？我说，我就是知道，我们曾想一起去看北京天安门，坐绿皮火车，后来……他说，我那个女孩儿啊，没这么有出息。她最大的梦想是做家庭主妇，就是烧饭收拾屋子带孩子。十八岁她就确定，她将来一定干这个。你知道为什么啊？我说，为什么？他说，因为我啊，她就想一辈子照顾我，让我舒舒服服的，活得比我久一点，看着我好好地死。我说，想得真远。他说，别小瞧女人，女人都想得可远了。当时我觉得我的人生还很长，哪能就这么算了？我就跟她说，你让我再玩几年，然后我们在一起活到死。她说，你要玩几年啊？我说，十年吧。她说，那行，就十年，十年之后我们在一起。我说，然后呢？他说，然后我就一直玩啊，开心极了，也觉得没劲过，但是十年一晃就过去了。她就来找我，说，现在行了吗？我说，你怎么还记着啊？她说，我们不说好了吗？她那时候不知怎么搞的，胖了，衣服也不会穿，大夏天穿了一条花的连衣裙，腰上都是肉，好像个陀螺，手老动来动去，也不知道是哪痒。我说，你快走吧，我不认识你啊。她说，要让我再等十年吗？我说，没有十年了，十年之后你不得吓死我？我一分钟都不要跟你在一块待着。她说，我可以换身衣服。我扭头就走，就在这个河边，她从后面拉我，说，我现在烧菜烧得可好吃了。我打开她的手，开始跑，她就追我，鞋都甩飞了，但还是没我跑得快，我一口气跑到这河的上游，有个坝，现在没了，那时候还有个土坝，我就从土坝上跑过去，然后藏在汛情管理处的后面，她在坝上左顾右盼，找不见我，等了半天，捡起鞋子从原路走回去了。我说，后来呢？她找到你了吗？十年后？他说，后来啊，后天一天晚上她换了一身衣服，比原来的还要难看，审美确实不行啊，那天涨了水，她不小心掉到这个河里淹死了。我说，不小心？他说，不小心，她笨得要死啊，浑身不协调，当然是不小心从栏杆上翻下来了。我看着他，他撇了撇嘴，好像挺得意的样子，下一秒他的眼睛突然一亮说，朋友，我也搞不懂啊，她的尸体给冲到下游，跟一堆垃圾在一起，我才知道我爱过这个人啊，只爱过这么一个人啊。他没有要哭，眼睛越来越亮说，爱一个人的感觉可真好啊，即使她死了，你可懂？我说，我不懂。他说，没事，不是什么体质的人都可以爱人。我后来也结婚生孩子，但是每年她的生日，我都到这河上睡一觉，我抱着这条河，你说奇怪不？如果我在床上睡觉，几乎每晚都梦见她，梦见她光着脚追我，又丑又笨又着急。梦见她在河边走来走去，自言自语。梦见她十八岁给我的信，信里说，我们将来要生一个八斤重的女孩。我每年的今天，在这条河上睡，我不会做梦，一觉睡到天亮，一点不冷，睡醒一身都是汗，好像有人把我抱在胸口，下巴顶着我的脑袋，用手拍着我。所以啊，你可知道你今天耽误了我的事吗？我说，我知道。我感到酒劲过了，无比恐怖的寒流包住了我，周遭的所有东西都似乎从没见过，从不认识。过往发生的事情有的急速膨胀，向我扑来，有的萎缩，风筝一样向远处仓皇退去。他说，你再仔细看看，你家的那盏灯还亮着吗？

他看我没有说话，就卧在冰河上，两只手伸开，紧紧贴着河面，又睡着了。

选自《上海文学》2018年第1期

冬天的浑河结了厚厚的冰，凉气渗人，但却有人在河上安然入眠，就像在家中温暖的被窝里一样。

男人年轻的时候也是一个放荡不羁的人，有一个女孩一直爱他等待着他，他却从来不曾正眼看一眼。女孩为了想做家庭主妇，为他练习煮饭，胖成了一个真正的“妇女”，更遭男人嫌弃。最后男人说女孩是不小心掉到河里面的，其实“我”不相信，女孩更像是心如死灰最后跳河自尽的。

作品恐怖之处在于男人在讲故事的时候并没有悲伤难过，而是好像很得意的样子，眼睛越来越亮。男人想象女孩生命在浑河中延续，他把这份愧疚和爱寄托到这条河中，变成了一个疯子。一个人总要为他欠下的债付出代价，可能男人对女孩再温柔一点，或者干脆拒绝，都不会发生这样的惨剧。

这种夜间行路，突然遇到灵异事件的叙述模式有点像《聊斋志异》，给人的感觉也是同样的汗毛倒立。可能“我”回到家中的时候会开始珍惜自己的妻子，紧紧拥抱她，珍惜那盏为“我”一直明亮的灯。希望天下无论有情无情之人都学会尊重和珍惜，让这个世界少一些冤魂、痴人。（吴春明）

喊魂之你自己走好

/王小龙

晚上，忽然接到师娘打来的电话，说师傅不知道去哪里了。师娘从来没打过电话给我，我有时打给师傅，难得她接过来说几句，还没说完就被师傅抢回去了，嫌她啰唆。师娘说师傅吃过晚饭出去的，到现在没回家。我看看手机显示，九点多，不算太晚，可是对长辈来说就有点反常了。我问师傅带没带手机出去，问完心想这不废话，来电显示的就是“师傅”二字。师娘说刚才抓起老头子手机看看，揿了一下就打到你这里来了。哦，是我替师傅设定的，有事揿“1”，找我。可是现在，我不知道能做点什么了。猜猜师傅去哪里了？瞎猜有啥猜头。要么出门去找？外面那么大，找不过来。我只好说不急不急，还是废话，不急师娘也不会抓起电话瞎揿。我稳住师娘，说我马上出门，先来家里看看再说。

师傅搬家有大半年了，新房子不近，南北高架朝北过去，长江西路匝道下来，前面一个路口右转，呼玛小区就横在那里。他原来的家在中山北路五号桥下，那里有一堆本地房子，都是从前自家造的，有条件有机会就一再翻修，反正横七竖八一家一个样子。师傅家坐南朝北，方位不错，还有一小片空地圈起来当院子，天气好的时候师傅朝躺椅上一歪，晒晒太阳喝喝茶。院子里能看到内环线高架，上下车辆轰隆轰隆地早晚不停，清静是没有可能了，热闹一点也好，省得老头子恹气。这地块，说了好几年拆迁，开始是动员归动员，日子照旧过，陡然哪一天，大红的宣传横幅一拉，动迁期限和补偿条件贴在墙上，就有人天天上门来做工作了。哪里都是这样，城市扩张是个大漩涡，越转越大，越转越快，水面上下的渣滓就被远远地甩到边缘去了。渣滓就是平头百姓吧，像师傅家这样的，本来就不在市中心，老早是环城以外，相当于郊区，后来市区一点点大出来了，终于有一天大拆大建要把你连根拔掉，一家一当装上卡车拖去哪里。会给钱的，补偿的那点钱大概能买原地新楼的一个卫生间。也可能给房子，房源都很偏，远到你这辈子都没听到过，更别说去过。呼玛小区，听听这名字，有没有感到大兴安岭的凛冽和肃杀？

我到楼下发动我那辆旧吉普，等水温表有了反应，一挡起步，二挡慢慢开出狭窄的弄堂。下午开始降温了，方向盘冰凉，手都抓不上去。出弄堂口朝南，陕西南路到肇嘉浜路左转，到重庆南路再左转，上南北高架朝北，到呼玛小区将近二十公里。我还是不清楚去做什么。去问问师娘情况，兴许能找出点线索？我成警察了我。别说，去了陪师娘说说话，实在太晚了师傅还不到家，恐怕真的要报警。网上倒是时常看到老人走失家人求助，大多老年痴呆，个别家庭矛盾出走，也有出门乱走迷了路，找不回来了。我师傅都不可能，老驾驶员迷路是笑话，也没有痴呆症状，又从来不跟师娘吵闹，在家里酒喝多了只会嘿嘿嘿笑，由师娘骂他老不死的十三点，赶快把他弄到床上去摆平。就这么东想西想，开上南北高架，笔直朝前一条路了，思想却集中不起来。

呼玛小区，这地方老早是宝山县的农田，我们那时开卡车去宝钢，或者去石洞口码头上车客渡到崇明，会路过那里。当时共和新路到长江西路就没了，接着下去应该叫纪蕴路，一二八纪念路到蕴藻浜，路变成市郊的普通公路，两车宽，刚够交会，路面条件不好，被重载卡车压得坑坑洼洼。我记得起来是因为那年开始学卡车驾驶，中山路环线以外郊区教练半年，空车我开出去，重车师傅开回来。老厂出车习惯比较早，师傅在教练位置上补一觉。我开车他还是放心，郊区教练三天下来，他就一句评价，人聪明，没办法。我看他打着呼噜，睡得安稳，一路颠簸也照呼不误。共和新路宽广，过来速度不慢，接纪蕴路应该减速，那天我可能开得快了，刚过长江西路，前方横插出来一部手扶拖拉机，我狠命刹车两三脚，保险杠已经碰上拖拉机的拖斗了，哐当。我跳下车到前头去看，开拖拉机的小伙笑嘻嘻地若无其事，我倒一时说不出话来，四下张望，才知道这里有个路口，横过来的叫呼玛路。回到车上，重新启动，我主动检讨，说刹车太猛，刚才熄火了。师傅说刹牢是主要的，你管它熄不熄火。他没责怪我开得太快，从头到尾坐在教练位置上一动不动。这就是师傅，大将风度。然后，他才慢悠悠说，宝钢起来以后，宝山这里多出来不少路，长远不走就不晓得前头路况，富锦路、绥化路、漠河路、牡丹江路、盘古路，七七八八的路名都是黑龙江的地名，冰天雪地北大荒，好像上海前世里欠它的。我骂了一句操，当时我哥哥姐姐都在北大荒战天斗地。

大概是开过市中心开过延安高架才想起来的，感觉高架上车辆不像平时那么多，市区也安静得出奇，道路和建筑的灯光惨兮兮的亮得有些诡异，我才想起来这天是冬至。广大人民群众没那么迷信啦，可是说到一年里几个鬼节中的一个，还是会说一句早点回家吧别在外头晃。想起来已经过天目路立交永兴路下匝道了，神差鬼使吧，我让吉普带挡滑行一段，走右侧车道，中山北路立交上去，左转内环线高架，前面不远就是沪太路下匝道。

我要去师傅家的老房子那里看看。

当然，没什么老房子了，一过沪太路，右边就是一道长而又长的围墙，好像里面有什么见不得人的勾当。里面其实就是高高低低一片废墟，我在内环高架上开车路过看到的，已经有一段时间了，就这么破砖烂瓦地朝天裸露着，没看到有施工的动静，好像大上海实在看不下去这片破烂房子实在忍无可忍了，好像砸了拆了的目的就是为了把废墟圈起来日晒夜露。我把车贴着围墙停好，四周看看，没什么鬼影，行人也没几个，都地下工作者似的急匆匆穿过马路消失在黑暗中。大铁门在沪太路口那边，刚才经过我注意看了，关得严严实实，就算里面有人值班，肯定也不会放我进去。不会有人值班的，要他看守点啥？看守遍地破砖烂瓦不要被人偷走？我踩着前轮站上引擎盖，抬腿跨到车顶，手就够到围墙上头了。爬墙头是我长项，童子功多少还在，双手用力一撑就骑了上去。里面黑乎乎的看不分明，等眼睛适应了，借着高架道路和周围建筑的灯光，隐隐约约看出了废墟的大概样子，真大，人民广场那么大，大得可以集合全城的孤魂野鬼。

我这个样子肯定很古怪，假如被哪个行人或是监控镜头盯住，一个老男人惊悚地骑在围墙上，人不人鬼不鬼的，幸好他会从口袋里摸出一盒烟，抽一支点上。我是吃不准要不要跳下去，底下七高八低的看不清，一脚踏空不摔个半死。烟抽到半截，听到动静了，循着声响看过去，有个影子在那里摇晃，我眼力可以，不会看错。

就一个，没一群，有分量的，不虚幻，就一个老不死，十三点，喝过一点酒。

师傅在废墟上砥角四方地踩出一圈，说这是房间，晚上睡觉才进来。接着又是一圈，里外一样大，吃饭间。他不看我，看脚下，说这里灶头间，我和阳阳两个人搭的，一天工夫。阳阳是他的独养儿子，小我好几岁，以前每次来家都见到，就这么一个，宠惯了，没什么规矩。师傅抬起头来，好像我应该在这里好像陪着他过来的，他说这里是卫生间，有淋浴，你们师兄弟几个忙了好几天。破砖烂瓦踩得稀里哗啦，他带着我走，朝南，说这就是院子了，本来还想有空种点花花草草。不至于吧，师徒两个黑灯瞎火地在废墟上量地皮，怀念那个简陋破旧一去不返的老房子。我递支烟给他，他接了过去，我掏出一次性打火机点着，火光透过烟雾，照亮了那张我曾经再熟悉不过的面孔，火光近的缘故，脸上的纹路更黑更深了，老瘢也更扎眼，师傅这两年老得厉害。

师傅说不早了，该做的事情总要做了，不然放心不下。他从口袋里掏出一叠纸，黄表纸，说烧给阳阳，回来找不到家，他会心慌。师傅蹲下来，捻开黄表纸，我用打火机替他点燃，听见他叽里咕噜，阳阳，搬家了，忘记告诉你，搬得老远，你找不到。

阳阳是1983年“严打”抓进去的，他跟在几个吃得开的家伙屁股后头混，爹娘怎么骂都不听，结果被弄到流氓团伙案子里去了。我那时已经离开老厂，没头没脑地听说过，阳阳那点事情要放到今天，判可能会判，不是首犯，两三年碰顶了。当时“刮台风”，抓进去不久，一批批地排着队押上火车车皮，送去大西北劳改，据说在那里得了急病，死了。公家还算负责，大老远的用个木盒把骨灰送回来。师傅后来不提儿子，我们师兄弟都认得阳阳，也不问，没什么好问的。

师傅还在嘱咐阳阳，说我和你娘没几年好过了，没力气再牵记你，你自己走好，这里不要再来了，你去吧。冷风吹过废墟，黄表纸火旺，一片片黑灰纷纷浮起，影子旋转着掠过四周，真像阳阳感应到了，真像有一群孤魂野鬼凑拢过来，看看不是烧给自己的，又四散而去。

我走到一边，给师娘打了电话，没说在哪里，就说没事了，我马上送师傅回家。

选自《上海文学》2018年第1期

评鉴与感悟

作品以“我”在冬至的夜晚寻找师傅为线索，交替呈现记忆中20世纪70年代和今天的生活图景。对于上海这座发展迅猛的国际化大都市来讲，几十年的时间，其变化之大，不啻沧海桑田，令人恍如隔世。“我”穿行于城市的街巷间，寻找师傅，驾车行驶路线就是这座城市急剧扩张的图景，昔日农田成为今天繁华的闹市区，那承载着师傅生命与生活记忆的老宅，已然一片瓦砾。巨大的“拆”字围起来一片片“破砖烂瓦”，是城市人的“故乡”，亦如乡村的土地，承载着全部的记忆，承载着恒常稳定而温情的乡村文化，它们带给我们温暖与寄托。“城市扩张是个大漩涡，越转越大，越转越快，水面上下的渣滓就被远远地甩到边缘去了”，师傅失去了“故乡”，到了有着“大兴安岭的凛冽和肃杀”的城市“边缘”。在冬至，他凭依稀记忆，来到老宅，与阳阳做最后的告别，也与自己的“故乡”做最后的诀别，“冷风吹过废墟，黄表纸火旺，一片片黑灰纷纷浮起”，这凄凉的情景正是从此背井离乡的师傅内心的伤痛，击中我们生活的“痛点”。（卢翎）

雪　国

/胡晓江

S步入归途时已经六十五岁。他所在的城市离家乡不远，却不常回家，一年难得一两趟，最初是在每年春节时，后来有了完美的借口，为了减少公共设施的投入，H国通过一项法律额外保障了人们待在家里的权利，足不出户成为高额福利的条件。父母还健在的时候，他每个季度打一个视频电话回家，通知父母自己往他们的户头又汇了一笔钱，这笔钱父母并不需要，只是作为一种必要的亲情仪式，在整个H国被广泛认可。公共交通大多已经停摆，几百公里的路程他付出了很多，早年每天几十趟的高铁，如今每周只有两次，列车上的人并不如想象得那么多，稀稀拉拉，每个人的前后左右都隔着至少一个座位。

不出门他还不知道天气如此糟糕，大雪遮蔽了天日，室外分不清白昼和夜晚，因为光源主要来自路灯照在雪地上的反射。从车站出来时，他伸手接住几片雪花，和年轻时的记忆不同，雪有点暖，轻轻搓动之后，保持着颗粒状，只有一点点潮。父母已经去世了几个年头，小城的家荒芜在那儿，亲戚已经久不往来，遗物无人整理，春节前他感到自己身体的衰败加速了，这趟旅行再不容迟疑。也许他可以在小城住下来。这是他曾经熟悉的小区，小半个童年时光在这里度过，每棵树的位置都是一样的，一只猫在小区的墙头漫步，四爪踏出梅花状的足迹，听到他的脚步声，头也不回跃下墙头，消失不见。拉动楼下的铁门，吱吱呀呀就拽开了，过去他曾提示过父母，但输入门禁密码的按键不是很灵，贪图方便的人们总是留门不锁。电梯过于老旧，显示灯已经不亮了，升上去时听到一声悠长的启动声，铰链被电力带动，然后是电梯摇晃着撞击井壁的嗵嗵声。

出乎意料的是，家门虚掩着，溢出橘色的灯光，有锅铲撞击的声音，他疑惑地想，这里住人了吗，房屋被回收了吗，或者是自己走错了楼门？从玄关向内张望，客厅的电视一如记忆中的嘈杂，这是老年人的习惯，踏进门的转角，他看到自己的母亲正在擦拭茶几，父亲正系着围裙在厨房忙碌，一股炖鸡汤的味道飘来，桌上摆放着一些冷盘，只能用来点缀难吃的年菜。他蹲下身子掩住脸，想起来了：这只是他购买的一项虚拟服务，并不存在的归途。

选自《小说界》2018年第1期

评鉴与感悟

作品的基调是灰白色的，不仅仅是降雪的天气，还有冷漠感情缺失的人心。在一个科技高度发达的虚拟世界，每个人都像一个机器，被系统规定着每天应该做什么。最后回到家中时是温暖的橘黄色，但也只是定制的虚拟服务罢了。

随着人口老龄化的不断加剧，养老问题已是一直热门讨论的话题。有人提议说一周不陪伴老人够时长就要负法律责任，有人说老人也有自己的生活不需要那么多子女的陪伴。在小说里的设定是年轻人不需要回家看望父母，只要视频通话、打钱表达关心就可以了。每个人的时间都被高度化地利用，再也不用在春运高峰期人挤人坐火车回家，也不用和年迈有代沟的父母大眼瞪小眼了。福利更高，公共设施投入更少，H国发展更快，甚至雪都不是雪，是人设计的，有点暖的碎粒。但这样真的是人类社会最好的样子吗？S的父母已经不在人世，只能靠科技定制服务来感受父母在身边的感受。S在温暖的光下蹲下身捂脸是在想什么呢？是在想那不够丰盛也不够美味的年饭吗？是母亲执着饭铲喋喋不休的唠叨吗？是那一个个不能回家隔着屏幕看到父母关心的表情吗？我们都不得而知。作品设定了一个很极端的情况，但实际上我们对于父母的关心又比小说中多多少呢？哪次回家之后不也还是一起面对面玩手机，心与心之间的交流太少了。多陪伴关心父母，不要发生“子欲养而亲不待”的悲剧。（吴春明）

那些消失于世的瞬间

/关滴

小学一年级。接连丢了三支自动铅笔，不知道回家怎么跟妈妈说，放学后，我在小河边来回走。小河对岸我从来没有去过，听说那里住着一户人家，种了一大片枣树，养了很多山羊。我没有其他想法，只想沿着小河，头也不回地走下去。

小学三年级。生病休学，一个人在家。坐在池塘边看鱼，撕旧书折小船。在院子里挖洞烤红薯。坐到爷爷的墓碑边晒太阳。每天早晨晚上喝中药，一边喝一边哭。跟妈妈说："我想当小鱼，小鱼不生病。"妈妈说："小鱼也很辛苦啊。"虽然不知道小鱼为什么辛苦，但是妈妈说那句话的时候，我觉察到她的心情。我想：如果这个世界上，没有我就好了。

小学四年级。夏天的中午，老师要求午睡，不午睡的要回家重新睡一次才能来学校。有一天中午，我没有午睡，老师让我回家睡觉。学校离家很远啊，我慢吞吞走在大太阳底下，想被太阳晒着晒着，整个人就蒸发干净。

小学四年级。老师给每个人发了一本习题集。整个县城都买不到，老师托人去省城买的。我最要好的朋友，把习题集弄丢了。我把自己的那一本送给了她，然后让妈妈带我到复印社，复印了整本习题集。我用复印的那本。放学路上，好朋友说："一定是你偷了我的！不然你为什么要把你的给我?!”无论我怎么辩解，她都不相信，一口咬定就是我偷的。我们在路上吵了起来，路过的同学围观。她说：“就是你偷的！我会让我哥哥来打你!”那一刻，我想在其他人的目光中，像一滴眼泪滴落到滚烫的地面，瞬间不见。

小学六年级。爸爸不在家，妈妈很少给我零花钱。快考试了，天气很热，妈妈每天给我买雪糕的钱。同桌的钱丢了，第一个怀疑的人是我。她说：“以前你根本没有钱买雪糕。而且你四年级的时候，偷了别人的书!”班上的人都在看我。有个男孩子走过来跟我说：“我知道肯定不是你。”我趴在课桌上哭，希望时间倒流，回到四年级，我再也不会把自己的习题集送给任何人。

初中二年级。一直很要好的几个朋友，突然都不理我了。不跟我说话，看都不看我。暑假上补习班，她们坐在一起，我坐在靠墙的那一组。下课后，她们去买冰水，路过我。我真想自己可以隐身，她们中的任何一个人，都看不见我。

初中三年级。一次数学测验。老师站在我身边，看着我想一道证明题。老师伸出手，在我试卷的图形上比画了一条线。我马上就知道怎么做了。之前，我总以为，所有的老师都不喜欢我，因为我成绩不好，长得难看，性格也不好。但是老师站在我身边，看我答题的那一刻，我发现，可能，我也没那么招人讨厌。我想躲到没有人的、空旷的地方，幸福又委屈地哭一场。那次，我数学考得很好，唯一一次考得很好。

亲人去世。我捧着他的骨灰盒往山上公墓走。我的愿望是变成山风，变成微尘，变成雨滴。我不想以一个人的状态存在于人间。

大雪的深夜。大巴车缓慢行驶在路上。路过僻静的村庄，只亮着几盏灯，远远传来犬吠。一天一地都是寂静的。我好像是从别的星球远道而来，窗外的黑夜、簌簌的雪、明灭的灯火，陌生而遥远。我已离家很近，却盼望时间静止，车再也不会往前开，我再也感受不到悲伤，没有过去，没有将来。

雪下得很厚

覆盖了麦田里收割剩下的秸秆

雪把房子埋起来，只留尖尖的屋顶
再往雪的深处
有很多树，一半在雪里，一半变成雪树
整个村庄就这样消失了
再往雪的深处，雪和天空连接在一起
雪和天空之间，形成一个夹角
掀起天空的一角
就能看见整个宇宙
和宇宙里全部的星星

选自《百花园》2018年第1期

评鉴与感悟

读《那些消失于世的瞬间》像听一位少女在耳边喃喃讲着故事，语气哀婉又缥缈轻盈。以时间为序，作者写了八个想消失于人世的瞬间，可以感受到女孩的善良和无助，也能引起读者的共鸣，同样的有一些受伤和自卑的小情绪存在于我们每一个人的心里。最后的一首短诗把悲伤的意境拉长，默读之后，余音绕梁，久久不散。

可能每个人都会有想消失的时候：做了很尴尬的事想找个地缝钻进去；和父母吵架跑后，气愤得觉得父母给予生命并没有经过孩子的同意，要是压根就没有出生该多好呀；觉得自己不够优秀、简单的事都做不好，要是从一开始就不做这件事就好了。作者将这种悲伤掌握得很好，轻盈缥缈，又缠绕在每一位读者心头。细细读过忍不住想轻轻拥抱安慰文中的女孩子，你什么也没做错，你善良、纯洁、心思细腻，你值得拥有世界上所有美好的东西。如果消失了的话，失去的不仅仅是难过，连美好都全部消散了。正因为存在于世，我们才会和家人有美好的相聚，才会遇到陌生人温柔的帮助。就算这一切最后有往坏处发展的可能性，也要拥抱开始，只要还活着，一定会有好的事情发生的。朋友会反目，那也要和好友分享幸福烦恼；家人离世会难过，那也要用全力去爱家人；做好事会被误会，那也要继续保持善良、问心无愧；世人愚昧，市侩只看外表，但也要去爱人。做一件事情不是为了受人欢迎，而是因为这么做是正确的。希望每一个善良的人都心坚如磐石，不受外物伤害，坚持做自己。（吴春明）

我是半月塘前的一株紫薇

/朱文彬

我是半月塘前的一株紫薇。

其实，紫薇是我的学名，在金龙围人的口中，我叫散假花。因为每当我开花的时候，学堂就放散学假了。

散假花也好，紫薇也罢，有什么关系？只要有谁能陪我玩、陪我闹，我就很开心。我最怕的是寂寞，还有冷清。

有风的时候，我和风儿跳舞，哗啦啦摇曳生姿，美极了。没风的时候，我独自照着镜子，把花影儿投进水里，冷不丁让那条名叫花肚碧的鱼儿以为是虫子。有月亮的晚上，我撒下花瓣去水里捞月。曙光初露时分，我摇落身上的露珠，将金龙围的围屋摇晃成水里的画儿。

半月塘，不就是围屋前升起的半只月亮么。

塘前是禾堂。看哪，几“只”女娃儿在跳飞机——客家人把人也叫“只”——那“只”脸儿红扑扑的红裳娃，头上扎着朝天辫，叫“登髻嫲”，那“登髻”随着单腿跳、双脚落、俯身拾瓦片而一颤一颤的，好玩极了。另几“只”女娃儿在玩抛石子，一抛一抓一接，好伶俐。忽然一阵风来，那是几“只”男孩儿玩打仗，他们总是那么皮，那么不安分，七冲八撞的，看得我心里头直发紧。

一只黑影从半月塘划过，朝禾堂扑下去。不好，是可恶的“鹞婆”

（鹰），怕是把禾堂边坐着的“喔伢”（婴孩）错看成母鸡了吧，鹰爪抓起襁褓就想飞，发觉太沉了飞不动，扑棱几下就丢下了。

跳飞机、抛石子的女娃儿“哇哇哇”地冲了过去，吓得“鹞婆”丢下几条羽毛逃窜而去。玩打仗的男娃们也冲了过来，把他们的竹枪、木枪对准半天上的“鹞婆”，“哒哒哒，哒哒哒”，他们口里喊出的子弹声，不知把“鹞婆”打死了多少回。

在庄坑龙做农活的大人闻讯，扛着锄头、拿着担杆赶了回来，对自家娃儿安抚，表扬了英勇驱鹰的娃们。

被“鹞婆”当作母鸡来抓的梅妹安然无事，不幸的事儿却落到她阿姐招娣身上。她的头上落下了“鹞婆”的一坨屎。她阿婆可就紧张了，呼天抢地，忙不迭念念有词：“天灵灵，地灵灵，放过我孙女，百无禁忌，无灾无难，长命百岁……”

没两下子，招娣头上就顶了一顶簸箕，里面撒满了花生、糖果、酥饼。那是从围屋各家搜罗来的珍藏品，这回可派上用场了，全围的男孩女娃们一哄而上，去抢簸箕里的好东西，个个乐得像开了花——那糖果儿吃起来特别的甜。只可怜那招娣，哭丧着脸，没糖吃不说，还不知道天上掉下来的那坨鸟屎会带来什么霉运呢，希望被抢去的糖果花生能为全家消灾解难吧。

吃昼了，各家各户的娃们捧着饭碗来到围屋的堂下。小猫小狗从门洞里钻进爬出，仰头摆尾向着饭碗。

透过堂下的门，我看见吃过昼的娃们在玩藏青子。一株蕨草，掐断一小截再接上去，看谁能找到被掐断的那一小截。玩累了，她们在长条石板上睡觉，从半月塘吹去的风，轻轻撩起她们的头发。堂下的晏昼觉，好悠长哪。而堂下墙壁上挂着的几口棺木，她们就不怕?

几“只”顽皮的男娃禁不住热，跳进半月塘洗身打水仗。大人们都去做工了，小家伙就像下水的鸭子在塘里翻滚浮沉。围里五保户虫牯印叔公喝他们不听，就悄悄把他们的衣服抱进围屋。疯玩够了的“水鸭”爬上岸，找不到衣服，也没太在意，嘻嘻哈哈，无条纱线赤溜溜就跑回围屋各家去了。

回来！我大声地呼喊，狠狠地跺脚。可是谁听得见？我那个急啊！他们不知道，伟光沉在塘里没起来。他可是三代单传的男孙啊，那天全家哭得死去活来，他阿姐秀桃哭得更是撕心裂肺，挣扎着要去塘里找水鬼拼命。

我也伤心得暗无花色，唯有使劲摇落身上的花瓣，用一场花瓣雨，来宽慰秀桃娃，祭奠离世的伟光。

这不幸的事情之后，金龙围屋里的娃们像一夜之间长大了。男娃喉结突了起来，唇上长了绒毛；女娃的胸鼓了起来，腰肢扭了起来。没几天，新嫁娘遮着红伞跨过禾堂上的火盆，到围屋上厅去拜堂；女娃子一个接一个地哭着离开父母嫁走了，男娃子一股脑儿到城里打工。堂下的棺材，也把老人一个一个地装了进去。

围屋就呼啦啦破败下来，长满了狗尾巴草。

我真受不了这样的寂寞和冷清。多少年过去了，我老是怀念那些远去的美好时光，美好的女孩儿。时间，都去哪儿了，美好的女孩儿，都去哪儿了？我想她们，想得整夜整夜地睡不着。

那天，起风了，我托风把我的念想吹到城市里、乡村里，潜进她们的梦里。那天，她们的手机叮咚叮咚地响了起来，她们建起了微信群，叫作“金龙围姐妹一家亲”，她们聊啊，叫啊，多少个晚上，泪水打湿了枕巾。

这一切，都是秀桃告诉我的。秀桃回来了，回来的又何止秀桃？招娣回来了，梅妹回来了，“登髻嫲”回来了，草秸回来了，所有的金龙围外嫁女都回来了，大姐，大妈，阿婆，好几代人呵，花枝招展的，老态龙钟的，珠圆玉润的，瘦削的，不论贫富贵贱，执手相看泪眼，说啊，笑啊，抱啊，禾堂上，全是欢笑，眼泪，嘘唏，慨叹，酣畅。

我随着她们说，随着她们笑，随着她们哭。我听懂了她们每个人的故事，每个人的悲欢。她们在禾堂上摆上了十几桌的宴席，喝上了客家娘酒，把全围的老人也请来一起分享。她们凑份子设了个基金，约定每年散假时节，都要回金龙围相聚。

我感动，我激动，我摇落了纷纷扬扬的花瓣雨，欢呼助兴。

我是半月塘前的一株紫薇，我也叫散假花。我静静地守在半月塘前，等着散假时节，那一场又一场的热闹和繁华。

选自《黄河文学》2018年第5期

评鉴与感悟

作品以紫薇花的口吻讲述了半月塘孩子们从小到大发生的事情。语言灵动优美，极具地方特色，仿佛置身于南方小镇，看到了半月塘的人们在那里生活：哭笑打闹，喧嚣、凄冷。

紫薇花作为旁观者，讲述自己所看到了一切，客观、冷静，从未“越规”，一幅幅剪影和留白为读者提供了巨大的想象空间，作品的意味也由此生发开来。读作品时，我不禁在想，如果孩子们能听到紫薇花的声音该多好啊，那样伟光就不会意外身亡，就不会有亲人朋友哭断肠。如果人们知道有这样一朵小花在观看他们的生活，为他们哭泣、庆祝，人们会有什么样的反应呢？（吴春明）

父亲与柳树

/韦如辉

埋好爷爷，父亲在他老人家的坟上，插了一根柳枝。家乡有这样一种风俗，父亲也不例外。

经过一个真刀真枪的冬天，次年开春，柳枝竟然发了芽儿。

芽儿先黄后绿，在春风的吹拂下，慢慢伸出有力的手臂。

父亲在年后发现了柳树，当时惊得差点儿掉下眉毛。“咦……”他嘴唇打着哆嗦，眼睛却明亮起来。

在父亲的坟前多烧了几刀纸，他双手合十：“爹，保佑子孙平安!”

父亲不分年节，跑到爷爷的坟前。瞒不过乡亲们的眼睛，人们脚跟着脚问：“不年不节的，烧哪门子纸?”

父亲不答，埋头走自己的路。脚下的土路，尘土飞扬。若是被追问得急了，他便拿眼睛瞪着人家：“你不孝，还管着别人孝敬!”

问者理亏，无趣。

父亲除了给自己的父亲“送钱”，还有一个自己的秘密，给柳树松土施肥。父亲施肥的方法很丑陋，有辱先人的尊严。可是，他老人家固执地认为，他的先人会原谅的。所以，他每每在庄稼的掩护下，脱下自己的裤子。

柳树一年年长大。

长到了碗口粗，赶上了轰轰烈烈的平坟运动。

很多人家，都忙着刨树平坟，父亲却迟迟不行动。村干部三天两头来家里做工作，最后撂下狠话：三天之内，如不平坟，将老小定为“黑孩儿”。老小是我最小的弟弟，“黑孩儿”却是个特殊的时代产物，没户口没口粮。

这一招果然厉害。

父亲开始刨树。他先给他的父亲磕上三个响头，口中念念有词，而后，对着炊烟弥漫的村庄，骂骂咧咧。

一天一夜的工夫，父亲将那棵柳树放倒，移到门前的粪池边上。

得天独厚的肥料滋养，让柳树可着劲儿地长。从碗口粗，到一搂抱，别的柳树要付出十年八年的力气，而这一棵，仅仅用了五年。

五年里，父亲抱过它多少次？搂过它多少次？乃至悄悄亲过它多少次？只有他自己知道。或者说，他自己也未必知道。

事情就出在它长得快。长着长着，越过墙界，长到了人家地里。

说是人家，似乎见外了。人家不是别人，是我二叔。二叔与父亲，一墙之隔，一母同胞。

有一天，二叔来到柳树下，站到父亲面前：“哥，这树有我的一半呢。”

父亲正悠闲地沐浴在树荫下抽着烟。二叔的一句话，差点儿让他掉了眉毛：“你说啥?”

二叔又说了一遍。父亲的烟杆，举过二叔的头顶。那一刻，父亲从二叔头顶翻过去的目光里，站立着怒目而视的二婶。一旦他的烟杆落下来，二婶就会像冲锋陷阵的战士一样打杀过来。

父亲选择了转身离去。

父亲去找了他的父亲。在他父亲的坟头，父亲杀猪一样地号叫。那个夜晚的村庄，注定是不平静的。父亲的号叫，惊得鸡鸭鹅以及狗们，烦躁不安。二叔与二婶的叫骂声，不绝于耳。

经过长辈们的调停，父亲与二叔达成一个不成文的协议：每年，父亲给二叔家两袋小麦。

他们兄弟，由此各自成为人家，直到父亲死去。

母亲时常辱骂父亲：“报应！倒霉！活该!”

父亲将脑袋埋得很低，甚至缩进自己的裤裆里。

二叔个子小，窝囊，三十大几，还没娶到媳妇，急坏了父亲。父亲出钱买了二婶，并帮二叔相了亲。

二婶上了当，没少恨父亲。

柳树依然茂盛，不因人间的恩怨情仇。整个树荫，像一个大大的麦场，将父亲与二叔的院子，庇护在它庞大的翅膀之下。

多少人来看过这棵树？多少人来买过这棵树？甚至多少人悄悄来这棵树下烧过香？只有父亲自己知道。或者说，他自己也未必知道。

那一年仲夏，大暴雨之前，电闪雷鸣。一道夺目的闪电，接着一声惊人的雷鸣，“咔嚓”一声巨响，柳树被拦腰斩断。

父亲请人将半截柳树刨去，扔到泥塘里。他老人家经过三次化疗，已无力干他一辈子干不够的活儿。

次年开春，我将柳树从泥塘里捞出来，开始给父亲打寿材。

叮叮当当的声响，使父亲翻来覆去睡不着。

寿材完工的那天，父亲胃口大开，吃了一碗饺子。最后，剩下的一口汤，他也仰起脖子倒进肚子里。

第二天，父亲没有醒来。

哦，忘了说了，头天父亲递给我空碗的时候，问了一句话：“寿材用啥料做的?”我回答：“半截柳树。”

选自《百花园》2017年第12期

评鉴与感悟

作品语言简洁，塑造了一个沉默寡言，老实善良又有一些迷信固执的父亲形象。

柳树是爷爷坟前插柳枝而长成的，或许是无心插柳。可父亲更倾向于相信这是爷爷在天之灵在庇佑他们家，柳树变成了父亲信仰的象征，故事的发展也以这棵柳树为线索。柳树发芽、碗口粗、一搂抱，再到最后被雷拦腰劈断，被做成寿材；父亲欣喜、虔诚，再到兄弟反目，最后父亲去世。父亲和柳树的命运一直息息相关，不可分离。父亲非常希望家庭兴盛和睦，所以他看到柳树发芽才会那样地欣喜，才会不惜用有点原始的方式来给柳树施肥，甚至移植的时候移到了茅厕旁，为的就是等柳树长成的树荫可以保佑后代。可家庭的兴盛不仅仅像柳树成长那样简单，柳树枝繁叶茂也只能为后人乘凉用，不能保守家族兴旺发达。家庭的矛盾一早就出现了：二叔与父亲不和，二婶恨父亲。父亲为弟弟婚事着急也是好心，但却选用了错误的方法。父亲也会后悔，也会觉得对不起二婶，也会恨弟弟的不知感恩，可父亲不会说，只会在柳树旁来寻求心灵上的慰藉。最后柳树被劈成两半时，也是父亲心死的时候，所以才会把柳树扔进河里。造成家庭不和的原因有很多，二叔、父亲都有错，但这样深沉、淳朴善良的父亲让人怨不起来，只能留下一声长长的叹息：可惜了这枝繁叶茂的柳树！（吴春明）

第二辑

他们的天下

/白小易

因为房间少订了一间，我有幸与司机小张同住两晚。小张二十九岁，敦煌人，光头，高个。开车的“逻辑”让我有些费解——从不超速，以八十迈为上限；可是为了看清前方的路况，他可以蛇形扭摆，甚至将右前轮压上路肩，可谓稳重与冒失并存。来甘肃采风，能和当地人同住，我视为意外的收获，入住之后便与他攀谈。小伙子当过兵，很懂礼貌，开口之前必先绽放笑容。我想开了一天车，必然很累，便让他先去洗澡。他执意说他不急。我把电视机遥控器递给他，说我上网，他要看什么随便。他说那不影响你工作吗？我说晚上只玩，不工作。他又笑了，然后说出去转转，看着手机走了。

按在家的习惯，一过十二点，我去洗了澡，准备睡觉了。可是小张还没回来……作为“室友”，我是不是有义务关心他的下落？可是我发现我根本没有任何他的联系方式……难道去报告我们此行的“团长”——是不是有点儿小题大做?

好在此时他回来了。他依然是笑着进门的，而且比走的时候更加灿烂。我以年长者的口吻让他去洗澡。他说在导游的房间洗过了。

导游是个女的。我还记得她的模样，瘦小精干，也有几分妩媚。我觉得不好多问。

小伙子还躺不下来，拿着水瓶子咕咚咕咚一直灌。

我觉得面对一个如此兴奋的人，你完全当作没事也不礼貌，于是绕的老远问他：“你们导游和司机，是固定搭档吗?”

“不——是！一年也难得碰上一回。”他继续喝水，喘口气，“嗨，碰到对脾气的，就顺一点。”

我想说，这是我们大家的幸事，可是又一想谐音“性事”，不知妥否，就没说。

当夜无话。出门，我最怕同屋人打鼾。年轻人这点好，除了太胖的，一般没这毛病。这一夜我睡得很舒服。早晨醒来，以感激的口吻反问小张我打呼噜了没有。小张以璀璨的笑容说我打了一夜呼噜。我立刻声明现在老了，添毛病了，以前睡觉是一点声音都没有的……小张很体贴地说他听起来像催眠曲。我表示忏悔会不会让他今天开车犯困啊，他说不用担心，他感觉挺好。

大家都上了车，我觉得我比所有同路人多了更多关注的东西……今天要先去张掖后去嘉峪关，路程五百多公里啊!

导游的座位就在司机平行的车门旁边。从他们交流的眼神里，我看出他们的精神状态真是特别的棒。路上遇到的一些小波折，也丝毫没有影响到他们的好心情。才出武威，遇交警拦车检查，挑了几条毛病要罚款。小张和导游天衣无缝配合着，跟交警软磨硬泡。最后硬是安然脱身了。中午的团餐，让许多人忍无可忍发了脾气。导游和小张也无他法，像一对天使般地对着大家笑……你还能把他们怎么样?

当晚入住嘉峪关宾馆，我仍然是和小张同屋。小张笑着陪我说了几句话，就早早离开了。

去导游的房间洗澡，当然会很有吸引力……我觉得自己这么想有点儿无聊，就打开笔记本电脑，扯上网线接着打网游。

过十二点，我洗了澡躺床上了，小张依然没回来。又等了很久，我后悔没有要他的手机号。但是又想，他喜欢有个人像老爸那样盯着他吗?

再次见到他，就是早晨上车的时候了。当着众人，我只是用笑容回应了他的笑脸。他的笑连“璀璨”都不足以形容了，简直比丹霞地貌还绚烂了。

跑在河西走廊的旷野上，前后左右都不见一个人影。滚滚飞云与大漠孤烟构成了一幅仿佛非人间的场景。最前排的小张，从容不迫，傲然四顾，每一次的转头都透着舍我其谁的霸气。而他身边的导游，不时地会和他对一下目光。那一瞬间，我看到了雷鸣电闪，也领受了醉人的芬芳。

我看着一车昏昏欲睡的游客，不由得在心里哀叹——我们这些人，其实都是陪他们玩的。

选自《小说月刊》2018年第7期

评鉴与感悟

小张真是个妙人，一举手一投足之间是满满的潇洒。

他开车从不超速，可是为了看清前方路况，斗折蛇行；他工作时认真，玩儿却尽情尽兴。他年轻，精力无限，他恣意，纵情青春。

不知为何，看见小张，忽然就想起古龙笔下的侠客，飘逸出尘，极具诗意的美感。他们洒脱不羁，如浪子一般随遇而安，却可以红颜无数，风流本能般镌刻在骨子里。

不能说小张是个十足的好人，或许在世俗人眼里，他放肆，甚至说有些不守理法。可在我看来他确是光风霁月，可爱又洒然，有一股年轻人的纯真朝气和一种赤子般的浪漫情怀。想来作者也是被小张这般举手投足、气度姿态所感染，才能说出标题那句“他们的天下”吧。

作者的笔触，细腻、干净、温暖，看的时候，不觉心中微微荡漾出些许欢愉，感觉文字似乎都浮动在这微醺的空气中了。或许“以小见大”便是如此，于细微之处才往往能见真情。这细节就如同画龙点睛时最后的落笔，甫一出现，它就已跃然纸上，振翅欲飞了。（刘思奇）

谢　谢

/津子围

尽管对飞机延误已经有了心理准备，站在登机口前的王志强还是期盼本次航班能准时起飞。

两个穿制服的人向王志强走了过来，他一眼就看出他们是干什么的，摆了摆手。那两个人走近坐在椅子上的小庞和汪晓东，向他们推销旅行卡。王志强心想，那个制服很容易混淆人们的判断，如果不是内部人员还真分辨不出他们是不是航空公司或者机场的工作人员，就像很多人分辨不出警察和协警一样。

王志强经常坐飞机执行公务，他对机场的情况十分熟悉。十几年前，王志强办理信用卡时绑定了航空公司的会员卡，没想到竟然升级成了金卡——在空中飞来飞去，由于航班里程累计量大，不知不觉中他就成了金卡会员。金卡的好处挺多，最明显的好处，一是可以用里程免费兑换机票，五一小长假，老婆孩子就去了一趟九寨沟，算是对他长期在外奔波的小奖赏，而且，这个奖赏是额外的，不要白不要的意思。还有一个好处，可以享受贵宾待遇，头等舱休息室、走优先通道，今天王志强不能去休息室喝咖啡吃点心，小庞他们没有金卡，既然是一起出行，把自己搞得太特殊总显得不太好。

飞机到底还是延误了两个小时，王志强他们三人登上飞机时，小庞已经一脸愠色，汪晓东脖子往上都涨红。经过舱门口，面对空姐的职业甜笑、和风细雨的问候，小庞不理不睬，汪晓东则不友善地白了一眼。

他们三人的座位是紧挨着的，39ABC。小庞是A，临舷窗，汪晓东是C，临过道，王志强B，在他们两人中间。王志强对汪晓东说，你坐中间吧，我坐过道。

三个人中，王志强的块头儿最大，坐在过道他还稍微舒展一些。

飞机启动，开始爬升，他们三人安坐下来。王志强瞥了汪晓东一眼，意识到汪晓东坐了自己的位置，一会儿空姐会过来单独跟金卡会员打招呼，如果问到汪晓东，不知道他怎么反应？自己是否接过话题，说自己是王先生。一般情况下，空姐会拿一张做了记录的小纸条，对经济舱里的金卡会员表示礼遇，其实，经济舱里的金卡会员没有几位，而空姐的礼遇也是形式上的，只来告诉你飞机降落时间。尽管如此，每次受到这样的礼遇，王志强还是感觉良好，觉得自己跟其他人有所区别。

王志强想，今天自己不接话题，看看空姐是不是只认座位不认人，当然，他也想看看汪晓东的反应，也许在枯燥的旅程中增添一点佐料。

飞机平稳之后，空姐开始为乘客送饮品、送餐。由于航班延误，此时已经到了正餐时间，但空姐送的却是间食——一个热狗。小庞有些不满地嘟哝：“飞机上的伙食越来越差了，原来是吃好，后来是吃饱，现在顶多是不饿。”空姐听到他说的话，连忙解释，因为这个航班没有配正餐，飞机延误是意外事件，她还多给小庞一份热狗。接着，空姐热情地对汪晓东说：“王先生，你需要一份吗？”

汪晓东愣了一下，接着说：“好的，谢谢！”

王志强暗自一乐，斜眼瞅了瞅汪晓东，看得出汪晓东很受用的样子。

实际上，小庞只吃了一个热狗，他把另一份递给了汪晓东，汪晓东随手递给了王志强。王志强说：“我已经够了。”

“没关系，不够再要。”汪晓东很有信心地说。

王志强没说什么，他甚至盼望空姐来找39B的“王先生”，看看接下来会发生什么事儿。

空姐忙来忙去，先是送饮品，后来送餐，之后又收拾餐盒垃圾，迟迟不来找“王先生”。以前，王志强对此从不关注，没感觉到时间的滴答声，现在心里盼望了，时间反而慢了下来。不会漏掉这个程序吧？王志强想，也许，偶尔漏掉也是可能的。

广播里提示乘客收起小桌板、扣好安全带、打开遮光板、调直座椅靠背。王志强知道飞机开始下降了，他微微闭上眼睛。

一股淡淡的香水味儿，空姐站在王志强身边，她俯下身子对汪晓东说："王先生您好，飞机将在1点50分左右降落。"

汪晓东连忙点了点头儿："谢谢！"

王志强心里直乐。

王志强注意到，汪晓东一直很庄重的样子，下飞机时，他还对机舱口送别的空姐微笑一下，口齿清楚地说："谢谢！"

走出候机大厅，小庞和汪晓东走在前面，他俩的警用手铐子连在一起。

王志强踢了汪晓东屁股一脚："没想到你小子今天成了文明人，还知道说谢谢啊！"

汪晓东回过头来，郑重地对王志强说："谢谢！"

选自《小说月刊》2017年第12期

评鉴与感悟

几声"谢谢"包含了各色不同的感情。

汪晓东对空姐的几声谢谢，是归于其平等对待的感激，是归于其春风般温和的关怀。对王志强的谢谢，虽只是一声，却胜过万千。大抵抓捕者与被捕者的关系，总是如同食物链的上下两级，虽然口口声声宣扬万物平等，在某些特定情形，抑或是大多数人看来，前者天然占据着法则上的优势，这理应的平等便冥冥之中被遗忘乃至践踏，人心的天平也便失去了等价的砝码，以致最后在其身上贴上暗沉沉的有色标签。

不可否认，这是个极温暖的故事，以至看到最后，莫名的感动在心底升腾，如同暖阳，驱散了此刻冬日里的凛冽。

向来歆羡类似警察这般的职业。他们勇敢，正直，机敏，细发如丝而又极富逻辑，可以善良却又坚守原则，偶尔同情却又选择公正。文中，警察的影子隐在重重墨色的字迹里，公正和善良的心性却在字里行间露出头来，无法遮掩。（刘思奇）

深夜玫瑰

/叶弥

我首次去兰城，吃了一惊。城里人情冷漠，街上有贼抢一老妇钱包，老妇狂呼求助，居然无人上前阻拦。

我好不容易找到了金银花小区，这是一个高档小区，门禁森严。可惜也是败絮其中，人的脸上都无笑容，问路，不睬你，只顾自己的事，走自己的路，投过来的眼神，阴暗晦涩，无温暖，无探究，不像是人的眼神。

我心中不快。

半个月前，我与大学同学阿乐约好，来兰城找他玩。他家是别墅，有游泳池，家里人都出国玩去了。我走进他家时，另外四个同学也来了。连我一共六人，三男三女。

别墅是三层楼，上了三楼一看，小区外面全是密密麻麻的住宅，一个连着一个，简直是住宅森林。

从别墅后面看，有一片四四方方的铺着青砖的小空地，空地被三面墙围着，两边各开一扇月洞门，连着两条巷子。空地四个角种着四棵参天大树，空地北面连接一座宅子，里面亭台楼阁，假山池塘。问了阿乐，阿乐说这是一个明代的小园林。密密的住宅区里竟有这么一块仙境，真是奇迹。

我到他家的时候已是傍晚，阿乐家里的佣工早就备下酒菜，入夜，灯光四起，我们的别墅内更是灯火通明。灯光是人类文明的重要标志，它把黑夜变成白昼。灯光灿烂之下，我忘记了白天的不快。

但我没忘记那个空寂的明代小园林。我们喝酒说话到了晚上11点，我提议去那座小园林外面转一转。大家都同意，因为吃得很饱，睡前需要消食。

问题来了。阿乐说，这园林里经常闹鬼，就在那个四四方方的小空地上。

不管真假，这倒是一件有趣的事情。经过一番讨论，我们决定每个人单独去一趟空地，看看会碰到什么。幸运的是，我们当中谁都没有空地恐惧症。抽签。抽到第一的狂呼。我则抽到了最后一个。

然后我们去了阁楼，阁楼外面做了阳台，可以在阳台上看到那块小空地。

规则是不准带手机，不准带防卫工具。

一个一个地去，去一趟来回二十多分钟，都是连喘带笑跑回来的。都说没事，只有阿乐说看到东南角的树上有个吊死鬼，但一经我们穷追拷问，他就投降，说了真话，说是骗我们的。轮到我时，我看了看手机，是1点10分。走到小空地上，我估计二十分钟左右。我站在空地上朝南边的住宅区望去，看不见那帮家伙，但我知道他们看得见我。

我正要往回走时，从另一扇月洞门走出来一个人，是一位样子普通的大叔，穿着睡衣裤，手里拎着一个水洒。他见了我吓一跳，歪头看我，半偏身，想走。我见他这样，倒笑了起来，说，大叔，不要害怕。我是人。大叔说，这么晚了你来这里干什么？我说，听说这里有鬼，我们几个朋友打赌，各自过来走一回。大叔走到东南角那棵大树旁边，朝里面浇着什么。我好奇心起，过去看了看，树边有一个小花坛，花坛上长满杂草，里面有一株小小的花。

这位大叔说，他是外地人，他在老家时就喜欢种花，这里的人不爱种花。这花坛空荡荡的，也没人关心一下。我就住在这边上，每次看到花坛垂头丧气的样子不忍心，就把我家里的一株玫瑰花移过来了。

我问他，哪有半夜三更出来浇花的?

大叔说，他睡不着，这个城市里的人都有失眠症，他道行浅，也被他们传染了。

我说，他们说这个空地上闹鬼，有没有呢？

大叔说，这件事，你要去问一个人，她一百零三岁了，还不肯死。你要是去找她的话，到双王庙巷一百〇三号找她。

这场奇遇让我心中充满愉快。我想，兰城还是可爱的，并不像我见到的那样无趣恐怖。

我一回到别墅里，就迫不及待地告诉他们这件事。他们面面相觑，听到后来一个个都面色惨白。阿乐说，我们真的没有见到空地上有另外的人。

我汗毛直竖。第二天上午我又去了那个空地，我看到大叔浇花的地方，只有一株早就死掉的玫瑰花，倒伏在杂草丛里，枝头上顶着一朵枯萎的玫瑰。

然后，我就去找双王庙巷一百〇三号。

我找了半天也没找到。晚上8点多，我依着别人给我提供的线索，找到一位住公寓一楼的土生土长的老妇，她说双王庙巷早就拆了，里面原先有一座小庙叫双王庙，周围的人都去供奉的。以前这里可不是这般模样。这老妇说着走进屋去，拿出一张图纸给我看，说是她凭小时候的记忆画出来的。我仔细一看，上面画着一些巷子，巷子里有桥、牌坊、小戏台、小河，人家尽枕河，小河边杨柳依依……

一阵风来，吹走了我手中的图纸，我连忙去追，那图纸三转两转就不见了。我只好原路返回老妇家，只见那老妇家家门紧闭，我敲了半天门也没人应声。其间有好几位邻居走过，我问这家人家怎么没有人，他们全都露出不耐烦的神色，却没有一个人回答我的问题。

放眼望去，公寓林立。公寓里住满了人，灯光照亮每一扇窗户，但是，人和人都是不相通的，荒凉犹如坟地。

夜里，我们六个人围坐而谈，最后，大家做了一个决定，在阿乐家的花园里挖了一株玫瑰，连夜种到了大叔浇花的地方。种好花是凌晨1点10分，大家回到家，听到狗在花园里凄惨地哼哼，我们一起走到花园口，只见一位大叔拿着花洒，在挖去玫瑰的地方浇水……

选自《莽原》2017年第5期

评鉴与感悟

世界上真的有鬼吗？

如果有，那么为何作者遇见时不曾有一点惊慌？如果没有，那午夜凭空而来的大叔，清晨枯萎的玫瑰花，早已拆掉的双王庙，又做何解释？

或许，最吓人的事物并非鬼魂，而是人心。现代社会，物欲如同噬人虫蚁将温情剥离，重重叠叠的高楼隔绝了最后一缕余晖，从窗子望过去时，只觉得心中涌起一片难言的窒息感，巨大的压力仿佛魔鬼的指爪，将胸膛压碎。如此，心理极度脆弱的我们也再难在自己取暖的同时，分出一点火光来温暖别人，哪怕这火光也只是在大庭广众之下抓住一只正行窃的小偷。

深夜的玫瑰真的存在吗？或许只存在于作者篇幅不长的故事里，或者它该藏身于作者所希冀的人心里。深夜的玫瑰，它火红鲜艳得如同燃烧的烈焰，有着最浓烈醒人的色彩，灿烈之下又带着醉人的芬芳，让人见之忘忧。一见，便觉得热情，一见，便觉得心底的血液都在不停上涌，让人内心激荡，生出些久违的温情来。

或许，我们都该努力种一株玫瑰，在心里种一株玫瑰，让它不仅能亭亭盛开于深夜，也不仅仅是鬼魂般灵异枯萎的残躯。它该开在城市的朝阳下，映着这醉人的暖阳，将人心的坚冰融化。（刘思奇）

忘机石

/聂鑫森

他姓望，名岳。《湘城日报》农村新闻部记者，已届不惑之年。

《百家姓》里没有这个姓，但流传至今的一万多个中华姓氏中却有"望"氏一脉。人们都以为"望岳"是他的笔名，因为杜甫的一首诗就叫《望岳》，他斩钉截铁地说："不是笔名，是正名!"

他十八年前从大学新闻系毕业，考试合格进了《湘城日报》。因为他是农家子弟，因为他长得粗黑壮实，便被安排在农村新闻部。月月圆满完成任务，年年评为先进，领导殷勤表扬，可有一条，除职称是主任记者外，职务却不升不降，在科员位置上雷打不动。一个月前，报社各部门负责人大面积调整，同事都认为这回该轮到他了，可最终还是名落孙山。

他感到憋屈，憋屈得胸口又闷又痛，吸气、吐气都不顺畅，好像有块硬硬的东西堵着，用手一摸，又什么也没有。于是，他到大小医院去拍片、问诊、开药吃，费钱费力，胸口却照样憋闷。他不想待在办公室里，装着笑脸听人家的安慰，那比死还难受。于是，他频繁地下乡，开自家的小车，用公家补贴的油费，去寻找新闻线索，去写各种消息、通讯，沾地气的稿子频频刊发。领导在大会、小会上称赞他不计个人得失，任劳任怨，是堪为表率的好记者。

这是个初夏的上午，黄梅雨下得细细密密。望岳在郊外的养家村，采访完村主任帮扶贫困户致富的事迹后，问道："养村长，听说贵村有名老中医养浩然，医术到底怎么样啊?"

村主任说："你应该宣传宣传他，不但医术高，而且人品好。你想想，他是省城中医院的大腕，干到六十五岁退休，半年前回到出生地养家村，义务为农民看病、施药，分文不取；吃住在我家里，还一定要交伙食费、住宿费。活菩萨啊！你有疑难杂症?"

"嗯。请你引路，我要去拜访养老。"

"这有何难!"

小诊所是村里的一间小杂屋，正中摆一个医案，挨墙立几个中药柜，简陋得让人吃惊。慈眉善目的养浩然，正依次为几个老叟、妇女把脉、开方子。

村主任领着望岳走上前，笑着说："养老，这是《湘城日报》的大记者望岳，他工作忙，能不能先给他看病?"

养浩然好像没听见，专心专意地为患者望、闻、问、切，直到患者陆续离开诊所，他才说："对不起，我眼中只有病人，这叫'万法平等'。望记者，现在轮到你了。"

望岳说："养老之言，最合我心意。冒昧相问，养老的姓名可来自古圣贤一语'吾善养我浩然之气'?"

养浩然说："正是。你姓望，这个姓源自朔北的望天城，有两千多年的历史了。《望岳》是杜甫的诗篇名，尊父顺手拈来，可见对唐诗很熟悉，是希望你'会当凌绝顶，一览众山小'。"

"对、对、对。"

"你脸色不好啊，目光亦飘移，日多思、夜多梦吧？且让我来为你诊脉。"

养浩然闭上眼，用手指去感受望岳的脉跳。

"你总是感到胸口滞闷，怀疑生有异物。"

"是的。可医院拍片又分明没有，但我不相信!"

养浩然点点头，对村主任说："你去忙吧。这时候没别的病人，我正好和望岳小友聊聊天。"

村主任说："我还真有事。二位记着，十二点来我家午餐。"说完，飞快地走了。

煮茶。斟茶。品茶。一老一少如同旧相识，谈得十分投机。

望岳感受到一种从未有过的轻松。

“望岳小友，我有传世的忘机石，先煎熬一碗汤药让你服下。以后，你每隔三天来一次，保管你心宽体健。”

养浩然从抽屉里拿出一枚缀有天然花纹的青色鹅卵石，放入砂陶药罐，倒入一瓢山泉水，搁在炉火上煎熬。

望岳问：“何谓忘机石？”

“‘机’者，尘俗之虑也。忘机石煎水服下，可以清心解滞去烦忘忧。李白诗云‘陶然共忘机’，苏东坡也称‘鬓丝禅榻两忘机’，都含有这个意思。”

望岳喝下一碗热热的、无色无味的忘机石水，顿觉身心俱爽。

此后，每隔三天，望岳去一趟小诊所，和养浩然推心置腹地聊一阵天，再喝下一碗忘机石水。

一个月后，望岳不感到憋屈了，胸口不闷不痛了。他觉得在农村新闻部当一个普通记者，挺好！

望岳说：“养老，你以悬壶济世为己任，是真正的忘机石。我要为你写一篇通讯，让世人认识你的高风亮节、精妙医术。”

养浩然摇了摇头，说：“我不需要这个，请海涵！另外，我要告诉你，这忘机石是一块普通的鹅卵石，是我突发奇想为它命的名，没人入过药。人生有许多不尽如人意的事，你得学会忘记！我以忘机石煮水作药，不过是借代，是意医，时间和你自身的悟觉才是最好的灵药。”

望岳愣了一下，然后大声说：“养老之言，让我刻骨铭心。能把这枚忘机石送给我吗？”

养浩然大声说：“溪涧之中，此种石头到处都有，随手可得。这枚石头，我要留着，以备后之患者。”

选自《百花园》2017年第10期

读罢，胸中不禁长舒口气，只觉神朗气清，积郁顿失，仿若已痛饮一壶冰山积雪，品味一杯浮世清欢。

我醉君复乐，陶然共忘机。忘机，是一种淡然的欢畅，是万物不拘于心的洒脱，是哲人隐逸者的人生智慧，是超脱浮世的不二法门。可世人皆痴，红尘滚滚，又有几人能真正超脱物外，陶然忘机？

记得昔日寒山问拾得曰：世间有人谤我、欺我、辱我、笑我、轻我、贱我、恶我、骗我、如何处治乎？拾得曰：只要忍他、让他、由他、避他、耐他、敬他、不要理他，再待几年你且看他。

千年之前寒山拾得的妙语俨然藏了大智慧。千年之后的我们却愈发看不透这红尘细软。无他，时间或许不能增长个人智慧，却往往能增长欲望。你看，哪怕只是一个踏实肯干的新闻记者，却也时常无法逃脱这尘世的囚笼。哪怕尘世种种，也只不过是过眼云烟，爱恨嗔痴，不过一时情绪，何必以此伤心伤身，最后也只不过是令“亲者痛，仇者快”罢了。

对于别人，我们无权更改，最容易的，也不过是磨炼自己。如此，何妨饮下一杯忘机之水呢，虽其无色无味，与白水无异，但其多了的，确是忘机之心。

愿我们都能时常品得一杯忘机之水，虽外物浮沉，却依旧超脱物外，岂不妙哉。（刘思奇）

再见了，虎头

/安勇

老王和老罗夫妻俩，互相开了一辈子玩笑。如果评判一下，可以说旗鼓相当，不分胜负。

他们第一次见面，是在介绍人家里。当时，还都是二十多岁的年轻人，没资格称老王和老罗。小王在轧钢厂当钳工，小罗在纺织厂当挡车工，中间隔着大半座城市。介绍人家住平房，小王来得晚了点，从外屋往里屋走时，心里有点儿急，没留神绊在了门槛上，一个踉跄半跪在小罗面前。

小罗看他一眼，满脸严肃地说：“免礼平身。”

小王紧跟着接了句：“太后吉祥!”

小罗说：“好像反了。”

小王说：“那咱重来一遍。太后吉祥。”

小罗说：“免礼平身。”

介绍人丈二和尚摸不着头脑，好半天问“你们俩什么情况，是不是以前就认识?”

两个人互相看一眼，不约而同说：“不认识，但以后可以好好认识认识。”

他们俩一周约会一次，那时候还没有大礼拜，通常都是周六下了班，小王骑着自行车，穿过大半座城市赶到纺织厂接小罗。两个人先骑行一段，到人少的路段下来步行，当时的说法叫压马路，和看电影一样，也是件挺浪漫的事。周一到周五，他们也没闲着，一到午休，就溜进车间办公室，给对方打电话。

“我在纺织厂门口呢，拿着你爱吃的红烧肉。”小王说。

“等我一小会儿，五分钟就到。”小罗答。

两个人对着话筒聊一阵，小王像忽然想起来似的说：“这么半天了，你咋还没到？肉都凉了。”

小罗说：“还说呢，我到半天了，咋没看着你？”

他们相处了一年多时间，第二年五一，到民政局领了结婚证。走到民政大厅门口，小王咂着嘴表示遗憾：“刚才照相时，坐我旁边那个女的，长得可真漂亮，要是早遇到她，我就不和你结婚了。”

小罗也满脸遗憾：“咱俩想到一块了，坐我旁边那个男的，也特别精神。”

小王说：“那咋办呢，婚都结了？”

小罗说：“将就着过吧！”

两个人家都不在本地，资历浅没分到房子，结婚后，半租半借，住进了熟人——就是当初那个介绍人的一间平房里。家具就只有两口板柜和一只大衣柜。

为了增加收入，小王给自己找了一份工，下班后去一家私人小钢铁厂加工零件，挣点计件工资。小罗在家里做好了饭，估计丈夫要回来了，就赶紧躲起来。

小王在屋子里转一圈，没见到妻子，自言自语地说：“我老婆哪去了？”

“让人家拐跑了。”小罗在衣柜里答。

“谁拐的？”

“我拐的。”

“太谢谢你了，可算把那个败家老娘们儿弄走了。”

“拐走她，我给你当老婆中不中？”小罗说着从衣柜里走出来。

小王上下打量一气：“咋不中呢，你比她可强多了。”

他们第一个孩子是女儿，因为胎位不正，折腾了大半夜才总算生出来。小罗累得像摊泥似的堆在病床上。小王心疼媳妇，看着看着，不由自主地流下两行泪。小罗睁开眼睛，告诉他自己挺好，用不着难过。

小王反倒哭出了声：“我不是为你，是为我自己难过，医院里那么多产妇，生的都是有胳膊有腿儿的小孩，就只有我老婆，生的是一只蛋。”

小罗也来了劲，满脸惊喜说：“咱要发财了吧，你赶紧请专家来看看，没准是只恐龙蛋。”

“恐龙都灭绝了，你咋能生出恐龙蛋？”

“那我生的就是王八蛋，正好随你，也姓王。”

他们夫妻俩给对方起了很多外号，随着年龄增长，有一些慢慢被淘汰了，只有两个称呼，一直延续了下来：一个是虎头，另一个是二大妈。虎头很好理解，就是虎了吧唧、不太正常的意思，二大妈是什么意思呢？其实和虎头也差不了多少，只是变换了一种说法罢了。

老罗七十岁时，牙先老了，去诊所，镶了半口假牙，戴上假牙，心里有些慌乱，问老王，自己是不是变了模样。

老王左右端详一番说：“模样没咋变，你试试看，还能不能咬人？”

老罗抓过他胳膊，咬了一口，摇摇头说：“试也白试，我咬的这个老东西，不是人。”

三年后，老罗查出了胃癌，肚子打开，医生说已经到了晚期，怕是活不了几天了。老王心里难过，表面上还硬撑着，不时汇报下孙男娣女的情况，都是报喜不报忧。

老王说：“咱大孙子，这阵子成了香饽饽，三四个长得像电影明星似的女孩儿，争得急脾酸脸的，都非要嫁给他。”

“那咋办呢？不行就都娶了吧！”

“可惜，咱国家的《婚姻法》不允许。”

“要不然，让大孙子带上那几个老娘们儿，移民到非洲去？”

“我看行。”

老罗临走之前，把老王叫到枕头边，在他耳根底下神秘地说：“其实，我没死，只是躲到了咱家的衣柜里，你别心急，等到七七四十九天过后，我就能回来了。”

料理完妻子的丧事，老王回到家中，眼睛看到这里，心空一下，看到那里，心又空一下，四周看一圈，心就空得像一片冬天的田野。最后，他的目光落到那只衣柜上。这么多年里，他们换了几次房子，但这只衣柜却始终没有扔。

老王走到衣柜前，手放在柜门上，想起老罗说的七七四十九天的话，到底没有打开。一七那天傍晚，老王又站在衣柜前，忍了忍，仍然没有打开。三七那天夜里，老王到底没忍住，还是把衣柜打开了。

他在最下面的搁板上找到一个纸包，打开纸包，里面还有一个纸包，再打开，又有一个，连着打开七个纸包，他看见纸上写着一句话：再见了，虎头！就知道你扳不住，现在我回不来了，你自己一个人在世上受罪吧！

选自《天池小小说》2018年第4期

评鉴与感悟

“再见了，虎头。”这是一句多么亲切却又哀伤的问候，一句话，仿佛就是一首诀别诗。

年少的时候，曾无比恋慕轰轰烈烈、荡气回肠的爱情，试想若爱到燃烧，就陪他一起化为灰烬。若是生活平静如水，那么曾经再浓烈的爱情也会被稀释，最终成为相濡以沫的两条鱼，水乳交融，难分你我。

年长些的时候，总羡慕那些甜蜜的不经意。就像是老王和老罗，斗嘴之中，也洋溢着爱情的味道，毫不忌讳，毫无防备，最熟悉我的是你，最熟悉你的是我。劳累时，可以将整个身心交付，痛苦时，我朝你笑，你侧过头微笑着偷抹眼泪。就连最后的离别，也只是那句俏皮的留他一人在世上受罪。

曾见过很多爱情，在悲欢离合之中起起落落。最后落在实处的只有陪伴，当年华热情不在，生活趋于平淡，也并非是不相爱了，只是因为陪伴成了习惯，就如同身体最重要的某个肢节，早已习惯它的存在。

几日前，在广场上看到一对老夫妻，老人推着轮椅中的老伴慢慢走，夕阳西坠，起风，老人蹲在轮椅前头帮老伴挡风，还用大手握住老伴有些枯瘦的一双手，无比温柔地呵气为其取暖。伴着落日的余晖，两位老人共同投出一个极动人的剪影。这个画面，很多次盘桓于我的脑海，成为我一个极珍贵的路边记忆。

执子之手，与子偕老。我想，爱到时间尽头，或许都会是如此模样吧。（刘思奇）

拉 钩

/欧阳明

再过十天，他就要离开了。

天气突然好转，又恢复到蓝天白云，不再细雨纷飞。

十天后，他就要回到当初来的那座城市，和尹伊举行婚礼，兑现他当初的承诺。

前天，尹伊打电话告诉他，新房已布置好了，酒席也订了。

尹伊是他大学同学，生在城市、长在城市，不仅人漂亮，还是富家千金。他是祖传的农民，虽说他品学兼优，但一穷二白的家底，让他的优势大打折扣。尹伊爱上他，完全是因为她是个爱情至上者。

他来支教，并非一时冲动。当初，要是没有支教老师的培养，他只能像父辈一样，窝在大山里，日出而作日落而息，为填饱肚子而劳碌一辈子。考上大学那天，他就发誓，今后一定要去支教。他知道，贫困山区的孩子，最需要的不是物质，是一种温暖的陪伴，是一盏能照亮他们心灵的灯。

尹伊舍不得他离开，说，你不去也有人去的。

他说，必须去，不然，这辈子我良心不安。见她还是不高兴，又急忙说，两年，就两年，两年后我就回来结婚。

两年里，他一直待在大山里，恨不得把所有的知识都教给孩子们，和尹伊只能靠电话来诉说相思。两年里，他和孩子们建立了深厚的感情。孩子们也很喜欢他，什么都听他的，什么心事都对他说。

可今天，孩子们突然变了。不仅不和他说话，问他们话时，也不搭腔。上课时目光呆滞，心不在焉。就连平常最爱说话的果果也是那个样子。

果果是班里年纪最大的孩子。幼年父母双亡，是被泥石流埋的，陪伴她的只有奶奶。他来支教才三天，果果就不上学了。他去她家问什么原因。果果说脑子笨，不是读书的料。他说，你不笨，只要你回来读，老师保证你考个好成绩。果果不信。他伸出小拇指说，来！拉钩！果果犹豫了半天，才伸出手来。

在他的细心辅导下，果果进步很快，期中考试就进入了前三名。果果很高兴，到山上采了一大把野菊花送给他。

家里出了什么事吗？下了课，他问果果。

果果不回答，只是摇头，目光朝向操场边那棵杨树。那是他来时和孩子们一起栽下的。当时，他对孩子们说，老师一定让你们像这棵树一样，不断生长，直到成为参天大树。

有什么事说出来，我们一起解决。他继续说。

我不想读书了。果果突然冒出一句话。说完，低下了头。

为什么？他很惊讶。

那棵树长不大的。果果说。

它在长啊。他莫名其妙。

不会长了，你要走了。果果说着，眼里有了泪花。

我走了有新的老师来啊。他终于明白了原因。

你说过要让我们成为参天大树的。果果泪水涌出了眼眶。

老师还有其他很多事要做啊。他说。

反正，你走了我就不读书了。果果嘟起了嘴。

他望了望天空，又把目光移到那棵杨树上。从山谷吹来的风，把树叶刮得哗哗直响，像孩子们在歌唱。

老师，你能不走吗？果果眼泪汪汪地望着他。

看着果果，他想起了另一双眼睛，想起了对尹伊的承诺，一时找不到话说。

一只鸟从眼前划过，没留下丝毫痕迹。

他突然下定了决心，笑着对果果说，好！我留下来，到你们考上高中才走。

我不信。果果摇了摇头。

不信拉钩！他伸出了小拇指。

真的吗？果果破涕为笑，像一朵盛开的鲜花。

孩子们突然麻雀般从四周飞过来，手拉手围着他边唱边跳，高兴得像过节一样。他心里一酸，泪水，在眼眶里打转。

他告诉尹伊，他爱她，也爱孩子们。

尹伊不信，千里迢迢来到山里。那天，他叫孩子们为尹伊表演了一场充满当地民族风情的节目。

几天后，尹伊走了。但一个月后又回来了。她留了下来，和他一起教书。几年后，他们成了家，有了自己的孩子。

果果上高中那年，那棵杨树已经长得很高很大了。他终于可以走了。但这时候，他才发现自己的脚，已像树根一样，和这片土地融为一体，不想挪动了。

现在，果果也长大了，已是大四的学生。

毕业前夕，果果来学校看望他和尹伊。

他问果果，毕业后怎么打算？

回这里教书！果果说，没有丝毫犹豫。

你学声乐，在外面才会有更大的舞台。他劝她。

舞台大了，一个人会感到寂寞的，大的舞台，应该让更多的人上去。果果说。

果果带来了一棵树苗，栽在了那棵杨树旁边。

老师，我要像你一样，陪着它长大。果果说。

望着两棵树，他百感交集，不知不觉中，两行热泪已打湿了双颊。

选自《四川文学》2018年第1期

不知为何，眼前仿佛浮现出一个小女孩子那双秋水般渴望的眼，带着一股浓重的执拗和被救赎般极真挚的神色。

虽不曾去支教，但脑海中也会想象支教的画面：或是环校的小山，又或是临近的鸡栏，更或是穿着旧衣服的孩子们读书时专注的目光，以及孩子们玩耍时露出的天真无邪的笑脸。不管哪一幕，都该是令人欣慰且感动的。

因为爱，他选择放弃两年的打拼，从城市回到故乡支教。同样因为爱，尹伊放弃优渥的生活，来到他置身的山村。同样因为爱，果果放弃更好的歌唱舞台，同他们一样，将青春奉献于这片大山，奉献于这些可爱的孩子们。我想，如果善良和感恩是一种基因的话，那势必从他身上传到了尹伊和果果身上，融入她们的血脉中，深入她们的骨血中，这些基因带着对孩子们最美好的祝福。就如同那校旁的树苗一样，苍翠着，一代一代的，最终成为一片生机勃勃的树林。

十年树木，百年树人。为师者，往往令人感动。（刘思奇）

恋 石

/曹隆鑫

原想着屋里要比屋外暖和些，进到屋里，乍地一寒。

但是，眼前蓝蓝的地板又让我心头一暖，仿佛进入了一片海。

她在用电水壶烧水，她扭头对我说，冷不冷？我屋里没空调，也没取暖器。

我摇摇头，快速打量起她的屋子。除了这蓝蓝的地板，屋里还有各种奇形怪状的石头。茶几上的那块，像一座微型的山，“山”很瘦，却很精神。她的屋子里摆放着很多的石头，最大最高的一块，就站在书架那儿，像个魁梧的男人，在做沉思状。

她取出两个水杯，水还没开，她的一只手绞在另一只手上。

我是刚刚认识的她。本市双子大厦一楼展厅有一个画展，战友打来电话说，你一定得去看看，因为画家画的是我们当兵时驻守过的那座海岛。

我去了。我从出租车上下来，往展厅走去的时候，我抬脚、收腹、挺胸，不知不觉迈出了军人的步伐。

果然，你好像一下子空降到了我当年驻守过的海岛。你看那块大礁石，底部有一大块凹陷进去的部分，当年刚踏上海岛时，牢骚满腹的我曾一次又一次把脚踹在那上面。

我肯定脸红了，脸红的另一个标志是敏感，身边一个女孩子多看我两眼，我都察觉到了。

突然她开口问我，这幅画好在哪里？

我尴尬地一笑，我说，我不懂画。

她轻轻地笑着说，我也不懂画。

我说，我是真的不懂，我当过兵，画家画的是我当年驻守过的海岛，所以，感觉很亲切。

她说，原来是这样啊！

我不再说话，她也不再说话。只是她跟在我身边，我走，她也走。

快要走出展厅的时候，能感觉到她还跟在我的身后，我还感觉到她有话很想跟我说。我放慢步子，等她走到我身边，我说，你好！

她愣了一下，莞尔一笑，说，你好！

她有点像我的前女友，很漂亮。我当兵踏上海岛的第一百零七天，我的前女友就用一封信跟我分了手。

我说，你有事吗？

她说，我想带你去一个地方，行吗？

我愣在原地，像兵一样地站正。

她说，我男友也是当兵的。

她说这话的时候，“男友”两个字压得很低，但是“当兵”这两个字却让我心里一动，还有她的样子，我如果不答应跟她走，她会很难受。

我说，要叫车吗？

她说，走过去，不是很远。

一路上没有话，只有冷冷的风刮在脸上。我开始有一点点的后悔。

现在我更后悔了，一个玩石头的女孩子，尽管外表看上去柔弱似柳，说不定会心硬如石。

你喜欢石头吗？

我在打量这些石头的时候，她这样问我。

我说，抱歉，我不玩石，我不懂。

她轻轻地一笑，说，我也不懂。

我不懂画，她说她也不懂画；我不懂石，她说她也不懂石。我心里有些异样，开始考虑着该怎样委婉地跟她告辞。

她突然说，这些石头，你看像不像海岛上的礁石？

她话里好像有话，眼里似乎还含着泪花。

她说，这些石头是他在附近的山上挑回来的，他说要给我布置一个和他那里一模一样的海岛，我只要想他了，看看这些石头，就会觉得是和他在一起。

我一怔，看着她说，有点像。

她说，岛上条件艰苦，天冷，岛也冷，天热，岛也热，我这屋子不装空调也没取暖器，他冷了或热了，我要让自己也能感觉到。

我说，他在哪里当兵？

他，他牺牲了……她颤动双肩，嘤嘤地哭出声来。

我望着那块最大最高的石头，在我的潜意识里，那块石头就是他，我的右手悄然举起，向他敬了一个最标准的军礼。

今年入夏，我把她带去我当兵驻守过的那座海岛。她看见海鸥，双手做飞翔状，大喊，我来啦！

选自《解放军报》2018年5月27日

评鉴与感悟

有人说，陪伴是最长情的告白。

男人用石头搭起一片海岛，是为了缓解女人分隔两地的思念；女人放弃温暖舒适的居所，是为了感受所爱之人的温度。爱到浓时，并非是朝朝暮暮的厮守，而是纵然我在这头，你在那头，却依旧紧紧相依的两颗心。所以时空往往不是分离的理由，唯爱才是。但这世上最悲哀的结局莫过于，并不是不相爱，而是你已在我触及不到的远方。我们的爱却只能消散在风里，被命运裹挟，最终被生死阻隔。

男人和女人的爱情纵然令人唏嘘，却依旧在心底升腾出一股浓重的敬意。男人为国捐躯，女人却依旧不离不弃，生命的天堑居然也无法阻隔他们的思念。我想，或许现实中，这样的例子还有很多，毕竟国家的钢铁长城依旧倚靠军人的力量，在我们安然舒适的那一边，是他们艰苦奋战的严峻的脸。和平永远离不开鲜血的浸染，但在此刻，我唯一能做的只有祝福，和一个肃穆的军礼。（刘思奇）

像幸福一样幸福

/冷清秋

她有条金项链。

挂在她弟媳妇的脖子上。

每次回娘家她就会看到。看到，心里就会不舒服。

不舒服就别看啊，可是每次明明都同自己商量好了的，临了临了她还是拽不住自己的目光。这让她的每一次回娘家都变得不再那么甜蜜，夹杂着艰难。

做饭择菜时、吃饭聊天时、一家人说说笑笑时，她的目光就会忍不住一次次从人群的缝隙中，执拗地绕过障碍落在弟媳妇的脖子上。当然，准确地说是脖子后面，弟媳妇的脖子后面。

她只能这么躲着悄无声息地偷看，不被任何人发现。所以她躲躲藏藏、若无其事、不露声色。这，实在是太为难她了。因为她是那种即便年纪一大把，也依然单纯如一张白纸的姑娘。嗯，不会耍任何心机的姑娘，小姑娘。是的，小姑娘，她的老女人身体里藏着一个单纯的小女孩，永远不会长大。

她觉得自己就像是个小偷在偷窥别人的财物，她想。想了一小下就赶紧打住了，然后她许久都没再出声。就像是在思索和评判自己。后来她又得出了结论说，那可是我的项链啊！

嗯，是她的。当然是她的，永远都会是她的。即便是戴在别人的脖子上，那也是她的。因为自从老郑打算要和她结婚，掏钱买了给她戴上去的那一刻起，这项链就随了她的姓，对，她姓陆。陆地的陆，大陆的陆，陆游的陆。可是，那项链还在弟媳妇的脖子上。

很多次她都想伸手去将项链摘了，攥在自己的手心里，死死攥住，再也不拿出来。

她并不是个多么小气的人，相反她有时大方得出奇。但是一想到自己男人买的项链挂在弟媳妇脖子上就会让她觉得尴尬，觉得不安，觉得不舒服。

因为那是她结婚近二十年来，属于自己的唯一可以拿得出手的贵重物品。最主要的是那不是一般的贵重物品，那对她来说是具有定情信物意义的物件。

可是，弟媳妇戴上很好看呢。那黄灿灿的项链挂在年轻的弟媳妇的脖子上多么般配。弟媳妇也不算是外人吧？

她这样安慰着自己，但心里依然抑制不住奔涌的难过。

怎么会不难过嘛，明明是自己男人给自己买的嘛。

可是她又怪不得谁，真的是怪不得谁啊。像她这样对谁都赤裸裸地捧出自己一颗心的女子，谁让她当初一看到老妈那么喜欢金项链，顿时就豪气大发直接将项链送给了老妈呢。

送给老妈没错。老妈生自己养自己，没有老妈就没有自己，项链给老妈，她当然是不难过的。

可是她偏偏忘了，老妈还有她自己的儿媳妇呢。究竟老妈是在什么情况下把项链送给了弟媳妇的，这些都不重要了。重要的是，那项链现在就挂在弟媳妇的脖子上。

对，那项链现在是弟媳妇的了。

弟媳妇洗头时将项链摘了递过来说，姐，帮我拿着。

她的手和心同时都颤了那么一下，又疼了那么一下。

黄灿灿的项链现在妥帖地堆在她的手心，带着一丝丝的凉意和分量。她想流泪，但她成功抑制住了自己。

她当然没有流泪。很久以来她都不曾流泪了。她总是很忙，哪有时间叽叽歪歪。

她和老郑每天忙着赚钱养孩子，孩子们马上读大学需要更多的钱，所以她还要忙着和老郑养鸡子、养鸭子、养大白鹅，还养了一大群会呼啦啦飞上高空的白鸽子。种西瓜、黄瓜、西红柿和棉花，做了一切她认为能改善生活带来幸福的事情。为此，每天一大早起来的她，都必须要弯着腰使着力气拉着装满玉米的小车子去喂鸭子、喂鸡、喂大鹅，然后去菜园里换水，装饲料喂鸽子、喂兔子，再把兔子放到屋子里跑，把鸽子放飞到天空。做完这些，时间还充足的话，还要去西瓜地里拔草或者忙别的。

这一天天地忙起来她早不记得什么狗屁项链了。如果，不是回娘家的话。

从娘家回来的晚上，躺在床上的她胃口不好。

听着老郑忙完一切摸索着过来栽倒在床上时，背对着老郑的她说，老郑，你打我吧。

说完，停了一会儿又说，你狠狠地打我吧。

老郑用力扳过她的身子问，这是咋了又？

她没吱声。但黑暗里忍耐不住的眼泪终还是滚了下来。

哭过了。人就松散了。她将软软的身体靠过去说，我不管，明天下工你要给我买凉皮。

正赶往睡眠路上的老郑迷迷糊糊“唔”了一声，接着睡着了。睡着了，那呼噜噜、呼噜噜的声响，就像是一个吃得饱、跑得快的小男孩，驾着一辆马车从一个快乐的地方赶往另一个更快乐的地方去。听着听着她就忘了凉皮了，也忘了金项链了。只是不自觉地将自己的身体偎过去，死死偎过去，偎在那宽厚温热的臂膀里想，回家真好啊……

她就睡着了。

选自《大观》2018年第5期

突然想起龙应台《目送》中的一句话，“幸福就是，生活中不必时时恐惧。幸福就是，寻常的人儿依旧。幸福就是，早上挥手说‘再见’的人，晚上又平平常常地回来了，书包丢在同一个角落，臭球鞋塞在同一张椅下。”

我们总是习惯追寻幸福的定义，总是觉得幸福太过于虚无缥缈，该用一种具体的感觉描述。所以，从小学起，我们就用笔写遍了各种幸福的含义。幸福是空气中的牛奶味儿，幸福是母亲甜蜜的吻，又或者幸福是张爱玲的那句，于千万人之中遇见你所遇见的人，不早不晚?

如人饮水，冷暖自知。幸福或许在女人看来是那个魂牵梦萦的金项链，又或许是爱人宽厚的怀抱，又或者是回家时的温馨舒坦。不得不说，女人真的可爱得一塌糊涂，那些求而不得的忐忑，那些善良而徘徊往复的纠结，那些隐秘而又蠢蠢欲动的小心思，都在作者的笔下展现得淋漓尽致。看的时候，唇角也止不住地勾起。

想来，按照女人那么善良无欲无求的心性，就算经历生活的波折，也会是感觉幸福的吧。没有浓重的欲望，或许幸福才能更好地降临。(刘思奇)

十里红妆

/赵淑萍

闹铃响了，他醒来，听到了窗外的雨声。这一刻，他感到无端的疲倦，就想着在温暖的被窝里再躺一会儿。但他终究还是起床了。“生意没有也没关系，就去店里看书吧。”他对自己说。

他准时赶到书店，开了门。店门上“十里红妆”四个字很醒目，也很落寞。记得，开这家实体书店已经被批了一通，取这个店名，更是遭数落。“既不是婚嫁喜铺，也不是家具店，书店叫什么‘十里红妆’？”可不管亲友怎么说，他毅然开了这店，取了这名。

他烧了点水，抹了抹桌椅，然后埋头看起书来。突然，他听到门口有声音，心里一喜：“今天这么早有人光顾了？”

一位丈夫，扶着他的妻子进来。那是个准妈妈，看隆起的肚子，估摸有五个月身孕了。“你就安心在这里吧，我中午来接你。”丈夫说。哈，原来是把妻子‘寄存’在我这里了。他窃笑了一声。

整个上午，他埋头看书，那孕妇也埋头看书。中午时分，丈夫来接妻子了。妻子好像对这优雅、静谧的环境恋恋不舍。生意一如既往的冷清，寥寥几人，看书的多，买书的少。

过了一段时间，那位准妈妈又来了。这次，她带够了钱，一下子买了好几本。丈夫来接她了，一手拎着书，一手扶着她，喜滋滋的。八成是准妈妈带来了喜气，书店渐渐地热闹起来。双休日，还有爸爸妈妈带着孩子来。有了人，他就开心。虽然，书卖得还是不多。有时，他也和读者攀谈。“浩哥，是你吗？原来电台的节目主持人？”一天，一位和他年龄相仿的人，看到他惊呼起来。“浩哥，当年你朗诵食指的诗《相信未来》，那声音，我至今还记得。”确认后，那人又说。后来，就有人撺掇说朗诵一首吧，他不好推却，就朗诵起来。大家痴痴地听，外面经过的人也进来了。

现在，他的书店经常有读书分享活动和朗读活动。老人、孩子很多，偶尔还有孕妇光顾。

这不，又一位孕妇，挺着个硕大的肚子来了，搀扶她的，应该是她母亲吧。母亲的嗓门很大：“还好，还好，终于到了。再不来就来不及了。”他一听，不解，继而，恍然大悟，“我怎么这么笨，准妈妈是来讨好彩头的。”

想起多年前，他做一档节目，去采访一家名叫“十里红妆”的博物馆。十里红妆，那是宁绍台一带的婚俗，女儿出嫁，娘家陪嫁的妆奁，大到千工床，小到各式生活用具，一应俱全。出嫁的队伍，浩浩荡荡，绵延十里，目的是让女儿风风光光进入夫家，自然也希望她衣食无忧。谁说嫁出去的女儿泼出去的水？父母的爱，深沉而绵远。当时，还是准爸爸的他，望着博物馆里大大小小的物件，被深深打动了。后来，他涉足商海，赚了不少钱，生意正兴隆时，他却退出商海开起了书店。个中原因，亲友们有过种种猜测。也许，赚够了钱，从此想过自己喜欢的生活。也许，他本质上就是一个读书人，转了一圈最终还是想着“回归”。开这家实体书店时，他正为店名犯愁呢。突然，花朵一样的女儿从他面前飘过，他想起了那次采访。“十里红妆，花开富贵，书香传家。”于是，他定下了名字。

没准儿，孕妇肚子里的那个孩子是女孩。他有预感。

选自《宁波日报》2018年5月22日

十里红妆，花开富贵，书香传家。短短十二个字，写尽了美好又悠长的祝福。而这小小的书店就犹如盛开的花，香淡似无，静待有缘人。作为书店老板，他听从自己内心的声音，义无反顾地叫了“十里红妆”的名字。生意冷清的日子里，他读书自我安慰，从不苛求，也从不患得患失。他是真正的读书人，所爱的是书，他所希望的，也不过是有书友来寻，让这些好书不至于埋进岁月的荒纸堆罢了。这是多么真挚又朴实的愿望！在物欲横行，信息爆炸的今天，如果不是真正的爱书人，又有谁能够摈弃外界浮华的侵扰，于一室之内，以书会友，来守候有缘人呢?

想来，十里红妆，花开富贵，书香传家，是他对世人的期盼，也是对女儿无尽的爱与期盼。

诗书传家久，耕读继世长。若能常与诗书相伴，那也算不枉此生了吧！（刘思奇）

第三辑

花　镜

/刘庆邦

燕奶奶的头发花了，眼也花了。头发花的表现，是白头发越来越多，眼看就要从一头“黑花”变成一头“白花”。眼花的表现呢，是眼珠子上像涂了一层面糊子，看啥都是模模糊糊。头发花就花了，无所谓，反正头发是无用的东西，花开花落随他去。眼睛花了，就有些麻烦。一只苍蝇在屋里飞，飞得嗡嗡的。从声音判断，这只苍蝇个头儿不小，是那种让人讨厌的绿头红眼的大家伙。她抄起蝇拍，想把苍蝇打死。可她只听见苍蝇振翅飞翔的声音，就是看不清苍蝇在哪里。她拍一下，又拍一下，每一下都落了空，不但没把苍蝇打死，苍蝇弄出的响声反而更大了。苍蝇像是和她做起了游戏，仿佛在说：“来呀，来呀，你个花眼的老太婆，我在这里呢！”

“看你往哪里跑，我今天非要打死你不可！”有点儿执拗劲儿的燕奶奶，终于把苍蝇打死在厨房的墙上了。她要把粘在墙上的苍蝇尸体捏下来，一捏，原来是一个钉在墙上的锈蚀的钉子头。

眼睛花成这样，燕奶奶买一副老花镜戴上不行吗？戴老花镜行是行，问题是，她不认为自己的眼花是个问题。她的儿子在井下处理哑炮时受了伤，两只眼睛啥都看不见了。比起儿子的眼睛，她白天能看见太阳，晚上能看见月亮；看树还是绿的，看花还是红的，戴不戴老花镜有什么关系呢！她的眼睛看不清苍蝇和蚊子了，恐怕也是老天爷的安排，自己活着，也得给苍蝇、蚊子留一条活路不是？还有，她挣钱不容易，舍不得把钱花在买老花镜上。儿子双目失明后，挣钱少了，她就开始到处捡废品。废品不是钱，但她把废品捡多了，就可以换成钱。比如说捡十张废报纸吧，交到废品收购站，就可以换到一分钱。白铁皮做成的瓶盖子不是钱，有一次，她把别人踩扁在地上的一个瓶盖子看成了钱，心中一喜，心说这不错，捡废品还能直接捡到钱。她弯腰把钱捡起来，想看看是一毛还是一块——奶奶的，远看像个钢镚子，近看原来是一个破瓶盖子。破瓶盖子她也舍不得扔掉，放进了盛废品用的蛇皮袋子里。把和钢镚子模样差不多的瓶盖子攒多了，也能卖钱呢！

眼看她的眼花得越来越厉害，曾有熟人劝她买一副花镜戴。她问人家："买一副花镜多少钱？"人家告诉她："花镜有贵的，也有便宜的，贵的几百块，上千块；便宜的也就是几十块钱。"燕奶奶把熟人的鼻子和眼看一看，见熟人的鼻子还是鼻子，眼还是眼，她说："没事儿，再等等吧。"

居民小区门口放有一只绿壳子的塑料垃圾箱，燕奶奶每天都要往垃圾箱里看一看，在垃圾箱里扒一扒。在她看来，垃圾箱简直就是百宝箱，她在"百宝箱"里捡到过鞋子、袜子、帽子、铅笔、钢笔、圆珠笔，还捡到过耳机、收音机、照相机，等等。凡是人们使用的东西，垃圾箱里差不多都有。好玩儿的是，有一天，她竟在垃圾箱里捡到了一副眼镜。她几乎认定，这副眼镜应该是一副花镜。老天爷真是有眼哪，正当她需要花镜的时候，就给她送来了一副花镜。镜框是黑色的，眼镜腿也是黑色的，她拿起眼镜看了看，觉得这副眼镜真不错，整个眼镜通透得跟没装镜片子一样。她把镜片子摸了摸，不由得笑了，大拇指摸到了二拇指，原来真的没装镜片子，只是两个圆形的空框子。

中秋节那天，二儿子和二儿媳从市里到矿上来看望燕奶奶，燕奶奶把捡到空框子眼镜的事当笑话讲给二儿媳听。大儿子出事故后，大儿媳已离家而去，一去不返，只有二儿媳还时常来看望她。二儿媳在市里的晚报社当记者，愿意听一些新鲜有趣儿的事。燕奶奶摸准了二儿媳的胃口，二儿媳每次来，她都会讲一些新鲜有趣儿的事给二儿媳听。这次讲完了空框子眼镜的事，燕奶奶还把那个空框子拿给二儿媳看，问二儿媳能不能找两个镜片子装上，她当老花镜戴。二儿媳把空框子看了看，说："这是儿童玩具，框子上没有槽儿，没有装镜片子的地方。”二儿媳认为，婆婆的确该配一副花镜。她说：“这样吧，我下午带你去市里的眼镜店，让人家给你验验光，配一副花镜。”

“我听人家说，买一副花镜得花好几十块钱呢!”

“妈，这个您就不用管了，一分钱都不让您花，就算是我送给您的礼物。”

二儿媳带燕奶奶来到市里的一家眼镜店，又是验光，又是挑镜框，又是选镜片，算下来，配一副眼镜竟需要八百九十块钱。老天爷，这怎么得了！燕奶奶心疼坏了，也感动坏了，两只有些塌坑的眼眶里顿时涌满了泪水。燕奶奶的孙子叫小明，她习惯把二儿媳叫成小明他婶子，她说：“小明他婶子，咱捡便宜的随便买一副，凑合能戴就行了，眼都老成这样了，哪里配得上这么贵这么好的眼镜呢!”

“眼镜天天戴在眼上，哪能凑合呢？买就买合适的。”二儿媳把花镜给婆婆戴上试了试，问：“怎么样，清亮吗?”

“清亮，清亮得跟年轻的时候一样。”戴上花镜的燕奶奶不看别的，只看着二儿媳，看了眉毛看眼睛，看了眼睛看睫毛，说：“我就看着俺小明他婶子好看。”

二儿媳的眼睛笑得弯弯的，说：“您看得我都不好意思了。”

过了几天，燕奶奶一个人到眼镜店来了，要求把花镜退掉。营业员问她为什么，她说：“花镜戴着不合适，头晕。”营业员不给她退，她自己先退了一步，让人家给她换一副。营业员问她换什么样的。她说：“不要太贵的，几十块钱一副的就行。”贵的换成便宜的，人家就得给她退钱，眼镜店当然不愿意做这样的买卖。营业员说：“穿过的袜子戴过的眼镜，用过就不能再换了。”燕奶奶不跟人家吵，也不跟人家闹，她的办法是，人家不给她换眼镜，她就待在眼镜店里不走。她还提到，她有高血压，千万别晕倒在眼镜店里。营业员拗不过她，到底给她换了一副价值只有六十多块钱的花镜。不过，人家没有把两副花镜的差额款全部退还她，扣了她一百多块钱的折旧费，只退给她七百块钱。能拿到七百块钱，燕奶奶好像已经很满意，她一再对眼镜店的人说：“谢谢啊，谢谢啊，给你们添麻烦了。”

城是小城，眼镜店有位女营业员认识燕奶奶的二儿媳，还知道燕家的二儿媳是位有名的女记者。有一天营业员碰到了女记者，对她说："你婆婆把你给她买的花镜退了，换了一副便宜的花镜，你知道吗？"

二儿媳一点儿都没有表示惊奇，也没问为什么，只说："这老太太，肯定又是为她孙子攒钱。一次为她孙子花一千块钱都舍得，为她自己花一分钱她都心疼。"二儿媳不会忘记，嫂子跟哥离婚时，本来要把儿子小明带走，不料婆婆舍不得自己唯一的孙子，不吃不喝，哭得一次又一次背过气去。眼看就要出人命，嫂子才把小明给婆婆留下了。当时小明还在上幼儿园，眼下燕小明已经是一名高中生。孙子上的年级越高，花销就越大，买一双鞋几百块，买一部手机几千块。只要孙子提出要什么，奶奶就尽量满足孙子的要求。哪怕孙子想要天上的星星呢，她都想给孙子摘下一颗。就算她没有上天的梯子，借做梦的机会也要为孙子摘一颗星星。这个老太太呀，真拿她没办法。

二儿媳又去矿上看婆婆时，没敢提老花镜的事，担心婆婆会回避这个话题。不料，婆婆却主动说起了花镜，说人老了戴上花镜就是好，以前人从对面走过来，她连男女都分不清，现在她不但能分清男女，连年轻的还是年老的都分得出来。

二儿媳说："只要您觉得好就好。我听说，人的眼会越花越厉害，对花镜度数的要求也越来越高，等您啥时候觉得这副花镜不合适了，我带您再去配一副。"

选自《百花园》2017年第10期

燕奶奶头发花了，眼也花了。头发花了就花了，无所谓；眼睛花了，把钉子当成苍蝇拍，也罢，总得给苍蝇、蚊子留一条活路不是？把瓶盖看成了钱，也罢，废品不是钱，但废品多了就能换成钱。生活就这样糊糊涂涂地过着，也没什么不好。这天，燕奶奶竟然在垃圾箱里捡了一副“眼镜”——没镜片的。但燕奶奶也没有失望，她只是笑了。怕花钱的燕奶奶想把二媳妇给自己买的几百块的眼镜，换成一副几十块钱的便宜货。怕店员不退，就小孩儿似的赖在店里不走，并告诉店员自己有高血压。如此的燕奶奶爱她的孙子，只要孙子要，不论什么，燕奶奶都想满足他。《花镜》讲述了燕奶奶与花镜的故事，在这个像孩子一样乐呵的老小孩儿身上，没有埋怨，没有怒气，只有与世界和解之后的暖意与温存。燕奶奶略显得盲目和偏执的爱，也许正是她与生活中那些磨难抗争到底的源动力吧。在燕奶奶身上，每个人似乎可以看到自己祖母的模样。（赵琦）

一枚方戒之红烧青鲇鱼

/吴鲁言

这次，老华在自家小区的商铺中盘了个门面，开了家快餐店。

之前，他和妻子开过水果铺、水产行、洗车店，都不太成功。

快餐店营业三个月了，生意依然不红不火。老华想，图个离家近，小生意过得去就行。

初秋的一个傍晚，一位保姆推着一辆轮椅来了，轮椅上的老人不会说话，只会指指点点。老人点了一份排骨萝卜汤，一份炒面，还有一份红烧青鲇鱼。在点最后一个菜时，老人笑了，笑时他的嘴是歪的，露出了下唇中隐藏的一粒小小黑痣，似乎是一粒挂嘴上的小芝麻，显得有些俏皮。

老华猛地叫了起来："你是歪痣，歪痣哥？"

老人惊讶地抬头，看着他，手舞足蹈起来，眼神里带着强烈的疑问。

老华说："歪痣哥，我是华斌啊，华勇的弟弟，还记得不？当年你和我哥是同桌，我天天跟在你俩后面的！"

老人鸡啄米似的不住点头，努力想站起来，可站不起来，又执意地伸出右手，那手布满了凹凸不平的青筋，像一根失去水分的老藤，在半空中做摇摇欲坠状，老华急忙从柜台后走了出来，紧紧握住老人的手，告诉他华勇已在五年前去世了，临走时还曾提到过他。

老人心里清楚，华勇是他小学最要好的同学，可他参军回来后就去外地创业了，一走四十年，如今落叶归根，可身体完全垮了，但这些话他说不出来。听到小时候的伙伴一直记得他，念叨着他，心里酸酸的，眼圈泛红了，老华看出了点什么，把老人推到餐桌边，示意他先吃饭，可老人却要保姆先付钱。保姆问：“多少钱?”

老华推推手说：“哪能要哥的钱？不要，不要。”这时老人坐不稳了，又开始在轮椅上动起来，急了。保姆代替表达：“钱一定要收的，否则他不吃了。”然后，老华看了一眼菜，说：“二十三元，收二十元吧。”但保姆一定要给老华二十三元，保姆说老人很固执的，她不敢随意更改他的主意。但老华说：“我与他的关系非同一般，他是我哥的发小啊。三元零钱怎么能收呢，这从小的情还不顶三元钱？下次，只要歪痣哥来我这里吃饭，零头都抹去。”

说完，老华对着老人爽朗地笑，老人再一次鸡啄米般的不住点头，也笑了。保姆惊奇地看着老人，付了二十元钱。因为老人很久没笑了。

之后，老人又来过一次，依然点了二十三元的菜，其中一盆还是红烧青鲇鱼，老华还是说：“三元零钱抹去。”

可后来，老华再也没见歪痣哥来。

不久后，小区边上开设了一个老年活动中心，每天早上九点需要送两份切好的水果，生意落在了老华的快餐店。这是老华从来没想到过的。

又过了两个月，镇养老院院长来了，说有人出资，隔天要给每位老年人加一个蔬菜和一份鱼汤，而且要保证是当地农民自己种植或养殖的。老华儿子在村里经营着一个鱼塘，鱼塘周围种了各类时令蔬菜。这不，老华的快餐店和儿子的鱼塘，就这样多了一份稳定的生意。

养老院就在镇政府边上，也就是山脚下，临湖靠山，环境优美，是养老养生的天堂。经过扩建的养老院比原先还要大三倍，听说床位增加到了八百张，可依然供不应求。

不知过了多久。有一天，歪痣哥的保姆来了，只买一份红烧青鲇鱼。

老华问：“为什么不见我歪痣哥?”

保姆：“他彻底中风了，只能躺在床上。”

老华急了：“啊，那歪痣哥还住在老家吗?”

保姆：“住养老院。”

“怎么住养老院？不是说他很有钱吗?”

“是的，很有钱。他的儿子孙子都在美国，有很大的事业，也很有钱，可有钱没人花，他就把钱都捐给了村里和镇上。这小区边上的老年活动中心的设备都是他捐的，镇上养老院扩建工程也是他捐的。”

“啊？那他们从我这里取水果，买菜肴也是？”老华的嘴张得如鳄鱼般，停在半空中。

“你抹去了他三元钱零头，老人很感动，只有你还记着与他小时候的情谊。只有你不看重钱，那天晚上回去，老人流泪了。”保姆平静地说完一切，急着离去，老人等着红烧青鲇鱼呢。

老华突然想起，哥哥在世时也很喜欢吃红烧青鲇鱼。

选自《文学港》2018年第4期

评鉴与感悟

老华干过很多行，开的店都不大成功。他没有特别强烈的事业心，日子就平平淡淡地过着。有一天他偶遇了一个故友，一份跨越了四十年的友谊再次清晰起来。红烧青鲇鱼这道菜，也许只是老实的老华无意的选择，抹去老友饭钱的零头，同样是无心的善举。就是这样的小事，最终给老华的生活带来了意想不到的惊喜。

红烧青鲇鱼只是一道菜，是口腹之欲。而老友之间的情意，同样是始终温暖、坚固的心腹之爱。《红烧青鲇鱼》有怎样的深意？从歪痣老人的角度来看，也许是老人晚年生活缺乏关爱的问题，关于金钱和孤独。从老华的角度看，作品则讲述了日常生活中的“意外”。两个似乎毫无关涉的问题，你中有我，我中有你，传达了暖暖的情谊。（赵琦）

书痴尚一品

/王文钢

我们来说说一个有意思的人，尚庄的尚一品。尚一品是尚庄的宝贝，活宝贝。

当年尚庄上了岁数的老人，拉着尚一品的手说，一品啊，你是咱尚庄的宝贝，离了你，俺就等着睡过去了。

数九寒天，尚一品一般窝在屋子里不出门，煮好姜茶，等人。

屋外传来一阵脚步声。来人是村里的一些老人，大都六十开外，有几个年近九十。

此时，屋外雪花纷飞，天地苍茫，一株蜡梅在角落绽放。一品的屋里烧了火盆，屋里屋外一天一地。尚一品的老婆素琴去院里棚下取了一些炭饼，放在火盆旁留作添火。

几个老人鱼贯进了一品的屋子。屋子里早有素琴搬好的凳子。凳子不够，两个老人坐在床沿上。

有个老人说。雪下得真大！还有一个老人说，再不下，冬天就过去了。

还有个老人说，别扯淡，听一品读书。

那年尚一品三十五岁。家里那只红檀木箱里有藏书三百多册。那才是尚一品的宝贝。村里很多人都知道尚一品熟读《三国》，精读《水浒传》，熟知《红楼梦》，能畅谈《西游记》。在尚庄，尚一品算是个人物。

尚一品平时说话结巴有点厉害。有时跟人说话，别人抢着说话，尚一品就不满，他急于表达自己的观点，话到了嘴边却又一时半刻囫囵不完整，遂拍腚跺脚。再不然，嘴里啊啊几声，胳膊肘一挥，话说不出来却有大将指挥的姿态，别人就停下耐心听他说。

实际上，又有几个人能耐心听他说话呢，扔下他都自顾散了。尚一品直白着两眼，有些落寞。

尚一品读书倒是不结巴，这是一奇事。尚一品家中的藏书多以评书为主，《杨家将》《瓦岗寨》《三国演义》《明英烈》《呼杨合兵》等等。这些，有的是尚一品自己购买的，有的是转自别人之手，到了他这里等于进了书库。那些书的主人，知道书在尚一品那里，放心，也就不再提起。

尚一品端起书本，上一回我们说到……

几位老人中有人端起烟袋从烟包里掏出一眼烟叶点燃，吞云吐雾，烟雾缭绕。不抽烟的，从袖口伸出手放在火盆上方，两眼巴巴地望着尚一品。

素琴把煮好的姜茶送进来。尚一品家里没有茶具，有几只搪瓷缸子，上面绘了工农兵扛红旗的那种，摆放在案板上，倒七分满，热气氤氲，姜味甚浓。

忙完，素琴去外屋纳鞋底，有时抬头看着外面飘飞的雪花。雪势愈来愈大，大如飘飞的白棉花。素琴痴痴地望着外面，望着墙角那株绽放的冬梅。

来听尚一品读评书的几位老人大都是老鳏夫，老伴走了，一人独居。以前，那些老人喜欢集聚在一处朝阳的墙根下，揣着袖口，眯着眼睛，有一句没一句地说话。上岁数的老人，往往是说着说着就没话说了。

后来，他们就转战到尚一品的家里听他读评书。尚一品比他们年轻，媳妇素琴三十多岁，风韵俊俏，他们怕去了讨人家嫌。

是尚一品邀请他们去的。有一日尚一品经过那处朝阳的墙脚，看到几个昏昏欲睡的老人，就想到了自己的爹。尚一品的爹也是个老鳏夫，老了以后，没人说话，后来就寂寞死了。那时尚一品不懂什么是寂寞，后来他娶了媳妇，就慢慢懂了。

尚一品说，大爷，你们听评书吗？那天，尚一品手里拿着一本书来到那处墙脚下，笑吟吟地问。

几个老人耷拉着眼皮，没吭声。尚一品开始读评书。

几位老人睁开眼睛坐正了，有一个还仄着耳朵。后来，几位老人就离不开尚一品的评书了。尚一品每天不读多，就一回，读完，回家。几个老人骂他，狗羔子，就读这一回啊，吊我们的胃口。

后来的一天，天空阴云密布，那些老人照例聚在那处墙脚，等尚一品。天空飘起了雨丝，逐渐密集。几位老人朝尚一品家的方向望去，没有人影。就在老人们叹口气就要散去的时候，尚一品出现了。

尚一品打着一把油纸伞，望着站在风雨中瑟瑟发抖等他的老人，忽然涕泗横流。

他带着那些老人来到了他的家。找来凳子，冲上茶水。那些老人中有个抽噎着开始抹眼泪，一抽一抽的，活脱脱一个孩子。

书痴尚一品捧着评书开始读。素琴坐在外屋纳着鞋底，有时望着院里出神。那些老人或抽着老烟袋，或揣着袖口痴痴地听。

多年以后，尚一品也成了老人。当年的那些老人都已经走了。

数九寒天。尚一品戴着老花镜。捧着评书。坐在他跟前的是满头白发的素琴。他读着读着有时就靠在躺椅上睡着了。

素琴过来给他盖了一件棉衣。她现在纳不动鞋底了，也不需要纳了。她就偎在尚一品的旁边，望着熟睡的尚一品，出神！

选自《安徽文学》2018年第8期

评鉴与感悟

在尚庄，尚一品算是个人物。他在平日说话有点结巴，可在讲评书时，却不结巴了。书给了知识分子以超越世俗的力量，但他绝不超然尘外，正是人世的温情，使老人们和尚一品以书为媒介，在灵魂上可以畅快地沟通。

雪花纷飞，天地苍茫。在万物冻结的时候，尚一品和村里的老人们，因为评书而焕发出新的生机。平凡生活中的枯燥、乏味、无聊，都在朗读与倾听中逝去。如果说《朗读者》讲述的是爱与救赎、平庸之恶的故事，是关乎爱情，那么独具中国古典韵味的《书痴尚一品》，则体现了尊老尚贤的淳朴乡情，创造了一个像桃花源一样的清雅书斋，有关乡情、亲情。在这篇小说中，我们看到了超越世俗六便士（英国货币，此处指的是现实的代表）之外的月光。大概正是因着朗读者的善良，倾听者的良善，这样的精神才得以传承下去。（赵琦）

布朗太太的房子

/王若冰

春天开始的时候，我再次登门拜访布朗太太。

布朗太太来开门时，精神明显比前两次差了不少，但稀疏而发白的头发却打理得很整齐。她还是礼貌地请我进门，将我让到沙发上，不过她开门见山地对我说：年轻人，我还是无法改变我的想法，房子我不能卖给你。抱歉。我这一次并没有急着回答她，而是看着布朗太太说：布朗太太，您知道您的这套房子已经五十年了，一套五十年的木房子，按照现在这个区域的价格，只值五十万澳元。可是我上一次已经给到您一百五十万澳元，您还是不同意。布朗太太，您今年多大岁数了？

我直视着她，内心有一股无名之火在往上蹿。但是我还是尽力地往下压了压。谁知，布朗太太却似乎一点也不急。她很淡然地在沙发上坐下，看着我说：我今年已经八十五岁了。我明白你的意思，有了这一百五十万澳元，我的余生会过得很轻松。但是，我还是那句话，房子，我是不会卖的！请回去吧！

布朗太太的话再次深深地激怒了我。可是，我知道，面对这样一个固执的老人，我除了忍耐，别无选择。去年初，我在这个区域看上了包括布朗太太家在内的六套老房子，这虽然是个老区，但是位置很好，正在吸引越来越多的海外投资者。其他的家庭都很痛快地答应并把房子卖给了我。

因为每家我几乎都是双倍或者三倍的价格买下的，因此每户人家都非常高兴地拿着钱去买新房子了。但是，当我来到布朗太太的家时，却在这里卡住了。尽管我说尽了好话，布朗太太也不松口，让她出价，她也根本不理会，只对我说：年轻人，我不会把房子卖给你！你就死了这条心吧！

这一次，我是抱着必胜的信心来的。我知道布朗太太无儿无女，布朗先生已经过世多年，她一个人在这世界上孤独度日，生活得并不富裕。况且布朗太太的房子在中间，我一旦改变了计划，损失将难以估算。就因为布朗太太不同意，我在这里的房地产开发项目难以进行，如今都快一年了，还毫无进展，我这一次要是再不成功，后果连我自己都难以想象。

布朗太太，我知道您对这座房子有感情，毕竟住了这么多年，留有许多美好的记忆。您的心情我都能理解。不过，这房子毕竟已经五十多年了，其他的几户都已经搬走了，您看看现在您的周围已经夷为平地。您一个人在这里不寂寞吗？我可以出价三百万澳元，这是我最后的底线，如果您同意，我们现在就可以签订合同。我甚至还可以帮您找到一套合适的房子，帮您搬家。 我保证您会满意的！

我极力地想说服布朗太太。

但是布朗太太似乎一点不为所动，她扭过头，望向窗外，顺着她的目光望过去，那是一个大大的葡萄架，上边已经长满了绿油油的叶子。布朗太太的目光在葡萄架上游移了一会，转过头对我说：年轻人，我知道这些。我都看到了，几户老邻居都搬走了。我的周围已经变成了一片平地，没有一点烟火气息了。但是，我要告诉你，我一点也不孤单，相反我比以前更加充实与满足了，是发自内心的满足。我不知道我的人生还有多少时间，但是只要我活着一天，我就不会离开这套房子的。她说得异常坚决，然后又把目光落在窗外的葡萄架上，久久不肯离开。

显然，这一次我又失败而归。

因为再也不能等待下去，我放弃了布朗太太的房子，只能改变了建筑计划，决定绕过布朗太太的家，分成两部分来建筑。

可是，施工还没有开始，就传来了布朗太太过世的消息。布朗太太的代理律师给我打电话，让我去一趟。再次走到布朗太太的家，一种发自内心的凄凉感不由得升起。律师掏出一封信递给我。信是布朗太太写的，在信中，布朗太太说：她不把房子卖给我，与价格根本没有关系，因为这套房子是她的丈夫亲手盖起来的，她的丈夫布朗先生的骨灰就葬在后院的葡萄架下，这些年，她觉得丈夫一直在身边陪着自己，她已经习惯了每天坐在葡萄架下与丈夫对话的日子。布朗太太还说，她死后愿意把房子赠给我，只希望我能保留后院的葡萄架，并把她的骨灰也一起葬在那里，她就心满意足了。

我读完后，内心长久无法平静。我依然按照后来的计划施工，保留了布朗太太完整的家，并且将布朗先生与布朗太太的爱情写出来，将房子免费开放给人们参观。每天，葡萄架下都会有一些伴侣拿着鲜花来祭奠！

我总在没事的时候，走进后院的葡萄架，心里默默地说：布朗先生，布朗太太，愿你们安好！

选自《梅州日报》2017年10月18日

评鉴与感悟

布朗太太守着老房子，不为天价赔偿所动。她年事已高，头发稀疏，但仍大方得体，守护着房子和一个秘密。势在必得的开发商几次无功而返，正要放弃时突然传来了布朗太太去世的消息。再次来到这座老房子，他心中却有难以言说的凄凉之感。

大抵那些横亘在我们面前的困难，一旦得到了解决，绵长的惆怅之感就会接踵而来。在对峙与交涉的过程中，我们因默默地捍卫自己坚守的、有价值的东西而逐渐成长。布朗太太与布朗先生的爱情便是其中之一。阿城的《树王》、契诃夫的《樱桃园》、托马斯·哈代的《虹》，不同时代的作家面对蓬勃的现代文明，都用敏感的笔触，表达了对昔日田园牧歌式的依恋，同时拒斥并批判现代文明对自然和人性的压迫与戕害。对于现代社会和人间真情的关系，《布朗太太的房子》呈现了另一种可能。在文本中，布朗太太的态度暗示西方文明已经完成了否定之否定，重新回归对人性的关怀。而年轻的开发商最终被布朗太太的爱情故事所感动，保留他们的旧居，并将这一信念传递下去。作者这样的安排也是有深意的。这也许是作者“情胜于利”的主观价值

判断，也许只是对人类进步过程中出现的诸多问题之一，提供的一个具有普适性意义的美好预言。（赵琦）

指　爱

/张丽

小时候，兰常常听人议论母亲的手。有的说一个女将（女人）长的手白嫩白嫩的，做针线活还可以，做农活还不脱几层皮？有的说，庄户人家全靠一双手养命，哪个不破皮流血，有啥金贵的。有的说，她可没看见金贵，人家是好把式，摘棉花比洒雨点还快，年年是能手呢。对于别人的议论，母亲似乎一点也不在意。她懂“巧妇难为无米之炊”，插秧割稻、犁田耙地、车水打场样样都干。兰很少看到母亲有歇息的时候，七亩责任田、两片山地、五个娃、三头猪，母亲的手抓了这个，又要去抓那个，哪一点都马虎不得。

月明星稀的夏夜，娃娃们早早地把竹床凉席在稻场上铺好了，大人洗了澡摇着蒲扇陆陆续续走出来，坐到椅子上、竹床上、凉席上说笑着乘凉。兰捉了不少萤火虫，瓶子里一闪一闪的，却照不到母亲的身影。母亲怕蚊子，那蚊子似乎闻得到母亲的体香，或者是尝到了母亲血液的甜味，简直无孔不入。母亲把蒲扇拍得“哗哗响”，才护住身体，手被叮起疙瘩，奇痒难忍，却不好意思叫唤。她怕人又笑她是块嫩豆腐，也怕被人比成奶娃肉。夜深了，拉家常的声音渐渐淡了，蒲扇的拍打声也稀疏了，稻场上有了鼾声、鼻息声、梦呓声、婴儿的吮吸声，兰迷迷糊糊的，闻到了艾草的清香。那香味真是催梦啊，似一双温柔的手轻抚着、摩挲着，黏上了兰的眼皮。兰酣睡了一觉醒来，发现自己枕在母亲的胳膊上，侧卧的母亲，手还贴在自己的脸颊上。不远处，艾草冒着股股白烟，不消说，那是母亲带来的艾草。兰轻轻坐起，母亲的手滑落到床头，月光下如一块白玉。兰把“玉”捧起来，不仅没有触摸到光洁，反而有树上青梨的粗糙。母亲的十指如葱，却不爱留指甲。兰觉得母亲是不爱指甲的，总是没等指甲冒出指尖就剪掉。那剪子是她的手工剪，剪线头、剪布料、剪鞋样，也剪一个个漂亮的窗花，偏偏母亲要用它剪指甲。似乎对指甲有仇，母亲先剪一个缺口，再平剪一条指甲壳，接着剪两角。她剪得很“毒”，指尖的肉露出甲壳包裹的纹路了，还不罢休，继续用剪子尖挑开甲的两角，露出空洞。有几次，兰看到母亲的手指出血了，母亲若无其事地刮一撮土墙上的“溜溜粉”撒在指尖。她说，老土墙上的尘土吸收了几十年阳光，能杀毒止血。

有双好看的手不好吗？长大一些，兰终于忍不住问母亲。母亲摇头又点头，顺手扯掉麦田里的油菜说，你看，恁好的油菜，茎秆嫩，花儿香，偏偏长错了地方，影响麦苗生长，要它有什么用？我的手再好看，也不能当饭吃。指甲长，做事不方便，泥巴草叶往里面钻，当然要剪。可你也不能剪太深啊，看你把肉都伤了。兰心疼得泪花闪烁。母亲笑了，抚摸她的小脸说，咱们老家有句话叫“心闲长头发，手闲长指甲”，说得好听就是活得快活，悠闲自在；说得不好听，就是骂人无所事事，懒得抽筋。庄稼人哪能让手闲着啊！看兰似懂非懂，母亲解释，人勤春早，就是勤快的人过日子舒坦。千百年来，女孩们做梦都想有双巧手，才在七月七这天拜月祈祷，所以七夕节也叫乞巧节呀。好在，我的兰儿不需要乞巧，看这手多好看，只要不游手好闲，一定有好命的。

兰确实遗传了母亲的基因，肤若凝脂，吹弹可破，尤其一双手，十指尖如笋，腕似白莲藕。兰常常听到很多人赞叹她的手美，也从书中明白了这些形容美手的好词。兰的手被女孩羡慕，让男孩着迷。兰不想让手熏上烟火气，沾上泥土气，染上青草色，可她没有考上大学。早在她上学的时候，母亲就叮嘱，女人的命在手上，手再巧也要勤劳。想种田要练好手上活，想吃公家饭要握好一支笔。母亲哪里知道，握笔容易，书写难，手想写，脑子跟不上啊！

手是女人的第二张脸，兰真的不想亏待。尤其是看到母亲颤抖的手粗糙干裂，指关节变形，兰的心如虫噬。母亲辛劳一生，从来不让自己有片刻清闲，她“作践”一双手，换取一家人的温饱，她掩藏内心的爱，把美德传给后人……由于手抖，母亲不能握紧剪刀，曾经粉红纤薄的指甲灰白肥厚，坚硬的甲壳越过指尖，顶着鞋袜，每一步扎到肉里。她不能弯腰修理，不能握剪剔除。她叹息，老了，不中用了，想勤快都勤快不起来了。

兰没有让心闲着，她开了家“指爱”美甲店。既为老年人修甲，做护理，也为年轻人美甲，做保养。“指爱”的进口处就有匾额写着“爱你就是爱自己”。修甲室内，兰的玉手纤纤，十指长长，指甲尖尖，涂了蔻丹的指甲红艳艳、亮晶晶。她端着一盆药水，浅笑盈盈，她的母亲惬意地躺着，等她洗手修甲呢。

选自《精彩阅读》2018年7期

评鉴与感悟

《指爱》以母亲的手为描写对象，描写了母亲用一双巧手包揽农活、喂养儿女、撑起家庭的故事。

白皙、灵巧的双手是女孩的美好梦想，也是女性美的象征。但拥有了母亲这一特殊的身份之后，外表的美正在逐渐消逝。人们常说，“为母则刚”，但小说中的母亲却不是那种强壮、红润的女性，她怕蚊子叮，有独特的体香，也怕旁人说她娇气，她仍有着女人的缜密和娇弱。她靠的不是独立自强的气魄，也没有男人一样的雄心，她只是一个鲜活的、柔弱但强悍的母亲。

艾青在《大堰河，我的保姆》中深情地怀念了大堰河，“她含着笑”“她含着笑”，我们在张丽笔下看到的那个母亲，和这个根植于大地、用勤劳哺育儿女的母亲多么像啊。正是这些女性用她们的爱与奉献为家庭遮风挡雨，使浓重的暗夜也变得温存。值得一提的是，作品并没有停留在对母亲的讴歌上。在文章的结尾处，“我”长大了，开始呵护母亲的双手，反哺之恩使文章的主题得到了强化与升华。（赵琦）

还是七步

/刘正权

从睡房到卫生间有七步，张凤芝抱着瘫子婆婆要走十四分钟。

从卫生间到睡房有七步，张凤芝抱着瘫子婆婆只要走七分钟。

加起来，一共二十一分钟，每天三次，总共不过一小时三分钟，一天有二十四小时，差不多二十四分之一呢。

张凤芝恨死了这二十四分之一，经常抡挲着双臂说："谁来拿走这之一，哪怕一天，让我歇歇膀子歇歇脚。"听起来有些矫情，还有些不近情理，一天的二十四分之一就能歇下膀子歇下脚，好意思叫累喊苦?

张凤芝可是把苦和累挂在嘴边的。她累的是心，苦的是命。

关键是这个瘫子婆婆怎么伺候，自己都有名无分，张凤芝和陈祖德搬到一起过日子时，没拿结婚证。拿不拿不重要，张凤芝这么以为的，她跟邓策举有结婚证，还红彤彤的亮眼睛，结果邓策举照样不把钱往家里拿，养了外面的女人。

陈祖德这点好，挣多少拿回多少，全部交给张凤芝。

两人合计过，等钱攒到了六位数，就领养一个孩子。

张凤芝试探过陈祖德："你不想要个自己的孩子?"

陈祖德当时正喝粥，喝得地动山摇的，他吸溜一下舌头说："想要，也得你能生啊。"这是大实话，张凤芝生不出，陈祖德养不起，两人能凑一起过日子，有歪锅对瘪灶的意思。

缘于此，陈祖德的娘经常歪着头瘪着嘴对张凤芝喷唾沫星子，在没瘫痪前。

眼下，婆婆不吐唾沫星子了，张凤芝反而过得更憋屈，婆婆一天三次上卫生间，是形式大于内容，有时还能屙出点东西，有时什么也屙不出。没办法，张凤芝只能根据自己的排泄时间来安排婆婆，过了这个点，她手上还有一大堆的事要做。

婆婆没瘫痪时曾骂过她：“都一样吃一样喝，你咋不能跟我们一起屙。”

婆婆为给陈祖德尽快找到媳妇，节俭到全家人上卫生间都必须在同一时段，可以省冲厕所的水。

屎还没到屁股门就脱裤子，张凤芝由最先的不习惯到现在的成为自然，得感谢陈祖德。好端端的，怎么就没把婆婆这个美德铭记于心？每念及此，张凤芝就要在心里痛恨陈祖德，做儿子怎么可以那么不孝，说没就没了。

陈祖德在大街骑三轮拉货讨生活，偶尔也载客。那天他载了一个客人去车站，客人把一个啃了一半的鸡大腿遗忘在三轮车上，陈祖德觉得丢了可惜，就捡起来吹了吹，喂进自己嘴里。

他忘了自己拉肚子刚有点好转，结果这半个鸡大腿进去一搅和，得，肠胃就翻江倒海起来，捂着肚子的陈祖德急急慌慌往家里赶，大街上的公厕都收费，陈祖德是想省下五毛钱，结果横穿马路时追了一辆大卡车的尾，陈祖德也是不经撞，纸人一样飘起来，落到地上时，屎尿溅了满裤裆。

婆婆是在卫生间听到消息的，当时就屎尿失禁，再也没能站起来。

葬了陈祖德，张凤芝才发现自己无处可去。婆婆的眼神拴住了她的脚步。

张凤芝就是被陈祖德这样的眼神拴住的，陈祖德的眼神传给了婆婆。

一日三次搬来搬去的，天长日久，搬出风言风语来。婆婆一个从不走动的老侄女出现了，趁着张凤芝不在家，捂着鼻子跟婆婆说话，对张凤芝的言行举止有取有舍，言下之意这女人没安好心呢。

婆婆瘫痪着身子，睡那一动不动，不说话，不睁眼，活死人一般。

张凤芝累狠了，也睡那一动不动，不说话，不睁眼，活死人一般。

老侄女急了，说："姑，你千万不要老糊涂了，不会生养的女人，心歹毒着呢。"

婆婆到底发了话："你倒是会生养。"

"什么意思?"老侄女没明白。

"生重要，还是养重要?"婆婆歪着头瘪着嘴挤出这句话后，腹腔里猛地轰鸣一声，气喘如牛。

老侄女以为老姑不行了，吓得屁股一弹，溜之乎也。

张凤芝还没进卧室门，就闻见屎尿刺鼻的气味往外漫。

婆婆挟裹着被子滚在地上，正挣扎着一步一步往卫生间爬，已经爬了三步。

老侄女为表孝心强行喂婆婆吃的香蕉坏了事。

剩下四步，张凤芝比走了一辈子还漫长，刚把婆婆扶到马桶坐稳，婆婆身子底下还没见响动呢，张凤芝胃里一阵痉挛，喉咙一堵，呕吐物喷涌而出。

张凤芝吐得泪花四溅，婆婆竟然乐呵呵的，冲着张凤芝孩子气地说："真像啊，你们!"

"真像？我们?"张凤芝忍住呕吐，心想婆婆说什么疯话。

"是啊，祖德第一次看我屎尿糊了一身，跟你一模一样的神情。"

"第一次，屎尿一身?"张凤芝一怔。

"四十岁那年，我中过一次风的!"

张凤芝不说话了，她抱起婆婆，放到大木盆里，开始往里面注入温水。

清洗婆婆时，张凤芝想起结婚那天，陈祖德帮她搓背时，手不老实地摸着她平坦的肚皮说："不能生孩子怕什么，我养你老!"

张凤芝清楚记得，当时陈祖德抱着泪流满面的张凤芝从卫生间到睡房，刚好用了七步。

好日子，干吗要走这么急？张凤芝想起陈祖德当年的猴急神态，苦笑，深吸一口气，抱起婆婆，稳稳当当往睡房走去。

还是七步。

不就是七步吗，张凤芝学着陈祖德的口吻对已经沉睡的婆婆说："没孩子怕什么，我能抱你！”

选自《金山》2018年第4期

评鉴与感悟

近如跳上即将发动的火车，走进一条小巷，远如攀岩一座山，跑完一场马拉松，步伐定义我们的时间，丈量我们的成长。我们的人生被跋涉填满，也因为不同道路的选择而遇见不同的风景。刘正权把这七步放在了婆媳之间，并且是儿子去世后，独自照顾瘫痪婆婆的儿媳。《还是七步》只选取日常生活的一个细节，即女人抱着婆婆从卫生间到睡房，每趟七步，用七分钟，每天三次，占用一天时间的二十四分之一。他者遑论，仅此一项，个中的艰辛就跃然于纸上了。每一步是重负，也是承担。

丈夫荒诞的死亡，婆婆荒诞的怪病，儿媳妇荒诞的责任，一切都是来自日常生活带来的莫名其妙的压力。而对于这种压力的承受，许多小说都有表现。方方的小说《出门寻死》就讲述了一个生活在都市底层的中年女性何汉晴，由于生活压抑而出门寻死，最终因为对家人的牵挂而回归家庭。方方强化了家庭对女性的引力，而刘正权则表现了家庭对女性的需要，作者借婆婆之口讽刺了封建思想，婆婆在小说的结尾试图自己上厕所。失去了儿子的母亲与不能生养的“母亲”，两代女性的互相扶持，爱的接力与传承，也许正是引而不发的理解与包容，才是东方女性的女性主义得以实现的前提吧。（赵琦）

一把老钥匙

/王举芳

回到家时，母亲正翻箱倒柜。杂乱的地面让我无处落脚。我说，妈呀，您这是在翻传家宝吗？

母亲停住手看着我说，见到我的钥匙没？

诺，在这儿。我从玄关柜上拿起属于母亲的那串钥匙。

我说的不是这个，是老宅的，老宅的那个。母亲的语气和神情有些焦急。我和母亲几乎把家里翻了个底朝天，也没找到母亲要找的钥匙。母亲坐下来，情绪有些低落，她喃喃自语，我昨晚做了个梦，梦见咱家乡下老宅大门上的锁怎么也打不开，今天果真钥匙就找不到了，难道会有什么不好的事儿发生？

我说，妈，您就别总想着老宅了，咱又不回去住了，有没有钥匙都一样。母亲叹了一口气，开始收拾地上的凌乱。

其实，我没有告诉母亲，弟弟正四处托人，要把老宅卖掉。弟弟说老宅总空着，时间久了，房屋会倒塌的，到时候想出手都不好意思谈价钱。

一周后，弟弟告诉我，老宅卖掉了，卖了两万元。看着那些钱，不知怎么，我的心里像坠了一块石头。

那天下班，在小区外碰到三婶。三婶是我家屋后邻居，和我们家没有亲属关系，按村里辈分我这么喊她。三婶说，我正发愁找不到你家呢，你说这城里的楼一个框一个框的，看着都叫人眼花缭乱。我让三婶去家里坐坐，她直摆手，说没啥大事，就不去家里了，说着掏出一把钥匙交给我，说这钥匙是你们家老宅的，啥时候想回家就回。原来是她家买了我们家的老宅。

母亲没再提钥匙的事儿。我想着老宅现在已经是别人家的了。也就不能再回去。就没跟母亲提钥匙的事儿，把它包裹好，放在了柜子顶上的一个盒子里。

农历六月六，我们老家有传统庙会。母亲执意要回去看看。无奈，我和弟弟只好依着母亲。一路上母亲说着故乡风俗和旧年往事，精神从未有过地爽朗，她没有看到我和弟弟偶尔交汇的眼神里都藏着忐忑。

三婶听说我们回来了，招呼我们去她家里。做邻居的那些年，三婶和母亲一直处得很好，如亲姐妹一样。吃过晚饭，三婶拿了几床铺盖说，你们别嫌，都是干净的。走，到你们家去，你们还睡你们各自的屋。

三婶掏出钥匙打开老宅的锁，我们怔怔地望着那干净整洁的院子，有些恍惚，仿佛我们从未离开过。

我送三婶到大门口，对她说谢谢。三婶说，咱不说远亲近邻，我懂你妈的心思。我知道她舍不下老家。庄稼人走到哪里，其实根都牢牢扎在老家的土里。另外，我给你们钥匙，还有一个原因。还记得你在家的时候，经常问我为什么总带着一把老钥匙吗？我的老家在遥远的山里，是土房子，因为一场突来的泥石流，房子没有了，但母亲一直让我们自个儿保存着属于自己的那把老钥匙。想家的时候，我就看看老钥匙，摸摸老钥匙，想象着转动钥匙打开门锁，看见的爹娘兄妹啊，那些熟悉的物件啊，一下子呼啦啦在眼前演电影似的，心里就热乎乎的，就连当初的一些懊恼、吵闹都成了好的。你们想回来看看的时候就回来，这里啥时候都是你们的家。

三婶眼里有亮光闪烁。我也感觉似乎有水滴落进了眼里。

回城后，我把三婶送来的钥匙给了母亲。母亲摩挲着钥匙说，家门的钥匙在手里，不论何种身份、何种境遇，你还是个有家可归的人。

从那以后，不知为什么，有时候我也会摩挲那把老宅的钥匙。那一个个匙痕，似一个个密码，打开岁月的珍藏，打开在城市忙碌不停的生活中遗失的情感与灵魂，让漂泊疲累的心与精神在某一刻平安着陆，让我找到真实的自己，觉得有了依靠般，生活变得安稳踏实。

三婶来电话说村里要建社区了，老房子要拆迁了，用不了多久，老家的人也都要住进楼房里了。停了停，她又说，也好，咱们有钥匙。

几年过去了，母亲一直保存着那把老钥匙，再也未丢过。

老钥匙陪着母亲风来雨往，不经意间常生斑斑锈迹，但都会被母亲那厚重、灵巧的双手反反复复摩挲着擦亮。

选自《时代文学》2018年第7期

评鉴与感悟

梁小斌在《中国，我的钥匙丢了》表达了一代青年的困惑和落寞，钥匙是开启心门的机关，同时也是封存记忆的匣子。每当我们的手指在钥匙上摩挲，过往的时光就缓缓流出，像一只只纷飞的蝴蝶在眼前飞舞。

乡愁是一个永恒的主题，余光中用邮票、船票、坟墓和海峡作比，现代派诗人用失去了乐园的鸟作比，王举芳则发出了疑问：随着现代化社会对“功能”的强调，私人情感与记忆将要何处归依呢？显然作者的回答是乐观的。只要有一天我们的生活还未抵达心灵的安宁之地，那么这把牵动着万千人心弦的钥匙，就还会在我们的心间闪耀。（赵琦）

一个官司

/女真

周一大清早儿，刚到律师楼，就接到我的委托人田老先生电话："陈律师，昨晚想了很久，我想加个被告。"田老先生声音沙哑、低沉，显然没睡好觉。

"加谁?"

"田大力——我儿子。我要告他们合伙欺骗我。"

我在心里苦笑一声，想跟他讲我不能既是原告律师，又给被告当法律顾问。一两句话说不清楚，又怕他一时误会生气换律师，那样对田大力更不利，赶紧说我会安排时间跟他具体面谈。放下电话，我马上找田大力。田老先生本来就是田大力介绍给我的。大概八年前，他们家祖宅老房子动迁产生纠纷，我帮田老先生打赢了官司，从此老爷子开始信任我，遗嘱都是我拟的。我把老爷子要加被告的事情讲给田大力，他讲："阿豪，我这会儿忙，晚上咱们一起吃饭，跟你细聊。"

大前天，也就是上周五，田老先生来律师楼找我，说要打官司，告给他做手术的医院。半年前，他做了一个胃部息肉手术，之后一直乏力，消化不好，浑身没劲儿。上个月单位组织年度体检，照相的医生居然问他胃切除对他饮食影响的大小，他很惊诧自己的胃什么时候丢了一半?！唯一的可能当然就是那次息肉手术。我当时跟他说了应该去医院提取住院报告。

其实那时我就想给田大力打电话唠唠，直觉告诉我，这事挺蹊跷。赶上周末，把这事忙忘了，没想到周一老先生又来电话，这次居然把儿子也告上了。我上周五就想到了，这里面有故事，不会是医疗事故那么简单。

晚上在酒店，田大力敬我酒："阿豪，谢谢你给我打电话。跟你说实话吧。我家老爷子得了胃癌，说息肉手术是我们跟医生说好骗他的，怕他知道了挺不住。我们不但瞒了他，也瞒了我妈。给他看的医院化验报告，是我在外面花钱伪造的。我这阵儿忙昏头了，连续在外面出差，忘了他单位还有年度体检，事先没去医院打招呼，这事整的，穿帮了。"

我说："你爸估计是自己去医院调看过住院报告了。今天说加你被告，应该是生你气了吧？你爸手术肯定是你签的字。"

"那是，我独生子嘛，我不签谁签？骗他也是为他好。"

"从情感上讲是这样。但如果你爸真想告你，我咋办?"

田大力被酒呛了一下，眼睛瞪得老大："你不会先做做他的工作？你就眼睁睁看他告我？亏你还是我的法律顾问。"

我喝下去一口酒，回他："我试试。"

我答应了田大力试试，却没有马上想出好办法。田老先生是个喝过洋墨水的人，在他这个年龄段的人里，应该算是比较懂法的。我猜想他要告自己的儿子，其实是想强调自己的知情权——对自己疾病的知情权。他难道会不知道儿子田大力是为他好？起诉唯一的儿子，就是想出口气吧，一时没想开，没转过弯。毕竟，谁得了绝症，心里都不会好受，得有个接受的过程。我相信田大力瞒他爸，也未必是想永远瞒下去，也只是权宜之策，想不出更好的办法了呗。

我在心里反复琢磨着怎么劝田老先生。如果他再来电话，我会马上约他见面。这种事情，面谈更好一些。但我等了几天，却不见他上门，打他电话居然不通。我心里有些慌，担心他看出来我是在敷衍他，冲动之下真去找了别的律师，毕竟这个官司他还没跟我们所签委托合同。我给田大力打电话，田大力的回复让我意外："我爸我妈昨天去英国旅游，他说有点想念伦敦了，带我妈去看看。"

"他没跟你说打官司、要告你的事情吗?"

"没有。我寻思，他告诉你把我也列为被告，可能是他知道了自己的病情，又不想直接问我，间接通过你告诉我他知道了。有没有这种可能?”

我想了想，这种可能性是有的。我遇到过不止一个向老人隐瞒病情的案例，像田老先生这种，通过律师向儿子委婉转达自己已经知情的，倒是第一次。当然，万一哪天田大力接到别人代理的起诉，那就说明我和田大力都没猜对。

那天晚上，借着酒劲，我告诉媳妇：“将来，万一，我得了绝症，你第一时间告诉我，不要跟我隐瞒，否则，我要跟你打官司。”

我媳妇嘴巴张得老大，回我一句：“酒鬼！不能少喝点儿？看你舌头都硬了！跟媳妇打官司？你这职业病，不轻。”

我想告诉媳妇，这不是职业病，是真心话。

选自《小说月刊》2018年第8期

评鉴与感悟

老人辗转了一夜，决定将儿子告上法庭，因为自己的知情权被剥夺了。可是他并没有推进程序，而是选择默默地离开。苏珊·桑塔格在《疾病的隐喻》中提到，“疾病是生命的阴暗面，是一重更为麻烦的公民身份。”儿子出于对父亲的关爱，选择默默地隐瞒。父亲出于对儿子的爱，得知疾病的真相后，选择默默地领受。

生活中有太多的“默默”。在疾病面前，孝心常常和隐瞒联系在一起，爱常常和无言、隐忍联系在一起。父亲的身份与患者的身份纠缠在一起，往往可以触碰到伦理的某些暗礁。理查德·耶兹在《一点也不痛》中，描写了一个因肺病而被剥夺得只剩下疾病的男人。爱情、亲情、事业，各个领域的逐渐沦陷，彰显了他作为一个社会人的彻底失败。女真的《一个官司》从律师的视角呈现故事，显然有意让情与法二者对峙，以此叩问每个读者的心扉。小说带有中国传统伦理特色，读罢我不禁深思。关于伦理、爱、身份与作为人的权利，大概是永恒的话题。（赵琦）

第四辑

会　计

/阿成

20世纪70年代，我和一个特别喜欢吃冰棍、水饺的会计一块去沈阳出差。当时我在市政管理处开车，是一台橘色的面包车，沈阳产的。当年整个哈尔滨只有两台面包车，我开的是其中的一台。想想看，那是多么令人沉醉的事啊。不过，也因此有了一个问题。车坏了，零件就没处买了，只能到面包车的原产地沈阳去买。

我和会计一块坐火车去沈阳，此过程我有点记不清了，不过有一个“镜头”我记得很清楚，我们是面对面地坐在那种老式的绿皮火车的车厢里。我还是第一次和这位会计面对面地坐这么长时间，这让我有时间可以仔细地观察一下他（我喜欢观察人，但事实证明我的判断百分之九十是错的）。与我同行的这位会计四十多岁，而我当时不过是二十五六岁的样子（多少有一点点少年“老成”的样子）。诗人般的黄昏让车厢里的光线很柔和，于柔和之中，我意外发现会计的眼珠子是灰色的。我觉得他的祖上可能是鞑靼人或者白俄罗斯人。如果真的是这样，那他可就拥有一个极其拗口的家族史啦。虽然当时“文革”已基本接近尾声了，但是，冒昧地打听一个人的家庭历史是非常不礼貌的，也是不友好的行为。所以关于他的出身背景，对我来说至今也是一个谜。

沈阳到了。我喜欢听那种带有点儿曲麻菜味儿的沈阳话。

总之，我对沈阳的印象还是蛮好的，觉得这座体型笨重的城市很热闹，市民们表现得都很充分。

我和那位会计住在一幢“隐藏”在居民区里的两层小旅馆里。还是挺安静的，并且一个屋子可以睡四个人。除了我们俩还住有一个从乡下到城里来买种子的年轻农民。

我们简单地洗了把脸，便到外面去吃晚饭。

至今我也认为，两个人出差是一门妥协的艺术。我记得他在火车上的时候就询问我，咱们这次出门儿怎么吃？我说什么怎么吃？他说，是各吃各的，还是我们两个合在一块儿吃？我说怎么都行。他说，那就由我来管账，咱们两个合在一块儿吃。我说没问题。他说，你是希望节俭一点儿呢，还是……我说，怎么都行，我陪着你。

我记得我们去的那条小巷子很热闹，卖什么的都有，无疑是一条市场街。我们路过一家饺子馆的时候，会计说，吃饺子吧。我说，好的。

我觉得他的选择是很好的。当年，居民吃肉还是凭票供应的。

在等饺子的时候，我发现沈阳人摘芹菜很有意思，不像我们那里的人，是用手一片叶一片叶地把芹菜叶摘下来，他们是提着芹菜的根儿用一根筷子往下打。两个中年女服务员就坐在饺子馆门口用筷子打着芹菜叶儿。

坐在饭馆里通过窗户看到对面有一个卖冰棍的摊子。

会计就问我，吃冰棍么？

我想八成是他想吃冰棍啦，就说，好的，好的。

他迅速地出去了，很快买回来十根冰棍。

这倒是让我吃了一惊，说，买这么多，过冰棍年哪。

吃冰棍的时候他的眼睛是直的，仿佛被冰棍冻住了似的。

吃饺子的时候，他吃得也相当投入，一边吃一边说，好吃，真好吃。

我觉得跟这样的人出差真是一种福分。出门有一个对凡事都有兴趣、有激情的人做伴，高兴、开心。

吃过饺子之后我们回到了小旅馆。

小旅馆的西面是一幢家属小楼，两幢楼彼此挨得很近，俯瞰之下，可以将对面那个错下半层人家里面的情况一览无余。会计看得很沉迷。我不由得也走过去看。原来对面那家的床紧挨着窗户，宽大的床上睡着一个只穿着短裤背心儿的中年妇女，白白的、胖胖的。心想，这个娘们儿睡得好早哇。后来发现，我们只要往西窗那儿看，那个娘们儿准是在床上睡觉。会计说她真是一个享福的娘们儿。后来这个“享福的娘们儿”便成了这个女人的外号。只要我们办事回来，会计就说，去看看，那个享福的娘们儿是不是还在睡觉。然后，他径直走到西窗那儿去观看，或者说是去观赏。我觉得会计挺有趣，这个半裸的女人对他竟有如此的吸引力。至少说，这个女人在我眼里就是一个身材臃肿的蠢娘们儿，看一眼也就罢了，不值得男人这样关注。

回到正事上。

当年买汽车零件并不是一件很容易的事，要到厂方的销售科去申请，由销售科的科长签了字之后，你才能买到所需的配件。每天工厂的销售科都有许多人在那儿等着科长签字。那个科长高高的个子，牛气得很，说话一点都不客气，好像我们是上门乞讨的乞丐。可是人在屋檐下不得不低头啊，就得耐心地等，今天没批上，明天再去。说实话，我也是从这件事上开始认识到，一个人无论多么蠢，多么没文化、没水平，只要是一旦大权在握，自己就能把自己骗了，认为自己是一个有水平的人，有能力的人，有理由牛哄哄的人了。你面对这样的人又有什么办法呢？只能耐心地等待。孔子说“唯上智与下愚不移”。孔子太可爱了。

说来，在等待销售科的科长签字的日子里最让我痛苦的，并不是这位幼稚的科长给我造成的什么伤害（其实任何牛气都构不成对我的伤害。我理解他们），而是与我同行的这位会计居然天天都去那家饺子馆吃饺子。我是爱吃饺子，可是天天吃、顿顿吃，那也要人命啊。然而与人出差在外——前面我说过，最重要的一条就是妥协。我爷爷也常教导我们，“知足者常乐，能忍者久安”。这几乎成了我们王氏家族的一条重要的行为规范和恪守的准则。那就忍吧。再说，吃饺子又不是吃脚丫子，怎么就忍不了呢？忍。不过，我这里还是要提醒一句，朋友们不要模仿我。为什么？因为残酷的生活告诉我们，有些事并不是说你忍了，对方就会放过你，也并不是对方打过你的左脸之后，你将右脸也递过去就能解决问题。所以，我爷爷对其儿孙的这种“本本主义”的教导还是值得商榷的。

那个和我们同住一间客房的农村小青年，看到我们两个城市人天天观看那个睡觉的胖娘们儿，他从开始的胆怯、谦卑，渐次地变得牛气起来。有一次我装作领导的样子和腔调问他，兄弟，这个这个，作为一个农民，你最大的理想是什么？这有点类似今天记者的提问“时间去哪了”：他不屑地说，苗生、草死、地发酸。回答得很科技、很前沿。他的这句话至今我仍然记得清清楚楚。此外，他还在闲扯中向我介绍过炸油条的面和配料的配法，他说，三矾、四碱、二两盐呗。真是精辟。说起来，平头百姓的生活经验就是在这种相互交流、闲扯之中逐渐地丰富起来的。

当然，现在多是靠微信了。

我们回到正题。

我不知道是不是出差能够让两个平时没有深交的人，通过一次类似今天的“说走就走的旅行”，变成无话不谈的朋友。记得那天从汽车厂的供销科回来，两个人在饺子馆吃过饺子（我恨不得连盘子带饺子都扔到当街上去），回到了小旅店，观赏过那个享福的娘们儿之后（那个年轻的农民兄弟已经退房走了，我觉得他以后有可能当生产队长），客房里只有我和会计两个人。不知道是不是黄昏的那种固有的沉静，那种略带伤感的氛围促使环境中的人要开始掏心窝子，说心里话了。

会计说，小王。唉，我媳妇对我不好哇。

我一愣，觉得这个场景来得有点儿突然，一时不知道怎样面对。

紧接着，会计当着我的面儿迅速地脱掉裤子，让我看里面那条布满补丁的衬裤，说，你看，这都是我自己补的呀。

更让我惊讶的，是他说这话的时候眼睛里噙满了泪水。

我毕竟年轻，还缺乏安慰已婚中年男人的经验，只是驴唇不对马嘴胡乱地安慰了他一通，什么“大丈夫难免妻不贤子不孝”之类。

之后，他就不言语了。所谓来得突然去得突兀。

……

我们躺下之后，月亮就升起来。挺好挺圆的一盘银白色的月。我看了一眼对面床上的会计，他已进入了梦中。不过我可以肯定，他梦中的人文环境似乎也不太好，不然他的表情就不会那么痛苦。我看着天花板苦苦地想：那么，冰棍和饺子对他又意味着什么呢？

真是让人百思不得其解。

选自《红豆》2018年第3期

评鉴与感悟

会计是个“特别喜欢吃冰棍、水饺”的人。他可以一口气买十根冰棍、对吃了数顿的水饺仍夸赞好吃，物质渴望低得吓人，审美品位似乎也不怎么地。但即便是这样一个极易满足于现状的人，也会在午夜梦回时落泪——人世间众生皆苦，无一人能够幸免。

每个人都会在生活中或多或少地遭遇困境，有时是物质上的，有时是精神上的。它们看似只是一些寻常小事，却常常极大地左右着我们的生存状态。作家撷取了会计的几个生活片段，对他的精神世界状况只字不提，以近乎插科打诨的诙谐手法打趣着他的庸乏趣味，直到最后峰回路转、谜底揭晓——这样一位中年已婚男士，却因为“媳妇对我不好”而如孩子般噙了满眼的泪。会计的精神世界在快乐与忧愁间动摇，生活的重担不断地为他堆积着烦恼，让他不得不在某个未眠的夜晚落下泪来。可这样的动摇“来得突然去得突兀”，因为生活仍在继续，享受苦难的同时，人也经历着星火般的渺小趣味。这二者相织，方才构成人间真谛。

倾诉苦难并非什么懦弱之事，人各有各的快乐、也各有各的痛苦，这一行为承载着人与人之间同甘共苦、相互扶持的精神，也同时是人类情感的一种传递与延续。无论面对何等困境，永远不必对生活失望，因为总会有些如“冰棍或水饺”般的平俗趣味，在平凡的生活中点亮星火般的微光。（风夜）

出　发

/李浩

他决定出发。这是一个临时的想法，但他是用一种深思熟虑的样子说出来的，仿佛这个决定早已在他的胸中形成。他决定出发。

先是妻子哭了起来，接着是母亲。她们的哭泣声压得很低，努力地克制着，但他清楚地知道里面都包含着什么。山高路险，旅途遥远。从来没有人曾经完成过。一些像他一样想法的人一去不回，能回来的不过是一些灰白的梦，而且往往是支离破碎。不知道这条路上埋伏着怎样的怪兽，竟然能撕碎人的灵魂，反正家人们每一次梦见他们都是不完整的……

现在，他决定要去，那里。

女人们知道无法阻止他，她们改变不了，何况他的决定是当着镇上一些有头脸的人说的，出于虚荣他也无法收回。他说出了，就等于是迈出了半步，而这条路是不能回头的。接下来的几日，她们只能是为他的远行准备。“你怎么这么莽撞哟……”母亲反复的就是这么一句话，这句话连着泪腺。

邻居们过来，他们得到了消息。他们带来水果、花生和自酿的蜂蜜，纯朴的他们不知道该说些什么，祝福还是安慰？倒是他，始终谈笑风生，就像这次的远行不过是到另一个镇子走走亲戚，而且回来的时候会拖回整整一辆车的黄金。“孩子啊……”一个老人拉着他的手，而另一个老人，则伸出手来抱住了他的母亲。

“你的确是过于莽撞了。”说话的人是他家左边的邻居，平时来往得较少，但这次，那位叔叔却来到了家里。“你的确是过于莽撞了，你应当早早地了解一下这一路该如何去走，都会有哪些危险，你应当怎样对付……而不是，仅仅依靠脑袋里发热的念头。你应当问问去过的人，或者他们的家属、朋友，你应当去庙里问问吉凶，你应当去……”

“叔叔，我知道你的好意。可是，你也知道，顺着这条路走下去的人没有回来一个，因此没有人知道会发生什么和怎么应对。如果我去找他们询问，除了恐惧和臆想的灾难之外我什么也不可能得到。”略略沉吟了一下，他说，“我，本身也是他们的家属。在我父亲出发之后，家里就没有了任何关于他的消息，再也没有了。”

“多了解一点儿总是好的。它又不会增加你行李的重量。”

“当然。可我了解得……叔叔，你知道，在我父亲出门之后的二十几年里，我们几乎天天都在打听，从不同的渠道。我想只有我再走一次才会给我真正的答案。我需要这个答案。”

“你知道这条路……你觉得答案会更重要吗？你真觉得你能得到答案?”

“不知道。”他的神情有些暗淡，“这个，我真是不知道。但我想，我应当去找。”

“哥哥，要是我长到你这么大了，我也要去。”说话的是邻居叔叔家的儿子，他挤过人群，从他父亲的背后探出半张脸来。“你懂得什么！”他的父亲沉下脸来，“就不该带你过来！你知道这是条什么路吗？小孩子，别瞎想!”

他望着孩子，竟有种百感交集。

足以应付春夏秋冬的衣物，少量的钱，这是他坚持少带的，家里更需要。食物，另一双鞋，以及一把锋利的匕首——这是父亲的遗物，他走的时候将它留在了家里，现在，母亲要求他必须带上。庙里求来的灵符，一把象征生命长久的锁……每放进一样，母亲和妻子的眼泪就会多流几滴，他只能装作没有看见。

距离出发的日子还有七天，五天，三天。

这天夜里，他在辗转中醒来。为了不惊动刚刚睡下不久的妻子，他起身走到院子里。月光皎洁，就在偏房和大门的中间他看到一个身影，尽管已经有二十几年的分别，但他一眼还是认出这是自己的父亲。月光中，父亲满身湿漉漉的，好像刚从水底爬出来一样。

“你准备去?”父亲说。还是那样的语调，只是缓慢，比他记忆里的缓慢。

“是的。”

“我看到她们的准备了。”父亲又说，“我其实既希望你来，又不想你再走这条路……”

“我知道，父亲。但这条路总是有人想走，就一定有走的道理，不是吗？父亲，你当年不也是这样想的吗？会走通的，终会有人再走回来的，不是吗?”

“……也许吧。儿子。你是不是可以，再晚上几年……”

“父亲，不能等了。我害怕时间会消磨掉我现在还有的那些东西，这，也许是最佳的时候。不过，父亲，我很想从你这里得到些经验，一路上，你都遭遇了什么?”

湿漉漉的父亲摇摇头，他摇出几滴水分溅落在地上：“儿子，我不能提供，每个人的遭遇都不会相同，这条路奇怪就奇怪在这里。你必须自己……”

“你在和谁说话?”妻子披衣出来，她没有看到父亲的身影，在她出门的一瞬间父亲就消失了，只有溅落的几滴水滴还留有痕迹。

“我的父亲。”他说，“他来看我了。”

时间还剩两天，一天。出发前的最后一个晚上，一家人在一起坐了很久，大家都不去谈明天的事儿，仿佛并不存在那样的一个明天。明天，会和平常一模一样，他只是出去串个门儿，天黑的时候就回来。“早点睡吧。”母亲说，一次次地说，可她一直不肯挪动自己，就像她被粘在那里一样。

随后，两个人说话，依然是一些家常。妻子说：“睡吧，睡吧，你早点儿睡。”可是，不知不觉两个人又说了起来。她有一个女人的好，一个女人全部的好。他的心里波涛汹涌，好在夜晚的黑掩盖了它。“我会回来，一定会回来的。”他对自己暗暗地说。

天快亮的时候他才真正地睡着，才进入到梦里去。他梦见，在历尽千辛万苦之后自己终于到达了“那边”。一路上，他甚至丢失了一只眼和一条腿，但最终还是坚持了下来。接下来就是返乡，他骑在马上，身后有许多人都跟随着他，包括那些没有走完这条路的亡灵……可是，等他走回自己的村镇，却发现已经面目全非，道路、房子甚至树木都已变成了他不认识的样子，他向人打听自己的母亲、妻子，所有人都在摇头——“没有见过，没听说过，这里不是你的家不是你的村镇，你走错了方向。你们，都返回吧，再试试另一条路……”

他醒来，天色已经大亮，妻子还在睡着，她的脸上挂着泪花。隐隐地，从她的梦里传出轻微的抽泣之声……

选自《百花园》2017年第12期

评鉴与感悟

作品从开头便埋下了悬念。“他决定出发”，他的目的地是哪儿？他要走多久？这条路有多长？他还会回来吗？每一个问题都如沉重的石头砸落在读者的心头，他看上去是个勇士，要奔赴一条布满荆棘又通向地狱的无尽之路，且无人为他喝彩。他的父亲走了，再也没有回来，他的母亲与妻子为他哭泣，却无法左右他的意志。现在，他即将出发了。

做出这一决定是很简单的事，但克服路上的重重困难却并没有那么简单。每个人的路是不一样的、遭遇的考验也各不相同。有人初心不改、翻越困境，也有人半途而废、成了无名的亡灵。在离开前他们都曾是少年啊！正如他的父亲所说，“我既希望你来，又不想你再走这条路”，正如他自己所说，“这条路总是有人想走，就一定有走的道理”。这绝不是一条好走的路，但总有人要去走。是否要参与冒险，全在人意念之间。而他如今即将要出发了。

母亲与妻子象征着他的家与归途，她们是最爱他的人，因此尽管不安、悲痛，却不愿阻止他的冒险。人要克服困难，除去坚忍的意志，坚实的后盾也一样必不可少。正因知道自己的归途，才能坚定不移地找到方向，不至于在追寻终极的同时迷失。感情就是为我们指路的明灯，而他握着这盏灯即将出发，心中的留恋尽管让人悲伤，却绝不会动摇人的意志。

他即将出发，千千万万个他即将出发。

在这条人生之路上，我们都只是刚刚出发。（风夜）

乌　庄

/白小易

去乌庄，钱雨知道一定会有艳遇。乌庄戏剧节，会聚集许多追求浪漫的人。他在整理行囊时，先放进去一盒他最先想到的东西，觉得可能不够，又放了一盒。不过盖不上盖子，取出来一盒。仍然盖不上，就都拿出来了——乌庄会缺这个吗，干吗要带？还显得挺那个的……出发去机场，也比以前出门提前了许多。浪漫是必须从容些的。“从容”果然好，很快回馈了他——取登机牌时才发现忘了带身份证，回家拿来，还没误机！哈哈……他在云端里都忍不住笑……邻座的哥们儿似乎有些太敏感，只为他这一笑，就对他心生忌惮。钱雨根本不在乎，心想你这人就不该坐在这儿——这位置应该是一位妙龄女郎——那才是戏剧性的开端……

落地杭州，从容找到大巴售票窗口，买了一张最近的车票，然后把杭州机场候机楼研究了个透。两个多小时之后，坐上了开往乌庄的大巴。这次的邻座，是位女士，可惜不算妙龄，也不够浪漫的标准。所以，一路上钱雨没说一句话。当然，人家也没说。到了乌庄，在网上预订的旅店如约有车在等他——是等“他们”——她居然也是订的这家店，难怪司机把他们当成一家子。两个人异口同声抢着否认，好像谁迟了就吃大亏。司机朗声大笑：“不是一家，更好啊！哈哈哈……”

到了旅店，才知道这可能是乌庄最大众化的一家店，都订它也不奇怪。酒店就在景区的东门旁边。前台的小姐显然又把他们当作情侣，先是只给他们一间房，被抗议之后查了半天电脑，终于又把相邻的一间给了他们。他们又上了同一间电梯，真的像情侣那样一起拖着行李一路同行。直到打开房门，进了各自的房间——这回以为终于甩开对方了，可很快听到了隔壁冲马桶的水声！这墙啊，难道是纸糊的吗？淋浴洗澡，同样听得见那边的“一举一动”，这倒不由得让钱雨心动了不止一下——差不多等于在一个空间里洗……可惜人不太理想，还是省省心吧。

天已经黑了。他下楼吃饭，为了避免再碰上隔壁的女人，他接连放过几家餐厅，进了一间不起眼的小餐馆。看看菜单，都不是一个人消化得了的，只点了一碗牛肉面。面还没上，那女人又进来了！不过看见他，就像见了鬼，转身便逃。钱雨哭笑不得。

在西栅门口买门票时，他下意识回头张望了一下——还好，这次没有她！呵呵，不过嘛，走到挂满彩色布条的染坊碰见了她；转到晴耕雨读廊桥，又撞见了她；都跑到河对岸的乌将军庙了，居然还能遇见她！他叹口气之后认了命，索性直接提议：咱们一起走吧？她也一副认栽了的表情。其实这种态度的转化，是水乡柔情的功效。飘着桂花的幽香，和这让人酥骨的小桥流水，不知不觉也把异乡人的脾气弄好了。桨声灯影里，他们共同熟练掌握的汉语真正派上用场。东北味和西北腔非但不影响传情达意，而且还蛮有喜乐效果。

知道了她从西安来，他便更专注地看她的脸。

“你是想看出兵马俑的影子来，对不对？”

“何止啊，我看到了中华文明的曙光。”

“你是骑马来的呀？”

“历史是跟厨子学的吧？我们不光游猎，也种地，卖了高粱也坐飞机……”

两人就这么结成了旅伴。随后的几天，每天一起进园子，玩到晚上再看一场剧。成天出双入对，回旅馆却依旧各回各的房间。

临别的那天深夜，从露天剧场出来，他们坐在河边。左边是一棵暗香弥散的桂花树，右边是一棵硕果累累的柚子树，眼前是水波和灯火……钱雨真觉得自己有些情不自禁，要一诉衷肠……他的头一偏，却发现她已是满脸泪水。他以为该抱她，却不想对方拼命摇头。

“这是怎么了？”

“我不是你要找的人。你也不是……”她望着对岸的小楼。

他在心里琢磨了一下才说：“我们要找的，也许原本就是不存在的人。”

选自《小说月刊》2018年第5期

评鉴与感悟

在合适的时间与地点邂逅合适的人，大概才能当得起“浪漫”一词。这三者在一场罗曼蒂克间缺一不可，无论缺少哪一角，场面都易变得尴尬。本文却围绕着一场不够浪漫的相遇而展开，在富有江南情调的乌庄，憧憬艳遇的男女因阴差阳错的巧合而相遇，铸成了不够美满、却似乎十分美好的意外。

人与人之间的缘分十分奇妙，所谓“缘在天定”，大抵每个人出生前，一生中会有多少次相逢都已经被定下，会遇到怎样的人也都无须感到意外；但又有“份靠人为”一说，可见人与人之间的关系不能轻易缔结，与什么样的人结成什么样的关系，是紧紧握在我们自己手中的权力。钱雨与女人间的缘分便是这样搭建起来的，尽管相逢是偶然，相识却一定是必然。人与人之间结起的缘分，无一不是精心栽培的一朵花。

他们一同观赏风景，一起品尝美食，享受旅行的乐趣，用言语互相倾诉精神世界。尽管到了最后，他们仍不是对方“要找的人”，但不经历这样的相处，又怎么知道对方是不是自己要找的人呢？生活的奇妙之处正在于没有一件事是不靠自己双手实践就能得出答案的，每个人都在摸索之中，而这途中邂逅的每一段缘，都能结出最合适的分。在同行的路上见过了最美丽的风景，酝酿出的爱情一定也是最美丽的。只有珍惜缘分的人才能收获真正的美好，而我们仍在等待，那段缘的到来。（风夜）

改　口

/安勇

曲晓海刚和郝春贤处对象时，喊郝裁缝郝叔。见了几面后，把“郝”字省去，直接叫叔了。郝裁缝是细心人，嘴上不说什么，一到换季准保给曲晓海做件新衣服。感动得曲晓海鼻子发酸，背地里和郝春贤说了几次：“你爸真是个好人。”

两个人春天开始处对象，转过年，又到了春天，两家的长辈——郝春贤爸和曲晓海妈，就张罗让他们结婚。婚礼上有个步骤是改口。郝春贤已经鞠完躬，喊过了妈，红包也揣进怀里。曲晓海鞠了躬，“爸”字却咋也喊不出口，脸憋得通红，额头上蹿起了青筋，又鞠一个躬，还是没喊出来。郝裁缝也没计较，把红包硬塞进他手里。

晚上，曲晓海向郝春贤解释：“我爸死得早，几十年没喊爸了，一时半会儿不适应。”

郝春贤反驳：“我妈死得还早呢，咋就能冲你妈叫妈?”

他们俩都是人民教师，也都是讲理的人，约定中秋节一定改口。

中秋节到了。曲晓海病倒了，高烧不退，头晕头痛。

郝春贤叹息一声，只好自己回了家。假期结束，曲晓海病也好了，准时准点站到了讲台上。郝春贤讥讽：“都说活人不能让尿憋死，你可倒好，愣让一个字憋出病来了。春节时，你说啥也得把口改过来。”

曲晓海听说还有春节要过，脑袋就嗡的一声响。

一转眼，春节就到了。去郝春贤家的路上，曲晓海一直给自己鼓劲儿，鞠个躬，说一声“爸，过年好”，一天云彩就全散了。可一看见郝家大门，腿肚子就开始打哆嗦，眼前一阵阵发黑，勉强支撑着走进房门，刚挪到郝裁缝面前，就扑通一声栽倒在地。

曲晓海醒来时，发现自己正躺在炕上。郝裁缝什么也没说，把一件新棉衣递到面前。曲晓海的眼泪就流了下来。郝裁缝拍拍他肩膀，什么话也没说。

从那以后，郝裁缝照样给曲晓海做衣服，但再也不和他说话。郝春贤劝过几次，郝裁缝不住地点头，但再见曲晓海，照样不说话。曲凤、曲龙出生后，曲晓海开始叫郝裁缝“小凤她姥爷”或者“小龙他姥爷”。郝裁缝特喜欢隔辈人，但不管叫他谁姥爷，照样都是一言不发。

郝裁缝不和曲晓海说话，但交流还是存在的。有时候，小凤很严肃地告诉曲晓海：“我姥爷不让你再喝凉酒，凉酒有酒寒，对胃和肝都不好。”有时候，小龙板着小脸说：“我姥爷说了，穿西服别把扣子都系上，显得板，看着发傻。”

每当听到这些话时，曲晓海心里都热乎乎的，那个“爸”字就在他喉咙口转圈子。

日子一天天地过去。小龙读初中时，郝裁缝的耳朵聋了，眼睛也开始发花，除了女儿一家人的衣服，不再接外人的活儿。小凤读高中时，曲晓海母亲去世了。安葬完母亲，曲晓海就张罗把岳父接到家里住，但郝裁缝却死活不同意。第二年冬天，郝裁缝上炕时一条腿磕在了炕沿上，骨折了。曲晓海一直把他背到医院。出院后，郝裁缝就在女儿家住了下来。

转过年，小凤考上大学，走了。

两年后，小龙也考上了大学。

家里一下子就冷清了，到了晚上，夜显得格外长。郝春贤张罗打扑克，玩五十K。郝裁缝一玩就上了瘾，每张牌都特别较真儿。曲晓海收了他的分，他就质问郝春贤：“他大小王咋就能管上我的五十K呢？”

郝春贤解释：“你不是纯五十K，是杂五十K。”

隔一会儿，郝裁缝又问：“他四个小三咋就收了我的纯五十K呢？”

郝春贤又解释："四个的最大，啥都能管。"

说着话，就冲曲晓海使眼色。往下再打，曲晓海有牌也不出了。

一天夜里，正打着扑克，郝裁缝一头栽倒在炕上。医生诊断是肝癌。郝春贤有洁癖，护理不了病人，都是曲晓海负责照顾，喂饭喂水，接屎接尿，背着老人做各种检查。郝裁缝临死前，把郝春贤、曲凤、曲龙叫到枕边，分别说了一句话。然后，就拿眼睛看曲晓海。曲晓海走到老人身边，嘴抖得像掉进了冰窟窿，那个"爸"字到底没出口。郝裁缝笑了笑，脑袋就歪在了一边。曲晓海跪在床前，扇了自己两个耳光。在郝裁缝墓碑前，郝春贤告诉曲晓海："我爸临死前说，我找了个好男人。他还说，真盼着能把那个疙瘩解开。"

曲晓海的眼泪就涌了出来。

郝裁缝是冬天去世的，几个月后，到了清明节。郝春贤高血压发作，头晕得出不了门，曲晓海自己去了县西公墓。把两盘菜摆在墓碑前，曲晓海说："您不用担心，郝春贤身体没啥大事，过几天就能来看您。"

曲晓海说："家里挺好的，小凤、小龙学习也都挺努力，您不要惦记。"

曲晓海说："这些年都怪我不好，硬生生结了一个疙瘩，现在，我要把疙瘩解开，让您老在地下安心。"

说完这句话，曲晓海从怀里掏出一张纸，划着火柴，在坟前点燃。

那是一张稿纸，三百个格子，每个格子里都写着一个"爸"字。

选自《天池小小说》2018年第4期

评鉴与感悟

人出生时最早见到的人就是父母，这一生中最为牵挂的人也永远是父母。血缘相系，天经地义，血浓于水的亲情往往很难为外物撼动，它始终是人所拥有的最可靠的羁绊。而本文所展示的却又是另一种不同意义上的"亲情"，这种感情不依靠血脉联系，而是真正用自己的双手缓慢缔结，是无数的爱与温情堆积后结出的果实，相比血缘亲情，或许更为坚固也说不定。

对于曲晓海来说，他从郝裁缝身上得到了少年缺失的父爱，被真心实意地放在心窝里、享受了来自对方的至亲般的关怀；而对于郝裁缝来说，他将女儿托付给了一个真正有担当的好男人，这个人虽然不善言辞，却默默地做完了身为子女应做的事，让他得以享受天伦之乐。他们间虽无父子之名，却有父子之实，所缺的不过是一句真心实意的“爸”——这是郝裁缝心中永远的疙瘩、曲晓海永远的遗憾。最后那真真切切的三百个“爸”，字字写的是曲晓海的真心，一笔一画，寄托的全都是超越亲情的爱啊。

郝裁缝心中的缺憾最终也未能被弥补，这也为我们敲响了警醒的钟，情感既要寓于行、也要寓于言。越是至亲，越容易将爱的表达疏忽，可正是因为至亲，才越应该将爱宣之于口。从今天起检视自己的言行，是否对最亲爱的父母表达过感恩了呢？试着对他们说一声“爱”吧，这就是我们所能送给最亲爱的人最温情的礼物了。（风夜）

救　赎

/津子围

荧光粼粼的夜里，玛农路过旧物箱时突然被撞到，他吓了一大跳，拉开距离后，发现一个年轻人脸上挂着歉意。

“非常不好意思，我叫晓飞，在四十七层工作。”对方说。

玛农和晓飞就这样认识了，晓飞还送给玛农一根手工雪茄，晓飞说：“这个味道好，可惜容易灭火。”

玛农和晓飞都是这座大厦里的程序员，整天跟代码和数字打交道。应该说，大厦里的程序员大多都有自己的愿望，为了实现自己的愿望，他们没日没夜地工作着，将枯燥乏味、机械重复的劳动换成了数字化的E币。

随着行市水涨船高，实现愿望的堤坝也越垒越高。

从晓飞送给玛农雪茄的一瞬间，玛农想到，晓飞大概也是个特例吧，他应该是没有愿望的，挣了钱就消费了。

玛农把他的判断讲给晓飞，晓飞笑了，他说：“我给你yes！我就是挣一个花两个的主儿，不像大楼里那些家伙，都有愿望……你呢?”

“我和大楼里的家伙不一样，我也没有要实现的愿望。”玛农说。

晓飞咯咯地笑，他说：“那你跟我是同类喽。”

“我跟你也不一样，我从不花E币。我是说，我攒E币不是为了买愿望，当然，也不花E币。”

"那你真是个特例。"晓飞将鼻尖下的雪茄烟拿开。

玛农想了想说："主要是，我不知道我的愿望是什么。"

漫长的冬天来临了，玛农回到大厦时已经被冻得瑟瑟发抖，他连忙跑进电梯间，仿佛那里的灯光还散发着温暖。电梯上到四十七层，叮铃一声提示音后，两扇门缓缓打开。玛农伸长脖子向外看了看，没有人叫电梯，不过，玛农听到隐隐约约的哭泣声，他有些好奇地走了出来，电梯门在他身后关闭了。接着，身后传来电梯移动的牵引声。

玛农回头看了看，又向楼道里看了看，本来他想再摁上行键，那个声音又若隐若现、游丝一般钻到玛农耳朵里。玛农没有拗过自己的好奇心，在昏暗的走廊里寻找起来。到了走廊尽头，发现晓飞坐在窗台边。

"下雪了！"晓飞说。

玛农向窗外望了望，天空中并没有雪花，向下面看看，才看到房顶上白色的积雪。

"我听到了哭泣声，是你吗？"

"让你见笑了，我也不想这样，可还是没忍住。"晓飞说。

接着，他向玛农讲了他哭泣的原因——

其实他有愿望，每到下雪的时候他就想起自己的愿望，发誓要拼命地工作，攒够了E币去兑换愿望。

"我的愿望是进到小璇的梦里，告诉她，我真正的死因，她和她那个世界对于我的死亡下的定论是错误的，还有，我爱她……可惜，我没有常性，过几天就把自己的誓言忘了，贪吃、贪玩，一年又一年，循环往复。"

玛农明白了，他说："其实你和大厦里的家伙们没有什么分别，只是你的定力差了些。"

"有什么办法可以解决吗？"晓飞可怜兮兮地问。

"我也不知道。"玛农沉吟一下，转身走了，身后传来晓飞的哭泣。

玛农走到走廊拐角处，又折回来，大声对晓飞说："我帮你一次，用我的E币吧！去见你的小璇……"

大概是下半夜，玛农觉得桌子边冷飕飕的，他侧头看了看，发现跪在椅子边的晓飞。

"这么快就回来了？"玛农问。

晓飞没说话，不停地给玛农叩首。

“你不用客气。”玛农说，“我和你说过，反正我也不知道怎么花那些E币，能帮你实现了愿望就好。”

晓飞咧了咧嘴，小声喃喃：“可……对不起，我的愿望没实现。”

“怎么会？我已经给你足额的E币了！”

“不是你的问题，我到了小璇的家里被吓回来了。”

“都说人怕鬼，你怎么还怕人？”

“我……我做人的时候也是个胆小鬼。”

“那我就没办法了。”玛农重重地叹了口气。

“我一定好好工作，一个E币也不乱花，一定攒……”

“你不用还我，那些E币是我送给你满足愿望的，不是借的，你攒够了E币，去实现你的愿望吧。”玛农打断了他。

“谢谢，不过那是十年八年以后的事情了，不知道小璇是不是早就把我忘得干干净净。”晓飞说。

玛农沉默了一会儿，说：“加油吧！”

转眼又一年过去，看到漫天飘飘扬扬的雪花，玛农突然想起了晓飞，想到晓飞时，他又刻意阻止自己去想，因为他觉得晓飞很麻烦，问题是“麻烦”在特定的环境——呆板、枯燥的日子里，也成为一种调节剂。玛农决定去找晓飞，但可能代价是让他的口袋从此空空如也。

玛农和晓飞攀附在大厦的玻璃壁上，一边是深邃的苍穹，一边是万家灯火，风从身边滑过，发出轻微的啸音。

玛农说：“我找你是想再帮你一次。”

“我都不好意思见你了，我做得不好，非常惭愧。”

“不过——”玛农说，“这次我不给你E币，我准备替你去实现愿望。”

晓飞愣住了：“你替我去实现愿望？”

“是啊，我充当信使，进入小璇的梦里，把你要告诉她的那些话原封不动地转告她。”“可是，小璇会相信吗？”

“你把你们两个人知道的秘密告诉我，这样，她才会相信我。”

“也只能这样了，谢谢你！”晓飞眼睛里隐含着泪水。

玛农用仅有的E币兑现了一次愿望，他被推送到穿越两界的通道，恍惚中进入到一个温暖的房间，床上躺着一个安详的女人。玛农想唤醒那个熟睡中的女人，泪水却很快模糊了双眼——他进入了母亲的梦中……

选自《小说月刊》2017年第10期

评鉴与感悟

假如有一天，人类可以使用货币来实现愿望，代价是永远与所爱之人分居两个世界，你会如何做出选择？作品为我们布下的就是这样一个谜题。这似乎是一个死后的世界，被完成的愿望都是人们未了的心愿，作者用极度大胆夸张的想象来描绘与现实世界截然相反的亡灵世界，别出心裁地设置了公司与货币机制，将情感与爱欲量化，使得抽象的“心愿”变成了更加物质化的存在。

作为“月光族”的晓飞，他没有存款，没有可以满足他昂贵心愿的E币。而拥有可观存款却没有愿望的玛农，他自愿用自己的E币来为晓飞实现心愿，这看似是一场单方面慷慨的救赎。但人生存一世，又怎么可能真的没有愿望？没有心愿的人是不完整的，愿望的缺失意味着期待、满足、焦灼与快乐等种种感情的缺失，没有愿望的人无疑是可悲的。晓飞身上贪图吃喝玩乐、今朝有酒今朝醉的生活态度事实上正是将人的生存热情极致夸张放大后体现出来的特质。这一场圆梦之旅，不仅是对晓飞过去生活的告别，也是玛农寻找自我的旅程——这是一场双向的救赎。

晓飞唤醒了玛农身上属于人类的感情，也正是这感情在最后令玛农热泪盈眶。那是无论什么都无法替代的亲情，是宝贵至极、决不能忘记的无价之物啊！好在，它最后还是被玛农找了回来。人的生命是有限的，爱却是无限的。倘若有一日，我们真的来到了与现实世界不同的另一个世界——到了那时，唯一能牵系世界、证明我们存在过的，想必也就只有爱了吧。（风夜）

节　疤

/谢大立

刘总的老板桌桌面上有个节疤。

买时，他指示办公室主任，买原木的，来自大自然的东西好。老板桌买回来后，他非常满意，高档的清漆，树的纹路清清爽爽，上档次、有品位，衬托出用它的人非富即贵。当办公室主任邀功说，他挑遍了整个仓库的货，就这一张的台面上只有一个节疤。高兴头上，他不光表扬了主任，还握了他的手。

没想到，还不到一年，这张老板桌就成了他的心病，正是因为那个节疤。

总部的民主生活会，各单位党政一把手参加，党委吴书记总结发言说："当官的不检点，就是为人为官的污点，污点有如犯人脸上烙的印，有如好端端的一棵参天大树，破开来里面有许多节疤。"刘总一下子想到他的打字员，他虽然安排她去子弟学校当了副校长，风言风语却没有因为打字员的离开而人走茶凉。所以吴书记说那个节疤时，他红了脸，把头低得如扎。

大树上的节疤怎么能和人的检不检点联系上？正因为大树的节疤和人的检不检点风马牛不相及，刘总就觉得事情复杂。他的老板桌台面正是一棵参天大树的树干，可吴书记从来没有到过他的办公室，会不会是有人把他与打字员的事捅到了吴书记那里，把他的老板桌台面上有个疤的事也告诉了吴书记，吴书记借此敲打他？

从此，刘总对节疤两个字讳莫如深。他召集班子里的成员说事，李书记先到。李书记是公司的党委书记，大凡总经理与党委书记都面和心不和，他们也不例外。李书记向他讨烟抽，站在他的面前抽烟，用手摸桌子上的节疤，摸着还似笑非笑地看他，看得刘总的心里疙疙瘩瘩的，老板桌上的节疤就不仅仅只是讳莫如深了。要没有这些事，老板桌在刘总的心里是如打字员的长相一样完美的，即使是那个节疤，他也是视为打字员唇边的那颗美人痣的，妩媚。怎么办，刘总在他宽敞的总经理室踱来踱去。正踱着，突然眼睛一亮，节疤在台面的右上角，来人和他说事都是站在右上角。把老板桌靠右边墙，节疤就靠墙了。李书记再来找他要说事，就摸不到节疤了。

他喊来办公室主任，说桌子靠左边有西晒，办公室主任就找人把老板桌挪右边。办公室主任都是人精，虽然他不知道刘总因这节疤的心病，但他明白老板是嫌节疤不该放在显眼的地方。他把书柜也倒到右边，让节疤像个羞于见人的丑妇一样，躲到死角里。刘总这回不光握了办公室主任的手，还送给来人每人一包好烟。

李书记再来说事，摸不到节疤了，目光就往死角里瞟。李书记来一次，刘总的心里寒一次。尽管他有时候也宽自己的心，吴书记会上打的比喻也许就是个随手拈来的比喻。但他相信，李书记认为那个比喻就是指的他。在李书记又一次把目光投向死角走后，他又在屋子里踱起步来。突然，刘总的眼睛又一亮，从书柜里拿出几本书压到节疤上，顿时，他的老板桌上不仅多了书香味，还一俊遮百丑。他对自己的这个举措感到得意至极。可是得意没多久，压在节疤上的书，又慢慢地成了他的眼障。没有这些书时，很多时候他还能忘掉那个节疤，现在只要一看到书，就会想到书是为遮节疤才搁在那里的，节疤在他心里出现的频率比没有书时高了很多，还使他想到那个此地无银三百两的故事。好在李书记快到退休年龄了，忙着料理回家休息的事，没工夫来给他添乱，他才终于吁了口气。

老书记退休，新书记上任。那次吴书记讲话新书记也在，节疤的事也就很自然地又浮现出来。刘总又一次在他的总经理室里踱来踱去。他五十四岁，书记四十八岁，还是林木专业毕业的，很显然是来接他班的。刘总的眼睛再次一亮，过渡给书记是迟早的事，把总经理室让出来，既体现了高姿态，又摆脱了节疤对自己的困扰。往后吴书记再讲什么污点、节疤，就与他没有干系了。

新来的书记低调得如初春的梅花，一副无意苦争春的样子。除了偶尔到几个党工部门溜溜，基本上宅在办公室。刘总试探他说：“这个地盘很快就是你的了，你要尽快进入角色。”书记却说：“我已经进入角色了，上级安排我的职务是党委书记，如果我的书记当得不到位，还请刘总指教。”刘总就认为此书记非彼书记。书记不擅闯他的办公室，他就时不时地到他的办公室串串。

这一天，刘总突然发现，老板桌上的那个节疤，变成了一朵活灵活现的鲜花。节疤怎么成了鲜花？他以为是幻觉，揉了揉眼睛，凸现了的节疤确实是一朵花。由于花的活灵活现，使他宛若闻到了花香……书记有些不安地说：“动刀前本想跟您打个招呼的，见您忙，手一痒就弄成这样了，没破坏整体效果吧？”

“好，好！简直是一个品牌的标志，一种点缀，品牌的标志往往都是点缀。”刘总臣服得直叫好。书记笑了，说：“我也是突发奇想觉得它像一朵花，就把它立体化了一下。说来我还是受一位能工巧匠的启发，他是我读大学时的实习老师，他的许多作品就是根据节疤的特色，因地制宜而得。树的节疤是大自然赐给人类的礼物，就是他告诉我的……”

刘总的心里暗发感慨：我在这老板桌前坐了那么多时日，为这个节疤想了那么多法子，怎么就没有想到这一层呢？要想到了，我还会把这桌子让给他吗？要不让给他，现在坐在这老板桌前的不还是我吗……

选自《天池小小说》2017年第11期

人的所见有时不一定为实，一个人的心态往往会影响他对于世界的看法。行得端做得正，阳光便格外明亮；相反，一旦一个人心中有鬼，做什么便都疑神疑鬼，总觉得世界上大大小小的眼睛无一不盯着自己，眼神里偶尔还要透露出冷冷的、嘲笑的光。就好比这样一个节疤，在有的人眼里美丽似花，在有的人眼中却成了自己作恶多端的证据，无时无刻不纠缠着自己的心。

刘总便是这样一个人。小心翼翼揣着自己的污点，用自欺欺人的方式来将它掩盖，神经紧绷到敏感的地步，甚至于看木制办公桌上的一个节疤都似乎是监视自己的一只眼睛。倘若他原本行事端正，又何必畏人眼光呢？而若他哪怕有一点点自我改造的决心，又何须心虚于一个小小的节疤呢？对节疤的态度正折射出他的人生态度：懦弱，贪婪，碌碌无为。而在现实中，如刘总这样的人往往不在少数。他们安于现状、不肯实干，贪图利益、摆弄权术，一方面过得战战兢兢、胆小如鼠，常常疑神疑鬼、敏锐过头，这些人的人生观念已然扭曲，把生活过得像节疤一样虬结丑陋且不得疏解之法，这样的人往往很难得到真正的轻松与幸福。

而若事已至此仍不知悔改，像刘总一样执迷不悟，明知问题所在却不愿寻根溯源，连解决问题的勇气都没有，还试图用幻想获得意念上的幸福满足——千千万万的“节疤”将陪伴他的余生，时时刻刻注视他的一举一动，令他永不得解放、永远活在恐惧之中。（风夜）

帕尔姆最后的杰作

/陈炜

在西罗王国，眼镜匠帕尔姆是个异类，他一直将自己制作的眼镜称为作品，而不是如其他匠人那样称为货品。异类是要受到嘲讽的，帕尔姆成了很多人口中的笑料。但在极少数人眼里，帕尔姆制作的眼镜更应该称为杰作、神作。他们是这些眼镜的佩戴者，除了帕尔姆，只有他们知道，这些眼镜能让他们看到想要看到的模样，不管是物品还是活人。

在深山里，帕尔姆的日子一直清苦，野果和野菜是他的主食，只有在远游的时候才能吃上少量肉食，饮一点淡酒。

帕尔姆制作的眼镜售价极高，每副一千金币，可几十年来，他制作的眼镜没有超过十副。对帕尔姆的客户来说，这些眼镜不仅功用超乎想象，而且镜身镶嵌宝石，精美绝伦。曾有客户打算支付帕尔姆十倍的金币，但被婉拒，“在制作眼镜的过程中，我已经得到了足够多的奖赏。”

一天正午，帕尔姆煮了点蘑菇干，一个突然到来的客人打断了他的午餐。已经好多年没人来到他的林中小屋了。

不速之客看起来不到三十岁。帕尔姆因为被人打搅了午餐，耷拉着嘴角有些不高兴。

“帕尔姆先生，”年轻人坐下后说道，“我想请你为我打造一副眼镜。”

帕尔姆的眼睛亮了起来，嘴角开始走平，“一副眼镜多少钱，你知道吗?”

“请不要为我担心。”年轻人笑道，“一千金币只是我一周的零花钱。吉尔斯公爵是我父亲，我刚刚继承了爵位。父亲告诉我，你有世界上独一无二的本领，你是眼镜匠，更是巫师。”

帕尔姆暗自惭愧，心想自己需要一副老花镜了。以前，他绝对不会看不出这个青年气度不凡，眉宇间和吉尔斯公爵那么神似。“你的要求是什么?”他问道。

“我要一副这样的眼镜，”小公爵说，“戴上它，我就能看出眼前人心中关于我的想法。”

帕尔姆看了小公爵许久，摇摇头，“非常抱歉，这超出了我的能力。公爵大人应该跟你说过，我的眼镜只能让事物变成人们想要看到的模样。比如我给他制作的眼镜，让他看到所有人在他面前恭敬无比。”

小公爵说：“这我当然知道。我想，这么多年隐居深山，你的魔法力难道没有提升?”

帕尔姆还是摇头，“再怎么提升，也无法让我的眼镜看穿人的灵魂。”

小公爵说：“我即将步入朝廷与王公大臣周旋，也将在上流社会与贵妇调情猎艳，我迫切需要看出人们对我的想法。至于他们的灵魂是黑是白，我毫无兴趣。帕尔姆先生，你难道不想挑战自己，做一副一生中从未有过的杰作吗?”

帕尔姆怔怔坐了许久，方才微微点头。

小公爵把一只钱袋放在桌上，“这是一百金币，是我的定金。”

送走小公爵，帕尔姆坐在桌旁直到日落，才把冰凉的午餐吃下肚。晚上，他把所有的魔法药剂取出来，放在一旁备用。

真能做成那样的眼镜吗？这一夜，帕尔姆罕见地失眠了。

第二天一早，帕尔姆来到屋旁的深潭边，纵身跃入，潜入潭底，采掘结晶物用来炼制镜片。上岸后，他在阳光下发抖不止。“我老了，再下一次这个潭，我会没命的。”他想。

帕尔姆一次一次地试验他的药剂，常常通宵达旦。用了五个月，经过了一千多次失败，才取得了一小瓶也许是堪用的药剂。用药剂炼制镜片、磨镜片、制作镜框、装配、修饰，眼镜终于完成了，离小公爵来取眼镜的约期还剩半个月。

怀揣眼镜，帕尔姆出了深山，去人群密集的城镇试用他的眼镜。

他选了一个小酒馆，戴上眼镜，坐在店门口的桌旁。人来人往，许多人匆匆而过，看不出他们对他有什么看法。他想，也许自己的魔法不足以把小公爵的想法付诸实现。但是，当一个老人经过时，他立即感受到了信息：“这是帕尔姆吧？这个傻瓜怎么还没死？”这不是声音也不是文字，但帕尔姆真真切切感受到了。他被自己的魔法眼镜惊呆了。

帕尔姆在很多地方测试眼镜。他感知了人们对他的蔑视、轻贱、善意，甚至还探知了两个强盗打算对他下手抢劫。

回到林中小屋，帕尔姆还在激动不已。看着眼镜，忘记了饥饿和寒冷。眼镜的神奇，让他难以想象。

三天后，帕尔姆的激动劲儿才渐渐消退，开始坐立不安。这副眼镜出自他的手，但最终将属于小公爵。这个年轻人触发他爆发出一生中最神奇的魔法力。

“他为什么会有这样的念头？”帕尔姆感觉冰冷透骨，仿佛刚从潭水中出来。太可怕了，太可怕了，不论是小公爵，还是这副眼镜。在他和它面前，任何人都将像裸着身子一样，包括制作者帕尔姆。

小公爵如约来到帕尔姆的林中小屋。屋内无人，桌上放着一只钱袋子，旁边的纸条上写着：恕我毁约，万分抱歉。

小屋旁深深的潭底，帕尔姆静静地躺着，腿上绑着大石头，手中紧紧握着他一生中最后的杰作。

选自《天池小小说》2017年第12期

眼镜工匠耗尽毕生魔力，方才制作出足以令自己扬名四海的最高杰作，但这过程充满艰辛，更是逼迫他不得不一次又一次反复敲打诘问自己的良心：我的做法究竟是对的吗？我的杰作能为人带来满足与幸福吗？最后，他得到了否定的答案，抱着自己最后的作品沉入深潭。这眼镜的制作过程正像是一次针对人性的拷问，在痛苦的拉锯中人性的善战胜了人性的恶，方才驱使帕尔姆做出了最后的决定。

倘若现实世界真的有能满足欲望的魔法存在的话，那么这个世界最终一定会沦为炼狱。人的欲望是无限的，正因不断滋生欲望，人类才拥有前行的动力；但也因欲望不断膨胀，最终超出了人性的承载力，才会令人性扭曲，酿成大祸。其实无论是谁都希望自己在他人心中能留下好的印象，这是要通过一点一滴的努力、不断完善与提高自己才能达成的目标。文中的小公爵想运用魔法来投机取巧，最后得到的结果只能是竹篮打水一场空，帕尔姆最后的决绝正是人性善的一次反扑，他以生命为代价让我们看到了人性的微弱闪光。这不仅是对窥视者与不劳而获之人的一次回击，也是对所有坚持自我、奋力前进者的肯定。

如果说帕尔姆最后的杰作是潘多拉的手，开启了释放恶与欲望的魔盒，那么他的最后选择就是盖上这个盒子，将希望保留下来。尽管这样一件杰作随着帕尔姆的死永远不为人所知，但这位巨匠的灵魂熠熠发亮，这也是他送给人们、送给读者的比他的杰作更珍贵的礼物。(风夜)

孤独的花生

/侯德云

书法家老遇晚上到我家来，为一点点小事。是这样：老遇的老师，八十多岁的陈先生，爱文学爱得颠三倒四，听说瓦城有我这样一位“作家”，出版过不少作品，很是好奇，托老遇“弄”本书给他看看。老遇说：“这好办，我直接跟他要。”

老遇是我多年好友，住在同一个小区，抬头可见低头也可见。别人要书没有，他要，指定得有。

老遇落座。我给他沏茶，倒茶。两人喝茶聊天。

话题从书说起，随后说到陈老师。

老遇说他爹当年也是爱读书的人，家里攒下不少书。那年闹运动，上边有“精神”，说知识越多越反动。他爹既害怕又发愁，怕的是书被革命群众发现，愁的是不知怎么办。

那时候上面还号召“除四害”。瓦城当时楼房极少，大多是低矮的小瓦房。也不知是谁的指示，每年夏天，固定有一天，瓦城每家每户，都要用艾蒿熏蚊子。说如此这般，等于大打一场人民战争，歼灭所有来犯之蚊虫。

就在那个乌烟瘴气的晚上，老遇他爹，陡然灵光一闪，实施了一个大胆的行动，把自家所有藏书，都一页一页撕毁，扔进灶坑烧掉了。

老遇说他爹烧了一夜的书，同时也流了一夜的眼泪。

老遇整夜躲在自家院门后边，给他爹站岗。老遇说电影里儿童团站岗，手里都拿着红缨枪。临到他站岗，两手空空，一点儿意思都没有。

后来我特意查找了一些“除四害”的史料，才知道，1958年2月12日，红头文件《关于除四害讲卫生的指示》正式发布，要求全中国在十年或更短时间内，把苍蝇、蚊子、老鼠、麻雀都消灭掉。后来由于某种原因，麻雀被平反，由臭虫代替。再后来，臭虫也被平反，由蟑螂代替。

老遇他爹跟陈老师是要好的朋友，在同一所中学教书。烧书的那年冬天，学校里又掀起一场“反右补课”运动。眼睛雪亮的革命群众发现陈老师身上劣迹斑斑，怎么看都不像好人。

陈老师愁眉苦脸，向老遇他爹讨教如何躲过这场劫难。老遇他爹特别够朋友，也特别有耐心，反复指导陈老师如何在群众大会上做检讨。

有段时间，陈老师天天晚上都到老遇家练习做检讨。

陈老师每次来，老遇他爹都给他洗一盘苹果。

老遇对陈老师到他家练习做检讨的事一点儿都不感兴趣，但他对苹果很感兴趣。他躲在里屋，从门帘的缝隙里偷偷往外瞅，瞅了一天又一天。一天天瞅下去，老遇的心情也咔嚓咔嚓，被两个坏东西给嚼碎了。

十岁的老遇终于崩溃，对六岁的弟弟说：“每天五六个五六个，等到过年，咱家就没有苹果啦。”说完号啕大哭。弟弟也跟着号啕大哭。

老遇说那时候，他家每年只买一筐国光苹果。一筐六十斤，吃完拉倒。

老遇说他小时候，最恨的人就是陈老师，每次看见，心里都咬牙。

老遇说他爹和陈老师天天一起谋划，有屁用啊，三个月后，俩人都被补成“右派”，下放到农村改造思想去了。

老遇当时特别开心，两个坏东西，再也不能咔嚓咔嚓嚼他的心了。

听完这故事，我说了声：“唉。”

老遇也跟着叹气，接着说：“谁知不到两年，两个坏东西竟然像臭虫一样被平反了。”

老遇说：“坏蛋胡汉三回来了，他俩也回来了。”回来就回来，有什么了不起！可老遇他爹觉得“摘帽”这事特别重要，得摆一桌酒席庆祝庆祝。

那时候陈老师是单身——他一“戴帽”，老婆立马跟他离婚，把孩子也带走了，家里冷炕冷灶，一点儿热乎气都没有。所以这庆祝的酒席，只能摆在老遇家里。

老遇说他爹下放那两年，家里的日子一天不如一天，穷得像风铃一样叮叮当当，还摆酒席，拿什么摆酒席？

老遇他妈愁得不行不行。可不行也得行，这酒不能不喝，人逢喜事嘛，是不是！

老遇他妈使出浑身的智慧和力气，端上三个硬菜：猪肉炖粉条、炒鸡蛋、糖拌花生米。老遇说可能还有别的什么毛毛菜，可他不记得了。

两个坏东西咧着大嘴喝上了。五毛钱一斤的散白酒，两杯下肚，开始张牙舞爪地朗诵古诗，叨叨叨，唾沫飞溅。

老遇依旧躲在里屋的门帘后面，从缝隙里往外瞅。老遇听不懂他们的叨叨叨，也不关心他们的叨叨叨。老遇一味盯着他们的嘴巴和喉咙，瞅来瞅去。

两个坏东西的嘴巴不停地动，喉结一上一下也在动，盘子里的猪肉、粉条、鸡蛋和花生，一筷子一筷子越来越少，老遇嘴角的哈喇子，却一涌一涌越来越多。

老遇说："妈了个巴子，那天晚上，我吞了不知多少哈喇子。"

盘子渐渐空了。一只空了，两只空了……最后一只，盘子正中，只剩一粒花生。老遇看见，有一瞬间两双筷子同时奔向那粒花生，同时顿住，又陡然同时缩回。

老遇心头一紧，扭头对趴在里屋炕头的弟弟说："只剩一粒花生啦。"弟弟眨眨眼抿抿嘴，没说话。

直到酒席结束，那一粒花生，依然被孤零零地遗弃在盘子正中。老遇瞅着那粒花生，不知为什么，眼泪也像哈喇子那样，一涌一涌越来越多地流下来。

听完摆酒席的故事，我又说了声："唉。"

这回老遇没跟着叹气，他骂了句"妈了个巴子"。那粒孤独的花生，在他心头压了几十年，沉甸甸，压得他喘不上气。

我不知该说什么才好，只能劝老遇："过去的事，就让它滚犊子，咱不去想它。"

老遇听罢，默默端起茶杯，却不喝。就那么愣头愣脑，端了很久。

选自《百花园》2018年第6期

评鉴与感悟

在那个缺衣少食的动荡年代，吃的用的样样都要精打细算，连带着人的慷慨与眼泪也不得不吝啬了起来。生存是人类永恒的难题，尽管已经脱离因天灾而挣扎的时代，人仍不得不与人祸相抗争。俗话说“患难见真情”，这句话是不错的，但真正到了生死存亡的关头，究竟又有几个人愿意用自身的生存权利去交换一份感情呢？答案犹未可知。

这一对老伙伴相互扶持着在泥泞中艰难前行，为了生存不得不抛弃自己的精神追求。老遇他爹状况尚好，还有妻儿不离不弃，陈老师却在困难生存中丧失了享受天伦之乐的权利。在困境当中，两双手痛苦攀爬，两颗心却紧紧相连，这是当时还年幼的老遇无法理解的羁绊，所留在记忆中的只有这“两个坏东西”吃翻身饭时留下的最后一粒孤独的花生。小说最后言尽意未尽，那是年幼的老遇“不知为什么”淌下的眼泪，原因却让所有读者都心知肚明——这泪为自由也为不自由、为幸福也为生存的创痛、更是为了那份在逆境中仍如黄金般闪闪发亮的情意！

花生虽是孤独的花生，但前行之路并不孤独。尽管境遇酸楚、自身仍不知可不可保，但也至少能为挚交保留一粒花生米的慷慨，人类正因这温情才从自然界中脱颖而出，也正因这温情慰藉着心灵，才得到了努力生存下去的力量。小小一粒花生上承载着沉甸甸的厚重情意，时至今日仍闪烁着光芒，值得我们无数遍去回忆与品尝。（风夜）

猫 眼

/孟琳峰

我几乎不出门。但我知道这层楼每个邻居的脸，还有他们的名字。是的，我知道，尽管我们从未谋面。

我住在两层门里，一层是玻璃门，一层是防盗门。玻璃门被我擦得透亮。正午狠毒的太阳总爱用它金色的针扎它，但这是徒劳的，无论扎得有多狠，它都贪婪地将所有金色封锁在自己体内，就像一面镜子。这面镜子镶嵌在楼层里，如同两个世界的通道。整层楼的影子，与后面那道乌黑如洞穴的防盗门重叠在一起，你不经意一瞥，便能从玻璃中描出自己的轮廓，但凝神一望，黑色的门板却要将你吞噬进去。然而人们总不会察觉深层的阴影，这扇门便成了邻居的仪容镜。

可能这是我龌龊的恶趣味，也或许我上辈子是只猫，我总爱把目光挤进防盗门的猫眼里，看看阴暗潮湿的楼道。这件事对我来说是无可替代的，它是我社交的途径。

我第一个认识的是邻居杨美丽，她很漂亮。每天早晨浓妆艳抹的便到我家门前张牙舞爪，摆弄一下假睫毛，抿一抿刚抹上的口红，眼睛里像是溢出了来自欧洲的蜂蜜，一种来自西方的炙热风情。我真受不了她这样，扭扭捏捏地跟我传情，但每天早上即使我嘴里的馒头还没咽下去，也会到猫眼前与她相会，这是邻居间的问候。

虽然我不喜欢她，但这无法改变她很漂亮的事实，也无法改变我是个男人的事实。就像她姓杨一样，所有漂亮女人都姓杨。她应该叫杨美丽，这就是她的名字。

我不喜欢杨美丽还有一个非常重要的原因，她有男人了，他们住在一起。杨美丽摆弄完自己以后，她的男人便是下一个来跟我打招呼的邻居。

男人从不在我门前久留。他总是随意一瞥，漫不经心地整理一下头发，便离去。但不过五秒钟，他又会回来，做着同样的事情。循环往复数次，他就不会再出现了。相比于杨美丽，我更喜欢她的男人。他有着丑陋的嘴脸，五官极其不团结，眼鼻嘴都想逃离这片油腻的“土地”，却又统一不了意见，于是造就了他的魔鬼面容。我不知道杨美丽喜欢他什么，我也不知道自己喜欢他什么，但我知道他叫吴先生，姓吴，名先生。他这样的男人就应该叫吴先生。无论什么时候见到他，我都知道他叫吴先生，我喜欢吴先生。

还有许多人在我门前停留，与我打招呼。他们或者叹气，或者微笑，或者扭动身躯做出奇怪的舞姿。我知道，他们在向我问好。这是邻居间的情谊，我必须回应，于是我将自己的目光凝缩成一丝寒光，通过猫眼传达给他们。但他们常常不予理睬，我很生气。

我知道他们每个人的名字，就像知道杨美丽和吴先生一样。不是我记忆力超群，而是他们的名字实在太好记了。漂亮女人都姓杨，老人姓李，孩子姓张。我总会知道他们的名字，但只有吴先生是吴先生，只有他这样的男人才叫吴先生，比如夏娃就叫夏娃，她不是冬娃，也不是春娃。我想，我和吴先生应该是好朋友，即使他从未见过我。

令人遗憾的是，邻居不会时刻向我问好，我也不会总守在猫眼旁边，我们都忙着自己的活，这是我们只能是邻居的原因。

有时，我将眼眶紧贴猫眼一个下午，也见不着一个邻居，只能看见楼道里飘浮在光幕中的尘埃，以及在垃圾桶中翻腾的老鼠。楼道总以它阴冷的面貌在我的梦里频频登场，那种连阳光都撕扯不开的凝滞和黏稠感，拖延着我每一次的欲望。我在猫眼里看到的楼道是扭曲的、狭窄的、潮湿的、密不透风的。每个邻居家都镶着深邃的门板，凝视久了便觉眩晕，这感觉会不会来自他们从猫眼里投射出的寒光？可惜他们少了一道玻璃门，这让整个门看起来就像一块棺材板。

晚上，浓稠的夜便将猫眼堵住，我无法摸索出任何人的影子。这样对我来说是痛苦的，我只能等待，等待橘黄色的光刺穿夜的封锁。光来自楼道的感应灯，有了光便有了人，人往往是杨美丽，紧随其后的便是吴先生。他们晚上从不与我问好，直冲冲便进了自家的“棺材板”，我也渐渐习惯了他们的无礼，但没想到，这“棺材板”竟真成了棺材板。

杨美丽死了，死在自己家里。我亲眼看着她被担架抬走，脸上蒙着白布。最后一次与她问好已经是昨天的事了，虽然我不喜欢她，但再也见不到这漂亮女人，我不免悲伤，毕竟她还是我朋友吴先生的妻子。

警察开始每家每户敲门，每个邻居都出来了。他们显然很慌张，因为他们都忘记了跟我问好。我从猫眼里看见了他们苍白的脸，与死去的杨美丽没有差别。警察很快便找上了我。先是叮叮的门铃声，然后是咚咚的敲门声。我一直都躲在门后，揣摩警察与普通人长相有何不同，从未想着开门。直到他的眉毛挤作一团，我才打开了门。这让我有些害怕，我失去了猫眼。

“你住这的?”

“嗯。”

“咳……有个不好的消息要告诉你，你邻居陈娇死了。我们认为犯罪嫌疑人是她丈夫。现在有些问题想问你，请你配合我们的工作。”

“陈娇？我不认识陈娇。我知道杨美丽了。”

我看着警察错愕的脸，自己也开始错愕。我从来不认识陈娇，我也不知道她是怎么死的。死的只有杨美丽，我忘不了她脸上的白布。

“杨美丽？杨美丽是谁？难道又死了一个？这栋楼没有人叫杨美丽啊。”

“她是我邻居，我刚刚亲眼看着她被抬出去，脸上还蒙着白布。”

“刚刚抬出去的是陈娇，804房的陈娇。”

“不，那是杨美丽。她漂亮吗?”

“扼……还不赖。”

“她就是杨美丽，漂亮女人就应该叫杨美丽，脸上蒙着白布的就是她。我不认识陈娇。”

警察陷入了沉默，用不可思议的眼神看着我。我也不可思议地看着他。

“那……你认识她丈夫吗？她丈夫叫张志，我们怀疑他是凶手。”

“杨美丽只有一个男人，她丈夫叫吴先生，他们住在一起，他们是夫妻。我也不认识张志。”

“她丈夫叫什么？吴什么？”

“吴先生。”

“我知道，吴什么？”

“吴先生，就叫吴先生。”

警察似乎再也无法忍受我。他瞪了我一眼，翻开手中的资料，一页页地翻，接着停顿了一会儿，便合上了资料。

“这里没有杨美丽，也没有吴先生。整栋楼就你一个人姓吴。吴先生，不要再说瞎话了，我就问你昨晚有没有看到一名男子走进804房。”

“我不是吴先生！吴先生是杨美丽的男人！我……不可理喻。昨晚吴先生照常回了家，是的，就是804房，他看上去累极了。还有什么要问的吗？我已经快失去耐心了，警察先生。”

警察没有再说话，低着头在纸上记录着什么。警帽帽檐遮住了他的脸，不知道他的眉毛是否还纠缠在一起。

“感谢你的配合，吴先生，我已经没有什么要问的了，打扰了。但吴先生我给你个建议，你最好去医院瞧瞧。”

“我他妈不叫吴先生！你快走吧！莫名其妙！”

我从没忍受过这么憋屈的一天，那个警察否定了我的邻居们。他给他们和我套上莫名其妙的名字，以为我们就会成为他口中的陈娇、张志，这真令人悲伤。我打算一整天都不再去接触猫眼，不仅仅是我不想看到在804房踱步的警察们，更重要的是我忘不了杨美丽。自从她的脸蒙上白布后，我便觉得她不再是杨美丽，或许警察说得没错，她是陈娇，但她昨天一定是杨美丽。

我整整一天没有靠近猫眼半步，这不像我，但感觉不错。总是我对邻居们热情招呼，而他们对我时冷时热，是时候让他们也尝尝这滋味了。直到第二天，我再也不能从门外捕捉到任何一丝簌簌的脚步声，我知道警察们已经走了。于是我下定决心，瞪着眼睛慢慢靠近了猫眼。可最后我却被吓得倒退回来。

吴先生就站在门口，瞪大眼睛，凸出的眼白就好像白骨一样瘆人。我从来没有见过他露出这样的表情。我有种预感，自己也会像杨美丽一样被他杀死，冷汗被加速动的心脏层层震下来，手脚像是被电流贯通，止不住地发麻，连血液的流动都带着来自灵魂的战栗感。接着，门铃响了，叮叮叮，敲响了我最深层的恐惧，我已无法想象猫眼后的吴先生是有着怎样的表情。

可能命中注定了我跟他的会面。当我意识到时，门已经被我打开，吴先生就站在我面前。

吴先生并不丑陋，甚至眉宇间有着奇异的气质。当我亲眼见到他时我才知道，是猫眼扭曲了一切，甚至包括我和他的友谊。他面色平静如深潭，但我已经知道了，是他杀了杨美丽没错。

“你为什么要杀杨美丽?”

“谁是杨美丽 ?”

“就是你的妻子，她现在已经被担架抬走了。她死了。”

“我的妻子叫陈娇。我从来没有杀杨美丽，我杀了陈娇。”

“你不会还想说你叫张志?”

“没错，那是我的名字。”

“不，你叫吴先生，这才是你的名字，你忘了?”

“这里只有你姓吴。我一直都叫张志，这是我妈给我取的名字。”

“你不应该叫张志……不应该……”

吴先生不再说一句话，脸色更加阴沉。我感觉我的死期到了。但我看了他握紧又松开的拳头，心里松了一口气。这时，他突然走了进来，径直走向我的沙发，使尽了全身力气坠落上去。然后他转过头来看我，就这样盯着，不说一句话，好像在命令我也过去。这很不礼貌。

我缩着肩膀坐到了另一张沙发上。我知道我的每一个动作都牵动着他的神经，我必须小心。

“昨天警察来找你了?”

“是的。”

“他们问了你什么？你说了什么?”

“他们问了我张志的事，但我只认识你。你前天晚上回家很晚。”

吴先生没有再继续问下去，他也没有再盯着我。他那样盯着我让我很难受，就好像逼问犯人一样。他才是犯人，我是好人。

“你知道我为什么杀了我的妻子吗?”

“她出轨了。”

“不。我觉得她在骗我，她不是我的妻子。”

“那谁是？杨美丽？陈娇?”

“她是陈娇，但我觉得她不是陈娇。杨美丽……我的妻子应该叫杨美丽，这个名字好。”

“所以你杀了她。”

“所以我杀了她。我无法忍受欺骗，她在结婚时被调包了。她在结婚前应该叫杨美丽，但之后就被调包了，成了陈娇。我不爱她，她们判若两人，我爱的是杨美丽，我一生只爱一个女人。”

我不知道该如何回答他，我仿佛在听一个疯子讲话。但我很高兴他想起了杨美丽。

“我感觉我的一切都要被她夺走了，包括我的名字。她每天都在我的饭菜里动手脚，想让我早日成为一个傻子，随她摆布。她不停地指责我，想让我崩溃，但她休想得逞。我最终还是杀了她，用她最爱的那把菜刀。我并不内疚，她罪有应得。”

我还没来得及表达我的看法，他就一下子蹦了起来，看起来就像死人从坟墓里爬出来那样快活。他眼睛直直地盯着门外，一言不发便走出去。然后他停在了我的玻璃门旁，整理了一下头发，诡异地笑了。

“吴先生，后会有期。”

我听到他这么说简直肺都要气炸了，他仿佛在嘲笑我。吴先生是他的名字，为什么都叫我吴先生？我开始讨厌他了，我决定与他绝交。

从那以后，我再也没见过吴先生。邻居们照常来与我问好，我照常守候在猫眼旁，但804房再也没有人出入。我渐渐忘记了杨美丽、忘记了吴先生。直到有一天，吴先生的鬼影又飘入了我的眼中。

那天，我守在猫眼旁，电视机同时开着。猫眼里等不到任何人来与我问好，我便盯着电视机。电视画面转切到一则新闻，“X市幸福花园B座804房发生一起命案，丈夫用菜刀杀死了结婚两年的妻子。犯罪嫌疑人张某现已投案自首，他声称自己的名字是吴先生。”

我感到惊喜。吴先生终于承认了自己的名字，我决定与他和好，尽管我从此再也没有见到他。但我依旧每日守在猫眼旁，等着吴先生出现。只有吴先生知道，是我扭曲了，还是世界扭曲了。

选自《作家》2018年第7期

评鉴与感悟

人对于世界的看法往往各不一样，世上的每一样事物都至少有“我的看法”和“其余人的看法”这样两种定义，二者缺一不可，也不能相互替代，就好像“我”的两扇门，其一接受着无数道阳光狠毒的直刺，其二则是独属于“我”一个人窥视外界的眼睛。但世界原本这么大，若是只从小小的“猫眼”中观察，无异于管中窥豹、井底之蛙，永远无法得出真实的、科学的结论，这也是“我”眼中的世界如此扭曲的原因。

作品中的“我”自始至终似乎只是一个观察者，龟缩在自己的世界里，擅自对人与物评头论足并且乐此不疲，眼光阴暗且狭窄，对眼中观察到的世界擅自施加看法，这也令“我”显得与众人格格不入。同时，作者引入了“吴先生”这样一个角色将情节加以串联，文末又一个“我”的诞生，是作者将借吴先生之手酿成的恶果与“我”的世界观相糅合，点明了片面眼光看世界的危险。仅仅是吴先生这个人本身，隔着猫眼与隔着玻璃门尚且能看出两种不同模样，那么这大千世界呢？世界上千千万万的人呢？结果似乎一目了然了。

同时，就吴先生杀妻这一事件来看，“我”所遇见的以邻居与警察为代表的外人所表现出的态度也同样发人深省。来自外界的质问与不理解是另一条导火索，“我”与吴先生的结局或多或少受到了这看不见的手的推动，当代社会所谓“舆论杀人”一说也就有了用武之地。

在端正自己对世界看法的同时，我们既要坚持本心、不受外物动摇，也不应对他人的看法过于苛刻。求同存异，这似乎是面对世界的最好办法。只有打开视野才能知道阳光有多么灿烂，而阳光下的每一朵花，都一定能开得很美、很好。（风夜）

第五辑

一个人的涅槃

/谢大立

老和住进老干部公寓的头一天，是刘副市长离开这个世界的日子，追悼会上，他碰到了老搭档吴局长，吴局长调市工业局任局长前，在东风机械厂当书记，他当厂长。

参加完追悼会，两人一起往外走，吴局长心事重重地叹口气说，我是老伴去得早，不想长时间麻烦孩子们才住进来的，你实在不该住进来。老和说，我老伴也去世了，也跟你一样不想麻烦孩子们。吴局长吃惊地说，弟妹去世也不通知一声，看来你是没我这个兄弟了。老和说，写文章的人怪，不许开追悼会，不许搞遗体告别，并留下话，如违了她，阴曹地府再会时决不饶我。她退休后信起了佛，这你是知道的，也是怕对你这个老干部带来负面效应……吴局长说，都不在位了还正面负面个啥！老和说，也是。老和又说，对市里在这个山清水秀的地方为老干部们建这么个养老的仙境，我看不出有什么不好。

吴局长摇头叹息，随后是连串的反问句：从城里坐车到老干部公寓是四路车吧？四的谐音是死吧？我们这个老干部公寓的下一站是火葬场吧？是通往火葬场的中转站吧？撇开这些不说，这里的氛围就让人受不了，住在这里就是在等死。你今天一来就参加了刘副市长的追悼会，我可是隔三岔五都在参加追悼会，参加完一个追悼会，几天都缓不过神来，刚缓过神来，又来了追悼会，排队似的，说不定哪天就排到了自己……

老和没有接吴局长的话，只是在心里默默地说，人从生下来就在为这个死字排队。可是几天后，老和就觉得吴局长的话是有些道理的，仙境是不假，也许仙境只有神仙才配，住在这里的老干部们都对这个环境无动于衷，基本上是早晨喝茶看报，中午睡个午觉，下午坐在电视前拿着个遥控器东找西找。不像他住在厂里，早上买菜，中午做饭，下午在树荫下与退休的职工们下两把象棋，晚上散步碰到说得来的东聊西聊，累了，就该回家睡觉……

老干部们每人一个小房间，不熟的不好擅入，他只好到吴局长处，吴局长的门虚掩，人坐在沙发上面对电视，电视播放着。老和见吴局长半天没动，估摸他打瞌睡了，望着打瞌睡的吴局长想到他说过的等死两个字，觉得很形象。就在他想着是否要喊醒他，吴局长一惊，醒了。他对吴局长说，看电视打瞌睡的习惯不好。吴局长说，大家都这样。老和说，得想些法子，比方我老伴，刚退休时没着没落，后来与佛教协会的那些人混到了一起，变成了另外一个人……吴局长很本能地说，你不会是叫我也去信佛吧……老和说，哪能呢，只是打个比方。

突然地，吴局长话锋一转说，你猜我刚才碰到谁了？刚才？谁？老和茫茫然地望向吴局长，吴局长则满脸的毛骨悚然说，对，就是刚才，刘副市长活灵活现地站在电视机那块，还是他说你来了，醒来果然是你在门外……我可是从来不信鬼神的，你说这事……老和说，世界上是有些事说不清楚，才有人信佛信教。吴局长说，你说是不是该轮到开我的追悼会了？老和说，瞎说啥？吴局长说，人死前真有征兆，刘副市长说他快死了，头一天委托我事情，第二天就走了。说着像想起了什么似的从抽屉里拿出个存折说，这存折上有二十万元钱，刘副市长吩咐我每月给卫小虎的卡上汇两千元钱，看来我得委托你了。

老和把存折翻了翻说，别弄得跟真的一样，这事你要下交也该交给刘副市长的儿子女儿。吴局长说，要能交给孩子们他就不会委托我了，刘副市长生前待我们都不薄，领导的事你我就不要东猜西猜了，毕竟二十万数目不小，他反复叮嘱我一定帮他这个忙，你不用我再叮嘱你吧？老和说，你要对我不放心，就对上帝许个愿，祈求你的灵魂进天堂，灵魂到了天堂就可以看到人间的一切……吴局长说，人说不定真有灵魂，刚才我看到的可能就是刘副市长的灵魂……嗨，你干吗不早两天住进来，把这话说给刘副市长，让他的灵魂也进天堂，在天堂里能看到我俩多好哟！

第三天，吴局长果然出事了，说不了话，手脚也动不了了，只一双眼睛睁得老大，一口气久久不咽。老和想，他是不是为刘副市长委托的事还是不放心俺？就立马到银行按卡号汇了两千元钱给卫小虎。他拿着凭证在吴局长的眼前晃时，吴局长的眼睛眨了一下。是了，老和以为他会闭眼了，但还是不闭。还是对俺不放心？他想，如不让他放心地离去，他也不得安心，他决定去把那个叫卫小虎的人找来。

卫小虎，一个大一的学生，他费了很大劲才找到。他把卫小虎带到吴局长的面前，说，往后我每月给这个叫卫小虎的同学汇两千元钱，直到卡上的二十万元钱汇光为止。吴局长这才缓缓地闭上了眼睛。在送卫小虎到班车站时，小伙子的长相使他突然想起了一个人——刘副市长家的保姆。刘副市长的夫人五十岁那年就成植物人了，家里全靠那个保姆，难道……他刚想问问小伙子的家庭情况，想到吴局长的叮嘱，把到了嘴边的话收了回去。

亏了没问！要刘副市长和吴局长在天之灵看到他问了卫小虎什么，那真是件糟糕透顶的事。他决定不折不扣执行吴局长的嘱托，争取活到把卡上的钱汇完的那一天。哪一天到了那边，刘副市长一定会拍着他的肩头说他好同志，吴局长说不定一激动和他来个拥抱，赞他好兄弟。

选自《天池小小说》2018年第3期

评鉴与感悟

布莱希特的剧作《高加索灰阑记》相较于中国原版的《灰阑记》，在情节走向上，情缘已经战胜了血缘，到了新中国成立后，恩情进一步以一种更高级、广泛和强力的阶级感情形式替代传统中国的血缘，从而发挥对于社会的维系作用。《一个人的涅槃》所展开的同志之情，其背景即基于此。所以为何刘副市的遗愿在吴局长和老和之间辗递，而子女于焉缺失，就有情可理了。

不过，作品绝非以一种简单的同志之情来嘲讽中国传统的养儿防老观念的枉然，却是在极小的篇幅中含蕴着婉转的暗讽，使得作品获得了情节的张力和内蕴的丰富。刘副市长的遗愿在吴局长那里全圜地传递后，到了老和那里却揭开了神秘的面纱，即刘副市长自以为摆脱了不可信托的儿女，似乎从这一传统伦理下脱解出来，而实际上又进入这一伦理之中。吴局长在蒙蒙瓜葛之中逝去，而老和也只能在将这一遗愿完整无缺地履行后，才能死后在天堂终得到刘副市长的“同志”之号和吴局长的“兄弟”之称。三人在特殊的历史时期，没有一人能摆脱掉血缘维系这一几千年之久的集体无意识，个中情味是极其复杂的。

小说也涉及衰老与死亡这些让人心生畏惧的词。在人类这一自然不可逆的进程中，不论是传统的血缘还是新起的同志之情，都无可借重，终归还是需要自立自脱。在情谊上，没有谁是应该埋怨的，在生命上，自己是只能依靠自己的，所以这条路是“一个人的涅槃”。（丁小七）

女朋友何青

/刘国芳

他往一家店门口走过时，听到一个人喊何青。一个漂亮的女孩，应了一声。他看了看这个叫何青的女孩，还笑。

随后，他就走进了店。这是一家小水果店，卖香蕉苹果橘子。他称了两斤苹果。付钱时，他又看着女孩笑，说，“你叫何青?”

女孩点着头说：“我叫何青，你认识我?”

他没回答，只笑。

他后来经常光顾何青的水果店，每次都会买些水果。在何青帮他称重时，他总会看着何青笑。有一次，何青就发现他的笑里面有内容，何青于是说：“你总看着我笑，我难道有什么地方不对吗?”

他说：“没有。”

何青说：“那你怎么总是笑我?”

他说：“你想知道?”

何青说：“想知道。”

他说：“告诉你吧，我的女朋友也叫何青。”

何青笑了，说：“难怪。”

这以后，他们就算认识了，或者说是熟人了。他三天两头往何青店里跑，有时候买些水果，有时候什么也不买，只坐那儿和何青说话。

一次何青问他说："怎么总是你一个人来来去去，没看见你的女朋友何青呢?"

他说："我女朋友在东莞打工。"

何青说："难怪。"

又一次，何青还问着他说："你女朋友何青漂亮吗?"

他说："还行吧。"

何青说："肯定比我漂亮?"

他说："没你漂亮，哪里会有你漂亮。"

何青说："你逗我开心吧?"

他说："真没你漂亮。"

有那么几天，他没去何青那儿。再去时，何青就问着他说："这几天怎么没来呀?"

他说："我出去了几天。"

何青说："是去你女朋友何青那儿了吗?"

他说："不是。"

何青就笑，又问着他说："你女朋友何青回来过吗?"

他说："没回来。"

何青说："她怎么不回来呢?"

他说："不知道，大概忙吧。"

过后，他几乎天天往何青那儿去。见了，看着何青笑一下，又笑一下，再笑一下。何青也看着他笑一下，又笑一下，再笑一下。何青有时候生意忙，就喊他帮忙。比如让他称称水果，甚至收一收钱。

一天，他又往何青那儿去，路上看见一家玉饰店开张。他进去看了看，发现里面有很多好看的玉饰品。看着，他忽然就有给何青买块的想法。随后，他真买了一只手镯，好几百块钱。把手镯拿给何青看时，何青说："这手镯真好看，一定很贵吧?"

他说："四百多块。"

何青说："是送给何青的吧?"

他说："是。"

何青听了，就把手镯还给他。他没接，只说："拿着呀!"

何青说：“你不是送给何青的吗？”

他说：“是呀，可你就是何青呀。”

何青就明白那手镯是送她的，脸就有些红了，说：“真的吗？”

他说：“真的。”

在他们说着话时，一个女孩提着行李箱在店门外走过。女孩忽然看见他了，女孩于是很惊喜地说：“真巧，在这里碰到你，我刚从东莞回来，正要打你手机哩。”

他就走到店门口来，然后看着女孩说：“你……你是？”

女孩十分意外，说：“我是何青呀，你怎么了？怎么连我都不认识了？”

选自《青岛文学》2018年第8期

评鉴与感悟

这篇小小说更像是一部戏剧的截断，有很强的场景、台词和戏剧性。一个小卖铺，两三个人，简短的对话，时代背景和故事情节在这里都变得模糊了。所有的准备都在等待那个高潮，即“女朋友何青”的出现，就像许多人都在等待《等待戈多》中戈多的出现。不同的是，“女朋友何青”出现了。

《笑忘录》中有一节，两个学生在讨论《犀牛》中犀牛角象征男性生殖器的意义，一个同学回答只是为了在最后制造出喜剧效果。在此，“女朋友何青”的出现意味着什么呢？可能是对这个男性不够忠贞的嘲讽。不过因为不断的相遇，激情、友情一并产生，爱情来得水到渠成，谁又能明言自己在这种情况下能完全脱身？同样，也可能就是为了制造一个喜剧效果，在男生即将获得一段新的恋情的温情脉脉之时，女友突然出现，就像妻管严的丈夫在忘我的自夸中老婆突然出现一样，喜剧效果是分明的。同样的，在身份由名字规定的这一时代，两人的性格在文字中几乎缺失，只有“何青”这一名称，那么真真假假，谁又能确辨哪一个才是“女朋友何青”，小说在此也便有了荒诞剧的色彩。

其实所谓真实就是你选择相信的那一部分，所以小说究竟想说什么并不重要，就像米兰·昆德拉在《被背叛的遗嘱》里阐释《巨人传》里巴奴日那一部分所言，任何确证的猜度，不过是织就傻瓜的蛛网，重要的是我们在其中看到了不同的趣味。（丁小七）

盐河旧事之看座

/相裕亭

盐河入海口的河汊子里，随处可见那样一块块貌似水中浮萍一样的荒岛。它是上游洪峰携带泥沙在此堆积而成。有的岛屿，是因为河水改道后，所裸露出的河床自然形成的。它们突兀在汤汤的河水或潺潺的溪流当中，上面长满了翠生生的蒲草与芦苇。远看，恰如一块块碧玉镶嵌在白茫茫的河面上。偶尔，还可以看到那些岛屿上，长出一两棵不知名的小树，孤芳自赏地矗立在小岛的芦苇丛里，给盐河里觅食鱼虾的水鸟，营造出难得的栖息场所。

盐河边打鱼、扳罾的渔民，很喜欢那样的岛屿。他们携带着捕鱼捉虾的家什，划一叶小舟到岛上去垂钓，或将一个个系上鱼饵的网筐——当地渔民们称之为罾的一种捕鱼工具，密布在小岛周边的水域里，时而用竹竿猛挑起罾网，捉住前来觅食的鱼虾。

那场景，虾弹鱼跳，怪喜人呢。

某一年，小麦扬花、青杏挂枝的时候，盐河口捕鱼的汪福，正在大盐东沈万吉沈老爷家秫子地边的河心岛上扳罾捉鱼，河对岸，一辆马车"吁——"的一声，停下了。

当时，汪福认为是过路的商客，停下来观看他如何捉鱼呢。所以，他没去搭理对方，只顾忙于扳罾、收鱼。可等他看清楚河对岸那个身着长袍的老人，是沈家的老太爷沈万吉时，汪福立马慌了手脚，他赶忙扔下手中的罾网，抱起刚刚捕捉到的一对大白萝卜似的鲢花鱼，蹚水跑到河对岸来，硬将那一对尚在拧滚、打挺儿的鲢花鱼，塞到沈老爷的马车上。

汪福所扳罾的那个小岛，坐落在沈万吉沈老爷家的地头，谁能说那个河中的小岛，不是沈家的呢？他汪福怎么就堂而皇之地在人沈家的小岛上搭起草棚，扯起网绳，坐收“鱼”利呢，显然是不合章法。

汪福下意识地给沈老爷作揖、求饶说：“托沈老爷的福，小民汪福，在此混口饭吃。”

沈老爷支吾了一声，好像没当回事情。

沈老爷或许就是一时兴起，想停车看看风景。刚才，若不是汪福那一番作揖求饶的话语，沈老爷没准儿都不记得河对面那片绿油油的秫子地是他家的。

汪福看沈老爷不言语，他心里越发紧张了，误认为沈老爷要拿他是问。

汪福当即表示收网走人。言外之意，求沈老爷宽容他这一次。以后，他不敢再来了。

哪知，沈老爷看汪福那副诚惶诚恐的样子，如同说笑一般，告诉他：“那个小岛，送给你啦！”

说完，沈老爷登上马车，走了。

汪福却愣在那儿，瞬间不知所措。

马夫看汪福半天没醒过神来，便回头大声告诉他：“沈老爷发话，那个小岛送给你啦！”

汪福这才“扑通”一声，跪在沈老爷马车后面的烟尘里，接连磕了几个响头，以谢沈老爷的大恩大德。

这以后，汪福的日子愈发充实了，他拆掉岛上那个临时搭建的小草棚，板板正正地盖起两间门窗敞亮的小茅屋。之后，他一边打鱼，一边铲除岛上的杂草、芦柴，开垦出一垄垄的地块儿，种上了辣椒、茄子、韭菜、洋芋，入秋以后，又种了几畦翠莹莹的芫荽、菠菜和过冬的小麦。期间，随着秋后河水变小，水面变瘦，大片的河滩裸露出来，汪福又把小岛周边的泥土挖起来，堆积到小岛上，使小岛的面积不断扩大。

汪福守着小岛，打鱼、种菜、卖菜，后期，又喂养了一大群水上凫游的白鹅、花鸭，小日子日见红火起来。

此时，汪福没忘沈老爷的恩德。开春的头刀韭、挂花的脆黄瓜乃至市面上尚无出售的紫茄子、青辣椒，以及鸭舍里那些白生生的鸭蛋、鹅蛋，他自个儿都舍不得上口，总要抢个头水，给沈家送去。

印象中，汪福头一回到沈家时，是个清晨。

汪福手提一篮子圆溜溜的鸭蛋、鹅蛋，肩挑两筐碧绿的青菜来到沈家。沈家没有人认识他，拦他在大门外，直至马夫出面，与大太太说了来龙去脉，汪福这才有幸见到沈家的大太太。

当时，大太太正在小餐厅里等候沈老爷一起用餐。

汪福去见大太太时，他看人家窗明几净，尤其是大太太那身宽软的绸缎，在他眼前一闪一闪，汪福忽而感觉自己身上的鱼腥味、鸭屎味太重了，他没敢踏入大太太就餐的门槛儿。

大太太身边的小丫鬟，礼节性地搬把亮锃锃的小椅子放在他跟前。汪福担心自己身上太脏了，没敢坐，他就那么蹲在门口，听大太太问话。

后来，汪福再到沈家时，他先把所送的青菜、鱼虾啥的送到后厨去，再到大太太这边来道安，以讨沈老爷、大太太的欢喜。当然，汪福也想利用那个时机，讨得沈老爷、大太太的赏赐。大太太赏过他岭南的花生、羊儿洼的稻米。有一回，大太太高兴了，还赏了他一摞哗铃铃的钢洋。

汪福有了钱，便注重穿戴，要去沈家前，他着意要在河边多洗几遍手。天气不是太冷时，他还要在河中洗个澡，换身干净的衣服呢。

尽管如此，汪福每次见到沈老爷时，他还是畏畏缩缩地不敢靠得太近。大太太在屋里与他说话时，他始终蹲在门外，不好意思去碰沈家那油光锃亮的桌椅板凳。

后来，沈老爷在城里娶了四姨太，汪福已很少见到沈老爷。沈老爷喜欢在四姨太那边过夜。

但是，此时的汪福，仍然把他种植的蔬菜瓜果送到沈家。沈家大太太对他不薄。汪福挑去青菜、萝卜，大太太却回馈他大米、油盐。有一年冬天，大太太还把沈老爷穿过的一件灰棉袍赏给了他。

那段时间，汪福与沈家人已经混熟了。他到沈家时，无须下人通报，便可挑着箩筐，直奔后院去见大太太。

说不清是哪一天，汪福在门外听候大太太问话时，情不自禁地摸过门口那把原本是许看不许坐的椅子上坐下了。

大太太的笑容立刻就显出僵硬来，觉得汪福气度不凡呢。

待汪福走后，大太太随口说句“不懂规矩！”后，大太太又喊来管家，道：“去把汪福开垦的那块荒岛收回来吧，省得他以后再往这边跑了。”

选自《北方文学》2017年第10期

评鉴与感悟

这篇小小说若是被放在新文化运动时期，或是社会主义文学建设时期，会被当作一篇奴隶文学遭到批判，是典型的政治不正确。因为汪福代表的是无产阶级，而沈老爷代表的是地主阶级，小说所传达出的是对于地主阶级压迫无产阶级的认可。不过在今天，即使抛开阶级论，作品所传达的观念也可以进行否定，当然也可以认可，而每个人都可以是其所是。

所非者，从现代的观念来看，人人平等，所以也就无所谓沈家天然拿大，而汪福天然作小。那么汪福坐那把椅子也就没有不守规矩之说，甚至可将其列入率先觉醒和反抗者之列。这样作者在沈太太因汪福不懂规矩而对其剥夺之后结束全篇，汪福在此也即刻消失，明白地，作者也赞成这样的规矩。尽管是旧事，但是作品所言的规矩和《老炮》中的规矩也有差别，所以并不能很是认可作者这样的观念。

不过从另一面讲，今天这个时代又是过于自由和放肆了，规矩越来越少，守规矩的人也越来越少。于是得寸进尺、得意忘形、肆意造作之事就屡见不鲜。在这样的情形下，以一篇旧事，重提掩埋在时代之下的规矩，婉言讽谏，守规矩则为有，不守规矩则为无，这样的观念，却又是十分有意义的。

好的小说应该是海纳百川、众声喧哗的，即便小说文本在自足的意义上没有完成，读者在阅读中也应将其完成。（丁小七）

越来越像领导

/邢庆杰

刘大伟的好运纯粹是由一次偶然带来的。

那一次，厂里召开职工代表大会，厂党委书记郑来秋向职工代表们征求意见，代表们一个个都拣过年的话说，郑来秋的脸上便渐渐地失去了笑模样。刘大伟就是在这个时候“腾”地站起来的。刘大伟说，郑书记，我觉得材料库再让赵明这个家伙管下去，咱厂子就快完个球的了！

一语惊四座，会议室里顿时鸦雀无声。

赵明是材料库的主任，是书记郑来秋的小舅子，他平时总将厂子当作自己家里开的，经常将材料库里的物资倒腾出去卖钱，大家都知道，但谁也不敢提这个茬儿。没想到，平生第一次当选为职工代表的刘大伟居然一下子给捅了出来，而且，还当着全厂中层以上领导和职工代表的面。

郑来秋的脸“唰”地变得乌黑。

很多人都为刘大伟捏一把汗。

良久，郑来秋才打破寂寞说，这事会后再议，下面继续开会。

众人都暗暗松了一口气，以为这件事就这么过去了。谁也没有想到，仅仅三天之后，赵明就被调到车间当维修工去了。

这一下大快人心。但也有人私下里对刘大伟说，书记这只是做做样子的，你小心点吧，快倒霉了。

事情并没有按照人们的思路往下发展，而且越来越出乎人们的预料。刘大伟被从车间调到材料库当了主任，后来又当了办公室主任，管后勤、保卫的副厂长……

就这样，刘大伟从一个普通工人青云直上，成了厂里的主要领导。起初，他并不在乎这些，他本来没有过当官的想法。但渐渐地，他感觉出来了，当领导和当工人就是不一样。先是以前在车间经常拿他“大头”的车间主任见了他就点头哈腰，逢年过节还总给他“表示表示”。后来他在车间干活的老婆很轻松地进了车间办公室，当了又轻松又不少拿工资的统计员。至于厂里的工人、街坊邻居见了他“刘厂长、刘厂长”地献殷勤，更是不在话下了。刘大伟在备感滋润的同时，对郑来秋感激涕零。

接下来发生了一件很令刘大伟头痛的事。

书记那个不争气的小舅子赵明，因赌博输得一塌糊涂，竟然又将手伸向了厂里的材料库。这一次他干得比较有水平。他在一张作废的领料单上做了做手脚，从材料库里提出了价值近万元的材料，准备让来厂里送货的一辆外地车给“捎”出去，结果被门卫当场擒获。

因刘大伟主管后勤、保卫工作，事情自然由他处理。

为了处理好这件事，刘大伟三天三夜没睡好觉，头发都熬白了大半。他绞尽了脑汁，终于拿出了处理方案：对赵明罚款五十元，并向厂保卫科提交书面检查。

处理方案公布的第三天，厂党委撤销了对赵明的处理方案，并重新对赵明做出处理决定：开除。

一个月后，刘大伟被撤销了副厂长职务，调到工会当了一名干事。

刘大伟觉得很委屈，他找到郑来秋，含着泪问，我做错了什么？

郑来秋慢慢踱着步子，围着刘大伟转了好几圈，才叹了口气说，其实，你没做错什么，只不过，你越来越像一些领导了，我喜欢的，是以前的刘大伟。

选自《小说林》2017年第6期

作品中，特定历史时期的工厂制度在管理上具有传统和现代两大特性，所谓传统也就是马克思·韦伯在论及科层制时所提出的由个人魅力维持机构运转的组织形态，现代则指依据法理权威进行管理的组织形态。传统型是以个人为中心，也就是领导，现代则是以法规制度为纽带。在作品中，郑来秋是法理型管理者的典型，所以小舅子犯了事，依规矩而不徇情。刘大伟本来是郑来秋似的人物，可是权力在人性上造成的异化最终将他从高处又拉了下来，而小说的核心也就在这转化。

为什么刘大伟从原来的一个刚正不阿的大人变成了一个油滑谄媚、行私讨好以保住既有利益的小人？作品在此留白。柏杨在20世纪80年代出了《丑陋的中国人》，将社会比作一个染缸，其实反思还在人性的层面，没有触及现代性的制度和技术层面。而马克思的人性异化相关的论述，齐格蒙·鲍曼在《现代性与大屠杀》中反思二战的根本原因，在此或可提供借鉴。人性的弱点，诸如贪婪，固然是刘大伟转变的原因，而工厂制度中，管理权力所带来的生杀予夺的快感，层级职位所附带的思维模式等，让刘大伟初入其中不知不觉地迷失。而难得之处，郑来秋则百炼不化，在他的提醒下，刘大伟或可反思改过。作品所起到的，也就是一个点醒作用。（丁小七）

如　意

/刘琛琛

王小如和王小意是一对双胞胎。

从小，妈妈就给她俩穿一样的衣服，买一样的鞋子，扎一样的头花。

两姐妹手挽着手走在路上，回头率不晓得有多高。

渐渐地，王小意开始闹意见了。

她不愿意再和姐姐王小如穿得一模一样。妈妈想要把姐妹复制成一个模板，那样妈妈就可以只操一个孩子的心。

双胞胎干吗不穿成一样？你到底要闹哪样？妈妈皱着眉头说，看你姐姐，多乖。

我不是姐姐的替身，不是！王小意冲妈妈大喊大叫。

王小如正安安静静读着《红楼梦》，听到吵闹声，她抬起头，扶了扶秀气的细边眼镜。

她不愿穿成一样就不穿吧，穿成一样她也看不进一个字的，别吵我看书了！王小如声音不大，却有力地阻止了妈妈和王小意的争执。

王小意脸一黑，哼一声，扭头就走。

她知道王小如是嫌她穿一样会给当姐姐的脸上抹黑。

越来越看不惯王小如那副假惺惺的样子。以为她是谁啊？天天捧卷书看就能变成林妹妹?

王小意摇头晃脑地开始为自己选衣服。

有一件粉色的连衣裙，王小意穿在身上特别好看，营业员和周围的顾客们都惊艳了，老板恨不得免费塞给她，让王小意给店里当活广告。

王小意也很中意这条连衣裙。

可王小意执意不要，白送也不要。

因为王小意在镜子里，看到了王小如的影子：文静，淑女，静如处子。

要摆脱王小如，一定要！她不是静若处子吗，王小意一定要动若脱兔。

这一动，真的就是脱了藩篱的野兔。

妈妈怎么唠叨都抓不回她的心了。

看看你姐姐，一回来就做作业，你还不去学习？

怎么考得这么差？连你姐姐一半分数都达不到！

真不敢相信，你跟你姐是一个娘胎里出来的，你姐那么斯文，你那么野蛮。

两人一块去走亲戚也是，王小意随时被姐姐的形象给覆盖。

亲戚们一致认为，如果王小意和王小如一样讲卫生、爱学习，那妈妈可就真正如了意。

偏不让你们如意！

王小意把头发烫了，染得黄黄的，还打了耳洞，文了文身，衣服也故意挑得和王小如截然不同，露脐上装加破洞牛仔裤。

你整得像什么样子？怎么就不能向你姐姐学……妈妈看到王小意这身打扮，恨不得冲上来撕了她。

王小如是王小如，王小意是王小意。任何人都别拿我跟她比！王小意瞪一眼妈妈，旁若无人地从姐姐面前走了过去。

拉不回的野马！亲朋好友们无不惋惜地看着王小意。

一不做二不休，王小意学会了抽烟、喝酒，最后索性辍了学，成天和社会上的混混搅在一起。

哀莫大于心死，妈妈彻底放弃了王小意。

小如，你一定要好好学习，考上大学。瞧你妹那没出息的鬼样子，以后只有你能拉她一把！妈妈把所有的希望都寄托在王小如身上。

王小如使劲点头，更加勤奋地挑灯夜读，她肩负着把妹妹从水深火热的深渊挽救出来的使命呢。

王小如如此的完美无瑕，肯定能考上最好的大学，也肯定不负妈妈所托将来能拉王小意一把。

不能让妈妈如意，绝对不能！怒从心头起的王小意恶向胆边生。

这天，王小如正在教室里复习，突然闯进来了几个衣着怪异的男青年。

为首的那个男青年染着一头红发，在教室里扫了一圈，目光落在了王小如脸上。

贱货，以为躲到学校就找不到你了？红发男一边骂，一边拽住王小如的头发，两耳光啪啪打在王小如脸上。

你是谁？王小如被打得眼冒金星，哭叫着问。

别装！只有我哥甩女人的份，从来没有哪个女人敢甩我哥！红发男指着王小如的鼻子说，大家听好了，这个女人是个烂货，不晓得被我哥睡过多少次！

直到保安把他们抓住送到派出所，王小如脸上的巴掌印还没有散去。

事情水落石出，始作俑者竟然是妹妹王小意。

王小意惊恐不安地看着王小如肿胀着脸回到家里。

这一次，是王小如旁若无人从妹妹面前走进卧室，上床睡了。

再也没有醒来。

到底怎么回事？小如那么乖，怎么会和混混上床？妈妈疯了，逢人追问王小如的死因。

同学们纷纷摇头，称不认识那帮闯到学校闹事的人，谣传却是王小如早恋，被渣男报复了。

老师们更为王小如惋惜，那么优秀的一个孩子。怎么就经受不住一点打击呢？

王小意拼命揪着自己的头发，泪花甩了一股。

第二年高考，学校的老师们看到王小如又回来了，她穿着最喜欢的粉色连衣裙，戴着秀气的细边眼镜，抱着厚厚的书本重新坐回教室。

王小意把名字改了，改成了王小如。

都说江山易改本性难移，王小意不信，她要完完整整复制出一个王小如来。她真的做到了，成绩跟王小如一般无二。

这下，应该如妈妈的意了！

看着女儿捧回的大红奖状，目光呆滞的妈妈眼神突变，啪啪两耳光甩上来，贱货，以为躲到奖状里我就找不到你了？

王小意捂着脸，惊恐万状地看着妈妈，妈妈两个眼珠中，一边是穿粉红色连衣裙的王小如，一边是穿破洞牛仔裤的王小意。

选自《山东文学》2018年第4期

评鉴与感悟

作品的篇幅很短，许多颇可展开的东西或收速、或语焉未详、或未旁及，真铺开写去，一个大中篇也不嫌多。在此处，笔者就青春、命运、人性恶这三点略陈己见。

青春本是个敏感多思、自尊心极强的时期，在少女时期尤其是。每个人都希望在这个时候特出卓荦，得到关注和夸赞。同时，这时也是自我确认的重要时期，而青春本苍白，没有实质性的东西可资藉，所可依赖者，只是徒有其表的叛逆行为、反常衣着等。如果这个时期得到了认可，如王小如，则自我认同实现，就会相对安静，如果得不到，如王小意，则加倍反叛。

人在自己的命运上常常是很无能为力的，一是因为多数人都是普通人，不是贝多芬，也不是荷马。二是哪怕自己十分有能力，外界的偶然很可能让人生的追索戛然而止，如拜伦、济慈、兰波等。王小如在命运上是可悲的，一个好好少女，毫无乖错，然而无端承担了不应承担的厄运。然而人生又本就如此，所谓命运的不公，是再想一下就觉得公平的东西。

威廉·戈尔丁的《蝇王》是探讨人性恶的经典之作，既然在孩子的心中也存在着恶，那么在少女的心中自然也不可避免。所以王小意在一步一步地小小恶意中，最终杀死了王小如，以小错酿成了大恶。如何来规避这种恶，戈尔丁也没有给出答案，我们所能做的，也就是自知我们都有可能成为恶人，所以在行为上要尽力节制。（丁小七）

办个事情

/女真

秋收时，我像往年一样请了假回家帮忙。到家时天快黑了。新苞米堆在院子里，金黄色把院子衬得非常喜庆。事先打过电话，家里知道我回来。我妈做了我最爱吃的炖豆角。吃罢饭，我爸忽然说了一句："咱家也该办个事情了。"

我心头一凛，不知道怎么接话。乡下时兴办各种事情，婚丧嫁娶要办，升学、搬迁、母猪生崽也要办。别人家办，你家不办，不但经济上受损失，也显得你家日子过得窝囊，主人无能。

我家上一次办事情还是五年前。

那时我大学毕业，我爸请了喜庆班子在家里搭灶，村子里来了不少人。我是村子里第三个大学毕业生，我爸我妈荣耀着呢。

此刻，我在心里迅速想了一下，如果我现在有了女朋友，如果女朋友肯嫁给我，婚礼当然是我爸我妈办事情最好的理由。我爸说这话的意思肯定也代表我妈，他们有催婚的意思吧。我心里明白，但不能接这个话茬。我的女朋友远在天边、无影无踪。

一个漂在城里、没有根基的乡下青年虽然找到了一份卖保险的工作，可距离女朋友和结婚还非常遥远。如果我现在买了房子，哪怕是一间很小的房子，也许可以给我爸个理由，可惜我还在攒首付。跟同事去看过几次房子，那是蹭别人的梦哩。我总不能跟我爸说可以办个租房子的事情吧？

我不接话，我爸我妈也不再逼我。我们家人在一起时经常这样沉默寡言，我们家人都言语金贵。关灯睡觉时，我妈过来送被，小声说："你念过大学，头脑灵活，还是想一想能办个什么事情，你爸为这事走火入魔了。"

那一宿，一直到第二天跟他们去地里掰苞米，我都在琢磨能办个什么事情。

鸡和鹅下蛋这样的事情当然不行，谁家的鸡和鹅不下蛋？房子是十五年前翻盖的，不新不旧，没必要重整。家里没养猪。爷爷、奶奶早就入土为安。我姐嫁出去十年，娃都上小学了。承包的责任田也没到日子，听说到了年头也还能延续。办个什么事情呢？最好的事情当然是我结婚，然后生个儿子或者女儿，这就两次了。可惜我还给不了他们这个理由，心里沉甸甸的。

我在村子里停留一周，倒经历了两件事情。

头一件是婚礼——后院王志娶媳妇。他头一个媳妇去城里打工，跟包工头好上了。他跟媳妇办了离婚，娶了现在的媳妇。王志跟我同岁，人家都娶俩媳妇了，让我感觉惭愧。第二件事情是我姨姥家房子上梁。姨姥是我姥姥的妹妹。我小的时候，跟姥姥去走亲戚，姨姥经常给我做好吃的。这两件事情，婚礼我们家拿了三百，上梁拿了五百。钱是我出的，多少算我没给我爸我妈找到办事情理由的补偿。八百块钱是我一个月房租或者两周的伙食费。我很心疼，但多少减轻了爸妈的负担，心里也算稍感安慰。

我回城里努力生活，对老家的事情，眼不见、心不烦。但有些事情其实是逃避不了的。昨天晚上，我妈给我打电话："儿，你下周能不能回来一次？咱家要办个事情。"

家里办事情我当然要回去。但家里要办什么事情呢？我想不出来。问我妈，我妈支支吾吾，在我再三请求下才说："你爸套山鸡时把腿摔坏了，怕你担心，不让告诉你。养了挺长时间，现在能下地走路了，你爸说咱得办这个事情。他现在腿还吃力，你得回来张罗一下，主要是要出下头。"

我心里疼了几下，却不敢埋怨我妈我爸。

自从上次秋收我再没回去，偶尔打电话他们也一直说什么都好，不跟我说家里的难事。我爸摔坏了腿我心疼，他们瞒着我，我也心疼。我爸腿好了，能下地走路，我应该高兴，但办这样的事情，是不是有点勉强？

我没有不回去的理由，至少我应该买点补品，回去看看我爸。如果我爸硬要办这个事情，我也得替他张罗，我可能不算个孝子，但至少不能忤逆。

长途客车在县道上摇摇晃晃。一个念头在我的脑海中闪过：我爸虽然六十多了，但身手敏捷，至今还能上树摘核桃，套个山鸡就能把腿摔了？是注意力不集中吗？不会是……故意找事情吧？这样的念头一闪而过，我在心里打自己三个耳光，我不能这样去揣度老爸，这样太不恭敬。

窗外是北方的冬天，白雪皑皑，万物萧瑟，我心里却仍旧是热的。生养了我的这片土地，我又回来了，帮家里办个事情。

我在车上时睡时醒。那时候我不会想到，这次之后我将很长时间不敢再回家乡，甚至连区号是家乡的电话都轻易不敢接。

家里办的事情竟然是我在城里首付买了房子。万一哪个发小、乡亲来城里看病、办事想要到我家里来看看，我上哪儿找那个爸妈已经说出去、办过事情的房子呢？

选自《小说月刊》2018年第4期

评鉴与感悟

莫言在《捍卫长篇小说的尊严》中有一句，“在善与恶，美与丑之间，爱与恨之间，应该有一个模糊地带，而这里也许正是小说家施展才华的广阔地带”，《办个事情》正好给我这样的感觉。

“我”深觉家乡办事的风俗不好，可在字里行间丝毫没有吐露道德立场分明的批判，而是始终处在两难之间，在理解与抵触之间徘徊。乡俗如此，要清明，可钱囊羞涩，随流俗，又心比天高。即使在文尾处，“我”也只是感叹“不敢回”，而不是“不愿回”。其中的挣扎与无奈，只有当事人自知。

此外，作品触及了一个群体的时代之痛。从农村出来的大学生，可谓是这个时代最艰难的一批人。首先，无论在心理还是实际条件上，农村已经回不去。那些早早辍学外出的同辈，或已经成家，或已经立业。如后院的王志已经二婚，而“我”连女朋友都没有。在城市里，又留不下，首付已经成了别人的梦，又遑论买房。其次，在观念上与家乡一代的冲突，既无法从故乡的办事观念中走出，又融不进去，在深层上又成了一个无根的流浪人，结局就只能在离家千里的担忧之中躲藏。

在这里面，是是非非，无从谈起。文学从来都不是给出答案的，它只是揭出一个窗口，让我们看见，吹来一股新嗅，让我们亲闻，递来一片异物，让我们躬尝。我们便在尽可能接近的感同身受中，去体会生活的丰富和人生的五味杂陈。（丁小七）

心　结

/宁春强

父亲跟邻居郑广有的较量，由来已久。

在老家石门这个偏僻的小山村，我们仅隔一堵矮墙的两家，表面上春风和畅，背地里却是暗流涌动。

父亲生有两儿一女，而郑广有则是两女一男。在重男轻女的农村，父亲的优越感显而易见。可是，恢复高考那年，郑家的大女儿娟子考上了辽宁大学，我大哥考取的却仅是市属师范专科学校。这让父亲一直耿耿于怀，在老郑面前始终抬不起头来。

两年后，轮到我高考了。“考北京大学！”父亲望着我，极像家里来客人时，母亲追望母鸡屁股的神情。鸡屁股被母亲盯着盯着，没准儿就能下出一枚蛋来。而父亲的瞩望无论如何热切，我都不大可能为他考上北大。可我又不想让父亲过分绝望，便答应一定报考北京院校，在首都读大学。

那个夏天格外漫长。漫长的夏天刚要过去，我收到了北京航空学院的录取通知书。父亲丢下饭碗，一高兴蹦了出去，消息迅即传遍了全村。

那几天，郑广有像霜打的茄子，一蹶不振。

寒假回到老家，刚进门，父亲就问：“带烟卷回来了没有？”我愣了一下，说：“没有啊，我又不抽烟。”父亲很是失望：“娟子回来时，给她爹带了好几盒烟卷。这姓郑的，舞舞扎扎的见人就发烟抽，还吹呼说一盒两块多钱呢！可你和你哥回来都没有带烟卷。”父亲吧嗒着旱烟袋，吩咐道：“二秃子明天开拖拉机去县城进货，你也跟着去一趟吧，买几盒烟卷，再买些鞭炮。记住，烟卷一定要比老郑家的好！”

不明白父亲为什么这么急。我刚到家，就被他打发走了。好在去县城，当天就能回来。傍晚，刚要进村，就见父亲不知何时，已等候在村头的北石盖了。

我跳下拖拉机，迎向父亲。“烟买了？”父亲问，目光充满着期待。我掏出了香烟。“多少钱的？”一把抓过烟，父亲又问。我说三块多钱一盒。父亲点点头，笑了：“好，好！狗日子的，比他贵就好。来，二秃子，抽烟！”

不大工夫，全村人都知道在北京上大学的我回来了，且给父亲买的香烟，比老郑女儿买的还要贵！啧啧啧，这在京城读书的，就是比省城的厉害！我看到，一墙之隔的郑广有耷拉着脑袋，蹲在猪圈墙上，像刚刚败下阵来的伤兵。

春节说来就来了。大年三十，晚上九十点钟，家家户户都要燃放鞭炮，石门人称之为“发子”。而发子时燃放鞭炮的多少，则成了一个家庭的脸面问题。甚至，连鞭炮燃放后的纸屑，都被各家各户所看重。纸屑越多，说明日子越红火。

每年发子，父亲都要跟老郑家较劲。常常是一起燃放，比声响，比时间的长短。有时赢，有时输。而近几年，我们家总是输多赢少。原因是娟子处了个对象，每年都往老郑家送不少的鞭炮。有了这一外援，郑家的底气就越来越足了。

今年，父亲改变了战术。发子时，不跟郑家同步，而是等全村都燃放完了，再放鞭炮。“各家各户都没声了，独独咱家轰轰烈烈，惊天动地的，那该是多么地突出啊！这下子，肯定把老郑家给盖了！”父亲很是为他的这一奇思妙想而得意。

不料，一场意外彻底打乱了父亲的计划。郑广有在燃放鞭炮时，一不小心把自家西厢房旁的草垛给引燃了。开始，父亲还没太在意。当草垛上的火势陡然升腾起来时，父亲惊吼道：“救火——！”便带领着我们，冲进了火场。

两家人齐心协力，火势渐渐地被压了下去。父亲满脸的灰烬，头发也烧焦了。郑婶递来一条湿毛巾，对父亲说：“谢谢他叔，擦把脸吧。”

父亲没有接毛巾，只丢出两个字：“不用。”父亲跟郑家较量了大半辈子，皆因郑婶。当年，父亲和郑广有一同看好了她。

回到家后，我问父亲：“该咱们家放鞭炮了吧?”父亲吧嗒着烟袋锅，沉吟了一会儿，说：“算了吧。老郑家刚着过火，咱这个时辰放鞭炮，不大合适吧？待会儿，你出去放个二踢脚就得了，其他的，留元宵节再放吧。”

翌日晨，父亲一推开街门就愣住了。昨晚我们家虽没燃放鞭炮，街门口却是满地红红的纸屑。那边，老郑手持扫帚，正冲着父亲哑哑地笑。

选自《安徽文学》2018年第5期

评鉴与感悟

莫言写过一篇情节相似的小说，其指向的是乡村传统的男尊女卑观念在新一代这里已经趋向瓦解，最终两家男女的结合标志着男女平等在乡村象征性地完成，两家也因此和解。在一个平凡的故事背后包藏着滚滚翻涌、已经向农村涌入的时代精神。《心结》也有相似的乡村传统伦理在起作用，比如男尊女卑、面子等。鲁迅先生曾写过《说面子》，对国民人性中这一问题进行了比较严厉的批判，然而本篇中，态度显然温和了许多。作品在这两点之外，把落脚点放在更为原始的配偶争夺所落下的矛盾，在这上面，争强好胜趋向原始本能的父权本体，所以矛盾必然更深。然而在一场大火中，这一遮掩的矛盾根源揭开的同时，矛盾并未深化，而是趋于瓦解，随后小说的题旨又自然滑向农民这一群体的本性上。

显而易见的是，作品的旨归是淳朴与良善。其实，我们大可不必计较这种归向的真实性与代表性可能存在的问题，它只是提供了一个认识这一群体的窗口，而谁也不能否认这些朴素纯粹的品质是不存在的。这让我想起了贾平凹写的商州系列，尽管有些过于美好，但是在今天这样一个怀疑、失信、利益至上、以成败论定的时代氛围中，这样一种单纯朴质的品质愈发的可贵，也能对人心起到好的导向作用。（丁小七）

向左，向右

/羊白

从公司大楼出来，已是十点多。向明揉揉眼，站在十字路口，有些发呆。这不，年底了，他作为部门小领导，各种报表、各种总结，手头工作忙不完，还要加班。其间，妻子来过电话，说女儿的作业还等着他回去签字呢，有一道数学题不会。他不由得恼了，说不会可以在网上搜嘛，难道他不回去，女儿的作业就不做了？妻子认为他说的是混账话，这哪是做父亲的该说的，一点责任也不负，要你这个当爹的干吗？各说各的理，几句便吵了起来，惹一肚子气。

挂掉电话，向明的注意力再也无法专注起来，表格里的数字老是看错行，弄得他很烦躁。紧赶慢赶，总算把第二天要的报表核对好了，他砸一拳桌子，关掉电脑，长舒一口气。

向明站在十字路口，看霓虹灯闪烁，车来车往，心里竟莫名地茫然起来，似乎在一个陌生的地方，不知道要往哪里去。可事实是，这就是他天天来来去去的城市，他已经再熟悉不过。甚至说熟到了麻木的程度。

以前下班后，他穿过马路，会不假思索地向右走，因为那里有他生活了二十多年的家，有父母张罗的饭菜。结婚后，本来一家人住在一起挺好，可妻子嫌不方便，吵着要买房，要单另过。说不方便，其实是妻子和母亲的关系不融洽，他夹在里面也难受。于是家里出资，又问亲戚借了些钱，总算把房买了。不知是有意还是无意，反正妻子看中的房离父母的房很远，而且在相反的方向，他下班后得往左拐。那就左拐吧，天长日久，他也就习惯了这样的轨迹。

茫然之间，向明改变了主意，他偏不左拐，他想去看看父母。这个时间，显然是有点儿晚了，提前也没打招呼，父母必定会多心。可他就要放肆一把。不签作业有什么大不了，这种捆绑的感觉他可是受够了。想想自己这么些年，庸庸碌碌蝇营狗苟，一晃就人到中年，像一台油腻的机器，上面还落满了灰尘，他自己都讨厌自己。

来到父母家楼下，向明抬头看，客厅里还透着光。他知道，父母有看连续剧的习惯。上楼敲开门，父亲吃惊地看着他，连问怎么了？这么晚，是不是两口子吵架了？

他懒得多说，说刚加完班，反正已经晚了，过来坐坐。

不见母亲。向明问，我妈呢？父亲说，早睡了，她这几天感冒了，人不舒服。说完父亲要去叫醒母亲，他制止了，心里惭愧得紧。想想平时除了有事来麻烦父母，又有多少时候想过他们，关心过他们，如今母亲病了，他都不知道，谈何孝顺。何况还在同一个城市。

向明正和父亲小声嘀咕，卧室里传来了母亲的声音：明儿，是明儿回来了吗？很快母亲穿着棉袄从卧室里出来，问他吃晚饭了吗？他说吃了，在公司吃的方便面。母亲说，方便面不能多吃，那东西没营养，还有添加剂，对身体不好。

他问母亲感冒严重吗？母亲咳嗽着，却说是轻微感冒，无伤大碍。说着母亲打开冰箱，要给他炖乌鸡汤。他拦住母亲，说别忙活了。母亲不听，拎着乌鸡进了厨房，还开玩笑说，她下午做饭时左眼皮老跳，原来是儿子要回来呀，这不，乌鸡没白买。

母亲这么一说，向明心里更难受了。他劝母亲还是算了吧，天都这么晚了，谁吃得下。母亲说，喝点儿汤就行，用高压锅很快的，一会儿就好。要他和父亲继续唠嗑，不用帮忙，她做饭听着就行。

看母亲满心欢喜的样子，向明还能说什么。只有听任母亲，为他这个长不大的儿子熬制鸡汤。

吃完喝完，已是凌晨。他本想住下，可母亲并没有留他的意思。而且要送他下楼，说是有话要说。

到楼下，母亲拉住他的手说：刚才当着你爸我没好意思问，是不是和媳妇吵架了？吵得凶吗？因为什么事？看母亲一脸紧张的神情，向明忽地又恼了。但他克制了自己。他清楚，那样只会让母亲更担心。他笑说，能有什么事，这么多年不都妇唱夫随嘛，就是加完班，想你们了，过来看看。

确认没什么大事，母亲唠叨起来。说完家事，又问他工作累吗，胃里的毛病有没有再犯……边说，母亲端详着他，像是突然意识到她的儿子年龄也不小了，叹口气说，你看你，鬓角都有白头发了，你这年龄，也该注意身体，学会保养自己，知道吗……

过来了一辆出租车。告别过母亲，向明鼻子一酸，泪水夺眶而出。他不敢回头。他知道，母亲还在街角看着他。他向左向右，都走不出母亲的视线。他坐在车里，一言不发，低头看着左手和右手，这让出租车司机很是纳闷儿。

选自《北方文学》2018年第7期

评鉴与感悟

婆媳关系的龃龉，尽管双方在力量的比较上时有差异，而无一例外的，夹在中间的男人角色在两难中的表现则始终是懦弱。如《孔雀东南飞》中的焦仲卿，《琵琶记》里的蔡伯喈等，乃至现代文学中《原野》中的花大星，成百上千年的历史无非仍然是佐证《圣经》中的那句话，“日光之下无新事”。

尽管文学一直不是提供答案的学科，常常在无可奈何之境中给出的只是悠悠的怅惘，但在《向左，向右》这种情境中，我却不能对文中的无奈同样报以叹息。《原野》花金子已经有了“我和你母亲掉进水里应该先救谁”的刁难，在今天这种选择的叩问更是甚嚣尘上。许多人在母子夫妻关系上似乎已经接受了这样的二选其一的两难，显然《向左，向右》也是如此。不过人们很少去反思，是不是母子夫妻关系共处一个家庭就必然面临这样的两难选择?！传统的中国家庭多则四世同堂、五世同堂，今天的家庭规模已经如此之小，而屋宇已经如此之大，正如《推手》里的那句追问，“这样大的屋宇竟然没有我的容身之处”。那么如今仍然普遍存在着婆媳难容的情形是很难用一句“无可奈何”来归结的。

李安在《推手》中最终还是让父亲走出了家庭独自生活，《向左，向右》则以分居之后的怅惘结束。值得人沉思的是，男性角色在此既不能成为传统中国的孝的牺牲品而放逐妻子，也不能成为当下社会妻子的附属物而放逐父母，因为这实在并非是一个二选一的问题，两者是相容的。（丁小七）

第六辑

水中人

/张丽丽

为什么你喜欢待在水里呢？（东田直树）

——题记

读书会的时候，他来工作室陪读。静静的氛围中，他一人如入无人之地，随心阅览。白净、棉质、玉树临风的姿态，犹如莲花盛开。当我的眼光扫到他手上的书卷时，我看见了《失眠症及其治疗》，不免多看了他眼。这个小城，被睡眠问题困扰的人很多，但多在白天如默默泥土，黑夜像汤汤河水，没有人能觉察。

他说，他睡得很好。但是必须躺在浴缸里，并且必须听着水龙头滴答滴答声。当然，这点没有影响到别人，除了爱人。

什么时候开始，你喜欢待在水里？

我还真的不知道是从什么时候开始的。但是，我知道自己什么时候开始像一条失水的鱼，变得焦躁不安，觉得自己很想呼喊，很想用水浇自己的脑袋，想象自己在电影神雕侠侣中的水环境，然后跳下去，慢镜头的感觉……他笑了起来，当然，我做不到。我想在洗澡时大声唱歌，但仅仅是想想。只有在家里的浴室内，我敢奢侈地在浴缸里放满水，撒一些玫瑰花瓣。每一次周末泡澡，我都要花两个小时，入水前的仪式很隆重：拿出自己那套麦色棉质睡袍，放在浴室门口的藤篓中；从阳台上端来一盆盆的小植物，放在浴缸边上，恍如自己置身大自然；用手机蓝牙连接音响，让房子里充满玉置浩二的治愈系列。当然，离自己的身体最近的，是一枚爱人从西藏带回来的牛角梳子，一弯蜜蜡黄的上弦月，坠着松绿色流苏，煞是可爱。

他笑起来时，白牙晶亮。他是第一个在我面前坦然叙述自己的心理，愿意与问题相拥共处，因失去对立面而让自己自如自在的人。

第二次来的时候，原先昂扬的棉质衣服已经有些疲沓，脸上有些灰影。读书会时，声音婉转、清脆犹如小鸟般的爱人头发蓬乱，噙着泪。断断续续中的轮廓是这样的：他出差去一个城市谈一个项目，因为事关重大，怕旅途拥堵误了时间，就提早到了。怕自己睡不好，就自费住进一家星级饭店，那里有很好的浴缸，可以让自己安然入睡，确保自己第二天早上白净、昂然、玉树临风的样子。谁知，他接到了一个电话。一位在本市的女同学，从同学群中看见了他要来的信息，打电话要过来。他刚好准备开始睡眠“仪式”，但碍于情面，就暂停了，拉上浴室门。叙旧之后，已是子时了。他围上浴巾，正准备入水，同学又折回来了，说是忘了车钥匙。他犹豫了下，就围着浴巾走出浴室，开了门。谁知，就在这时候，听见“啊”的一声尖叫，女同学跌入他的怀里，接着是一片闪光灯。等到他清醒过来，已经在派出所了。原来是女同学的丈夫一路跟踪而来，抓现行的。

虽然，最后事情也是不了了之。自然，前途也不了了之了。

但他却成了我这里最有规律的来访者。什么都没有变，就是他的睡眠变了。就像他喜欢穿的白色棉质衬衣，穿久了，就失去了光泽，变得疲软，他再也不能在摇篮曲般氤氲的氛围中安然入眠了。

我让他的“小鸟”替他去办一张卡，先是每天都去游泳馆，在煮饺子般的人山人海中去适应，去碰撞，去摩擦，去吼叫，去挥汗如雨。然后，在家里让小鸟按原先的仪式安置好，让极度疲劳的身躯回复到水平线上。一周一次，半月一次，一月一次。我看见他的脸色逐渐有光泽了。半年以后，我们结束了咨访关系。

来来去去的多是问题人。读书会没能撑过一年，我把惨淡当作休闲经营着。两年之后的一天，我收到了一张名片，邀请人一栏写着：水中人。

是谁呢？我循着地址而去。在原先一个熟悉的国有企业旧厂址上，居然出现了一个非常现代的室内游泳馆。但这游泳馆却不是人山人海的水面，这里竟然是曲径通幽的水房、香氛、音乐室。

正当我看得入神时，忽然音乐变了，响起了熟悉的玉置浩二治愈系列，接着是一段东田直树的配音指导语：为什么你会喜欢待在水里呢？我们只是希望回到过去，回到久远的过去，甚至是回到人类存在久远的远古时代……人类由水生物开始成形，历经演化。后来，人类为什么要登上干燥的陆地，演变成在时间的枷锁之下生存的人类呢……在水里的时候，一切都是那么安静，我们可以彻底放松，我们自由而快乐。不论是静静地待在水里，还是自在地游来游去，在水里，不会有人烦扰我们，我们拥有了全世界的时间，我们终于可以把握时间的脉搏，感受时间的流逝了……虽然，我们被时间的洪流裹挟着，磕磕碰碰地度日。然而此刻，我们如同回到那个久远的、到处都是水的过去。我们如同回到了母亲的子宫里，那个最安全，最温暖，最舒畅的世界……

我似乎也身在那一池静静的水中了。这时，迎面走来一个身材清癯之人，一身棉质的衣服，干净整洁。

选自《天池小小说》2018年第3期

评鉴与感悟

水中人，他的世界可真神秘。但也许对于他来说，别人的世界才真神秘。水啊，就像是一座城，保护他、庇佑他的城，外面的人进不去，他便能成为水里最自在的鱼。

我们每天忙忙碌碌，每日跌跌撞撞，现实是个大染缸，浓墨重彩裹挟着疲惫与茫然。那么，我们失去的，大概就是那个最初的自己吧。看惯了霓虹灯的闪烁，也看透了喧嚣后的落寞，时间不会停，所以，我们也从来不敢停。

为什么你喜欢待在水里呢？

因为我们都爱极了水里那个真实的、自由自在、随心所欲的自己。因为在水里我们能逃，我们不必忙着去追，水中人把自己泡在水里，是不经任何人污染的只有自己的水里，但谁都知道，那不会是他永恒的避难所，总有一天，他要走出来，去面对，去接受，水，只能给他暂时的温柔，而强大的内心，才会是他永久的盔甲。

那个软弱不确定的水中人，最后能不能融入没有水的世界，去适应外面的变化？我不知道，但我分明看到，他手里不再举着《失眠症及其治疗》，一身棉质衣服，重回干净整洁的模样……（苏晴）

那些花啊

/非鱼

郁结，就是不通，堵住了。好好的，怎么就都堵上了呢？

王小倩说：你知道重感冒时，两个鼻孔堵得严严实实的那种感觉吧？得靠大张着嘴，像鱼那样呼吸。

我说：知道。

她说：我现在就这样。

她要革命，要解放，要拉着我上山。我说：山里面也没有住着神仙啊。

有没有我也得去试试，要不憋死了。她恶狠狠地把手机摔到沙发上，眼看着它从沙发上掉到地板上，发出清脆的一声响，屏幕绽开了花。她并没有立即捡起来，而是看了看，跟上一脚，把那朵花进一步踢到墙脚：去死吧。

手机当然没有死，换个屏而已。跟她有仇的不是手机，是人。

高铁呼啸，从一个又一个城市经过。王小倩离开郁结之地渐远，她大张的嘴一点一点合拢，变成鼻翼的急促翕动。幸好我们是E座和F座，否则旁边的人会以为她犯病了。

三十多岁的人了，还追求爱情，可笑吧。

我冲她一撇嘴：相反，一点也不。

她摇着我的胳膊：看看，我就说嘛，你会永远站在我这边。我想起村上春树的那篇演讲，我说：我永远站在蛋这一边。她说：我现在就是个易碎的蛋，让人同情的蛋，即将从桌子的边缘滚落到地上的蛋，撞向高墙的蛋。

王小倩的爱情来去如风，我还没把上一任的名字和脸对上号，她已经开始了下一段的约会。我劝她：生活，说简单点，就是死皮赖脸地活着，爱情，就是一日三餐那道菜上的几根香菜，你见过谁少了香菜不吃饭？

王小倩不，她非要香菜，而且甚至光吃香菜不吃主菜。这才是要了命的，离过一次婚的女人，简直是不可理喻，脑子一根筋，但谁让她有这个资本呢？她其实完全可以不要男人，自己什么都有，还要男人干吗？她鄙视我一眼：我不能雌雄同体，自己爱自己啊。

我不知道这次故事的主人公是谁，我等着王小倩告诉我。但她聒噪了一路，一直等我们到达了金鞭溪，她也没说，看来这次是真的郁结住了。她没有诅咒那个人的祖宗十八代，或者鄙薄地哼一声，而是隐藏在心里，那个坎过不去了。

溪水淙淙。由于是淡季，游人不多，我陪着她沿着溪水，慢慢晃着。阳光穿过树林，细细碎碎，让人发懒。王小倩脱了鞋，就地往路边一坐：我要是一棵树多好，就长在这里。我笑她：树不吃香菜。王小倩叹了口气：树可以根紧握在地下，叶相触在云里啊。

我闭上眼，仰起脸，让细碎的阳光和风从脸上划过，溪水的声音被放大，轰轰隆隆，满耳朵都是，世间所有的声音都消失了，所有的人都消失了，所有的香菜、蛋都消失了。明明是满的，却又是空的。那种感觉，要怎么说？悠然心会，王小倩和我。

她又叹了口气。隐藏在心里的人和事还是说不出口，或者不知从何说起。她说：你闻。我在闻，贪婪地闻。空气里的味道丰富极了，不用强调什么前调、中调和尾调， 松木、青草、泥土、花果、阳光、水汽，各色味道蜂拥而至，却清晰可辨。突然，一声鸟鸣从头顶划过，脆里带着回响，舒畅而恣肆。

随着那声鸟鸣，好像有什么被带走了，轻飘飘的王小倩说：真好。我说：真好。我们相视一笑，穿上鞋，继续沿着溪水慢慢走。

她的电话不合时宜地响起来，她看了一眼，挂了。继续响，继续挂断。刚刚兑换来的空和满全被破坏了，我说：接吧，死也要有这一回。

她接了，手有点抖，嘴角也不由自主地抖。这个人，她是在意到骨子里了。我示意她深呼吸。

喂……一个字出口，王小倩已经泪流满面，我从没有见过如此狼狈的她，丢盔卸甲，溃不成军。她的骄傲、洒脱、挥一挥手，看来都是给别人准备的。

我在金鞭溪。她的鼻子又堵了，声音很难听。我走在她身后，在溪水的伴随下，她的声音时断时续，间或能看见她抖动的背和僵在半空的手臂。很显然，他们在吵架。这个过程持续了很长时间。

突然，她喊了一嗓子：好！好！好吧……

然后，我看到了一道优美的弧线划过，她的手臂，她的头发，还有，她的手机。

她转过脸，满脸湿漉漉的，在笑。我说：真难看。

她继续笑。这时，有风吹过，有细碎的叶子花儿纷纷洒洒，在空中飞舞，携带着一股干燥的香气在阳光中飞舞，在我们身边飞舞。

真美啊。王小倩说。

确实很美，所有的，一切。我说。

选自《小说月刊》2018年第5期

评鉴与感悟

“我永远站在蛋这一边。”村上春树是这样的，“我们每一个人都是一个独特的、不可替代的灵魂，而这灵魂覆盖着一个脆弱的外壳。”所以，他的写作为每个手无寸铁的平民而生，这些孤勇的灵魂值得被怜惜与敬佩。

而在这个故事里，我看见一个叫王小倩的女人，一个对爱情执拗到有趣的女人，她是一枚脆弱的蛋，却也是一颗倔强的石，人家都是不撞南墙不回头，而她则是撞了南墙继续走。没办法，爱情就像磁铁，她心甘情愿地被吸引着。或许，王小倩只是很多女性的缩影，太多人把爱情当作了生命的养料，当作了生活的全部。于是过分的希望变成了执念，不舍得放手，因为怕极了失去。

王小倩的手机屏幕被摔碎了，裂成一朵花，那是美的，她开始渐渐不盲求，不执拗，不守在那一方叫作爱情的小天地里做一颗让人心疼的蛋；王小倩在痛哭之后也笑成了一朵花，那是更美的，她开始把目光投向更远、更广的地方，微风、阳光、碎叶、香花，这些她都开始留意并欣赏着，她开始为自己去笑、去哭、去感受……原来放手的感觉也不赖，爱情不过是香菜，哪怕人生缺少这一种调味，王小倩也能做出独特风味的菜肴。

致所有的王小倩，你是阳光下耀眼的花儿，你为自己而绽放的样子可真美。（苏晴）

魏紫姚黄

/梁爽

魏紫和姚黄是清水镇上最美的两个姑娘。

魏紫纤细高挑，喜欢穿白衫或白裙，生得出水芙蓉一般清丽可人，见到她的人容易联想到金庸笔下不食人间烟火的小龙女。姚黄圆润丰满，总是顶着一头金黄的乱发，有时还会挑染出几绺白色，身上的打扮如同她的日子，活色生香，热烈蓬勃。

魏紫在学习上，一路凯歌高奏，如今已是名牌大学的大四生，刚被学校推荐保送研究生。姚黄初中毕业就没再读书，在小镇上的饭店、网吧、迪厅等不断跳换着各种各样的工作。

这样两个差别巨大的女孩，却是最好的朋友。

国庆节那天，魏紫踩着青石板路上细碎的阳光，满大街地找着姚黄。这次放假回家，魏紫没有提前告诉姚黄，想给她个惊喜。小镇的街头比魏紫想象中还要忙碌，临街的房子被刷成了五颜六色，大段的院墙也被喷上各种抽象画，长满银杏树的金色小镇变成了艳丽的油画。

魏紫在摄影店门口看见姚黄的时候吓了一跳，姚黄涂着乌黑的眼圈乌黑的嘴唇，头发像是被炸弹引爆，女巫一般。姚黄看见魏紫，一声尖叫，抱了上去。魏紫说，你这是中了蛊吗？姚黄咯咯地笑，还省城人呢，这叫前卫，镇上新来的造型师为我设计的。我们的小镇也有造型师？姚黄带着嗔怪地眨眨眼，别这么大惊小怪，我们的小镇被艺术家们相中了，造型师的好友就是位诗人，你见了保准会心动，不对不对，你不能心动，你有当学生会主席的白马王子……

整个下午，魏紫和姚黄都是在镇东的银杏林度过。她们捡银杏叶，她们坐在树下说话，她们搂在一起用手机拍照。姚黄没有像从前一样讲那些给她买漂亮衣服、带她蹦迪、为她打架的男生，说不到两句话就会绕到造型师身上。魏紫说，姚黄，你爱上他了！姚黄的大眼睛里闪过一丝忧伤，他们搞艺术的人，真的和普通人不一样。魏紫说，如果不能爱，就别让这份感情开始。姚黄笑了，傻丫头，你以为感情是你学的数理化啊，开不开始由不得你的。

这就是魏紫喜欢姚黄的地方，尽管姚黄书读得不多，但对生活却常常有着更深刻的感受。姚黄说，魏紫你看，我在这个薄情的世界里就是这么深情地活着。

黄昏的时候，造型师也来到银杏林，和诗人一起。湛蓝色牛仔裤，白色亚麻长衫，及肩长发，瘦削的脸庞，诗人比魏紫想象中的还要诗意。初见魏紫，诗人伸出手，你好，仙子！魏紫的脸红了。诗人说，这么美的女孩，一定是银杏仙子，口气轻松自然。姚黄黏着造型师给她讲化妆，诗人带着魏紫走向了树林深处。

这个假期对于魏紫和姚黄来说，不同于以往所有的假期。魏紫言必称诗歌，说的时候会双颊飘出红晕，会眸子放出亮光。姚黄的脸变成了调色板，每天色彩纷呈。

假期的最后一天晚上，姚黄在巷口买了盐水鸭、煮干丝、茴香豆和一罐黄酒，又把饭桌搬进了自己的小卧室。魏紫说，我就爱闻你这屋里的花露水味儿，跟小时候一样。姚黄说，我们要是真能回到小时候就好了。两人轻轻地碰了下酒盅，各自呷口酒。魏紫把茴香豆一颗一颗地往嘴里丢，姚黄翘起手指撕扯着鸭翅膀。两人各怀心事，谁也不说话。还是姚黄先打破了沉默：紫我知道你心里在想什么，你有优秀的男友，大好的前程，千万不能胡闹。魏紫不开腔，把一盅黄酒倒进了肚。

晚上，魏紫和姚黄并排躺在雕花木床上，帷幔上贴着时下正红的韩国明星的海报。魏紫说，你还记得吗，小时候这个位置贴的画是条黄色的小鱼，我们总用脚去蹬，后来小鱼成了灰色。姚黄的眼窝红了，说紫你这几天变得细腻了。

半夜里，姚黄醒来时，身边果然是空的。打开窗，借着屋里的光，隐约看见石板路上两个走远的白色身影。姚黄想喊，终是没有喊出来，只是轻轻地叹息一声。关拢窗，“吱呀”一声，把这叹息也关进了屋里。

选自《海燕》2018年第6期

评鉴与感悟

在姹紫嫣红的花丛中，魏紫、姚黄，是牡丹花的品种，美得热烈，美得浓重；而在宁静安逸的清水镇里，魏紫、姚黄，是两个女孩的名字，爱得热烈，爱得浓重。

魏紫清秀可人，学业有成，有白马王子的追求；姚黄张扬时尚，思想前卫，和造型师爱得轰轰烈烈。这样的两个女孩，似乎都该有属于自己注定的人生轨道。可有一天，诗人来了，不偏不倚，走进了魏紫的心里，她听见心弦撩动的声音。索性，她开始尝试，不压制自己的情感，去释放自己的热情。无疑，这选择是固执的，是未知的，但她愿意，最后，深夜的石板路上多了两个白色的身影，走得决绝，在这个只有单调黑白的空间里，我竟看到了牡丹花开得热烈与赤诚。

谁也没有想到，夜里发出一声叹息默默关上窗的是生性热烈的姚黄，似乎，也是你我。作者在最后留白，没有告诉我们他们去了哪里，未来过得怎样，诗人的浪漫是否能换来面包，魏紫会不会后悔在某一天想起清水镇这个小地方……这里显现出一种遐想的张力，填补的是自由和祝福。

爱情，哪有什么是非对错？而现在，望着他们远去的背影，我只能也只愿想起安妮宝贝在《七月与安生》里的一句话：“风里有花香，身边有最爱的人。”（苏晴）

比道路更遥远

/吴苹

年轻女子

“唉，以后有了孩子可千万别像你，不然，连份工作都保不住。”江枫跟我说话时，眼睛仍然没有离开手机屏幕。只要一看上电视剧，江枫就成了手机最忠诚最驯服的奴仆。

昨天，市场总经理把我叫到他办公室里，说：“按说你也有很优秀的一面，可是呢，公司里的同事一个说你不好，两个说你不好，倒还罢了，那么多同事都说你不好，肯定是你的问题了。这个公司也许不适合你。”

那么多人都说我不好？看来，人类的这张嘴啊，除了咀嚼非人类之外，最主要的还是用来咀嚼人类的。

一上午时间就那么过去了，该去菜市场准备些午餐的素材了。

又到了那个矮老头的摊位前，那个穿着旧布鞋露着脚趾头的老头儿，总是将他的西红柿摆得像金字塔。真想不出他怎么有那份雅兴将一堆青菜当成了艺术品。

我看到他摊位上有张硬纸片，上面写着一首诗，字是遒劲的行楷。得知是他写的，我说：“哟，真看不出你还挺厉害。”他一摆手，说：“这算啥？古诗词几乎没有我不知道的，就连《红楼梦》里的《葬花词》我都能一字不落地背出来，不信，我背给你听。”他挺直胸脯，开始背：“花谢花飞飞满天，红消香断有谁怜……”

最后一句背完，他嘿嘿笑两声，一副意犹未尽的样子，“我再给你背白居易的《长恨歌》吧。”

期间，他老婆瞟过来几眼，他也不理会。后来，他跟我聊起了当年因家庭成分问题没有考上大学的事情，等我想起该回去时，时间已过了两个多小时了。

我走的时候，市场里竟多出两张麻将桌，哗啦哗啦，潮水一样翻过来涌过去。

卖菜老汉

夜里，家里那只白猫一直在叫，从对门的黄猫死了后它天天晚上都叫。老婆子每次被它吵醒后总甩出一句，“这只该死的猫，天天叫魂一样。”我说：“它的伴走了，它能不叫吗？哪天我走了，你能不哭吗？”

好像从这几天，当我每次无意识地往市场门口望时，老婆子一看见就说，“哟，一整天跟掉了魂似的，别以为我不知道你想的啥。”我说：“你知道啥，老娘们家的。”

从那个孩子出现在我的菜摊前，听我背《葬花词》，我就感觉她也是一个太像自己的人。我一直以为这辈子再也遇不到这样的人了。

我又看见那个孩子的身影了。她走到我摊位前，向我笑了笑，叫了声大叔。

我们聊了几句又聊到了《红楼梦》。我向她吹嘘说：“嘿嘿，这些年你大叔我光跟中外名著的作者较劲了，总想从他们的书里找出点问题，只是到现在还没找到曹雪芹的漏洞。” 她说：“你都从哪些书里找到瑕疵了？”我说：“比如蒲松龄的《义犬》，其中有一句‘见犬毙草间，毛汗湿如洗’我认为值得商榷。” 她说：“哦，为何？”我说：“狗是用脚掌和舌头来散热的，身上的汗腺很少，怎么能汗湿如洗呢？”她笑说：“还是大叔你行啊。”

她走后，旁边摊位上的老张向我挤了挤眼，说：“老周，真看不出你还好这一口。”

看着老张的那张胖脸，我真有挥过去一拳的冲动。

卖菜老太太

那只白猫到底还是死了。

老头子将猫的尸体装进纸箱，埋在了山上。

这个老东西，越老越是怪得出奇。前几年，他竟和收废品的老常头交上了朋友，老常一收到旧书就跑来和老头子换着看。后来，小区里一丢什么东西，就有几个女人悄悄地嘀咕老常，老头子听到后气得和她们吵了一架。从此，老常再也没到这个小区来过。

这几日，我的心就像冰底下的河流，只有我自己才知道它表面平静下的激流暗涌。

今天，我又看到了老头子和那个丫头在摊位里说话。前面，几个顾客正在摊位上挑菜，两个人却视而不见。

将那几个顾客打发走了后，我坐了下来，手习惯性地往摊位上伸去。

空的，放手机的地方是空的。摊位上下翻了个遍，没有。

“我的手机呢？那可是儿子刚给我买的新手机，三千多块钱呢，上厕所前我明明放在那里的。”我跺着脚喊。

“怕是让刚才那几个顾客给拿走了吧，除了那几个人之外，没有谁到那个角上去。”

我肚里的火一下子冲上了脑门。“你还有脸说，你怎么看的摊子？”

我随手抓住摊子上的一个西红柿，向老头子砸去，老头子一偏头，西红柿竟砸在了那丫头的头上。

那个熟透了的西红柿在她头上裂开了，血红的汁液滴滴答答地流了下来，在她的白色风衣上洇湿了一片，就像盛开在那儿的一朵红色的花……

一个多月了，老头子就一直是那副破样子，不问连句话都懒得说。一回到家就躲进那个小书房，除了吃饭上厕所就再也不出来。

白天在摊位上时，我常常不由自主地往大门口望去，那个丫头没有出现，一直到现在……

选自《山东文学》2018年第7期

初读这篇小小说，便新奇于视角的独特，三个人物、三种心理、也是三种生活状态。被现实磨得疲惫不堪的年轻女子，一遇知己相见欢的卖菜老汉，当然还有和老伴无法产生灵魂碰撞的老婆子，他们都有各自的苦恼。

那个古怪的老头子，内心大概有个丰盈的天地吧，在菜市场这样充满“油盐酱醋茶”的世俗之地，居然能碰见能和他畅谈《红楼梦》之人，不禁快意自由像个少年。这可是比家里那个只会嫌弃白猫吵闹的老婆子强百倍，他开始期待，期待那个年轻女孩的到来，为他平凡却不甘平凡的生活增添一点亮光。

结尾处，年轻女子再没有出现在菜摊前，陪卖菜老汉过完余生的也只会是他嫌弃的老婆子，不忍心看见买菜老汉眼里的光一天天暗淡下去，但这也就是作品的现实意义，我追求浪漫，渴望知己，但我会安于平淡，我也只能安于平淡……

顾城说：“从此，我们再不相见，好像遥远又遥远。”

而我想说：“哪怕，我们一直相见，好像遥远又遥远。”（苏晴）

无安之忧

/佟继萍

大海风平浪静，天空万里无云。高升站在甲板上，刚要感叹出门回家遇到好天气的当口，一阵大风袭来，险些把他推倒在船舷边。随即感觉头顶一空，头皮一凉，那顶帽子又追风而去，义无反顾地翻滚到海天相连的远方。

“唉！帽子丢了，可不是什么好事。”

他转身去看，一个老太太小心地挪动脚步，进到船舱里去了。

在单位，和高升相熟的同事都叫他“升哥”，说他的名字里透着官气，而且他还真是组织重点培养的对象，传闻是局领导的接班人。

船上这一天，高升始终郁郁寡欢，耳边只要一响起老太太的话，心里就一个劲儿地直翻腾。同行的小王安慰他说：“怎么了升哥？不就一顶帽子吗，等下了船，我送你一顶。”

高升叹气道：“你不知道，那帽子，那帽子……”

那帽子怎么了？

小王并不知道，飞走的那顶帽子是高升媳妇送给高升的生日礼物，送他时便说明，保佑他官运亨通，一步更比一步高。

可是，现在帽子丢了！

下了船，和小王一分手，高升就直奔商场，三步并作两步地冲到鞋帽柜台，比比画画说要买帽子。等他和售货员说明白了帽子的款式、颜色、大小，售货员不无遗憾地告诉他，这个款式的帽子早下架了，厂家也许早就出新款了。

高升的心凉了半截，垂头丧气地回到家中。

一进门，媳妇笑盈盈地接过旅行箱，待回头去接衣帽时，才发现破绽，惊讶地问："那顶帽子呢？"

"让海风刮走了。"

"刮走了？哎呀呀……"话未出口，已见高升神色不对，自己觉得再往下说也晦气，赶紧改口，"哎呀呀，旧的不去新的不来，明天我再去给你买一顶。"

高升没应声，他尽量掩饰自己内心的那股焦虑。

自从帽子飞走之后，高升就像丢了魂似的，饭吃不下，觉睡不着，就连戒了两年的烟也捡起来了。

媳妇看在眼里，急在心上，偷偷地去商场买了一个"替代品"，用红纸包上，规规矩矩地放到柜子里，有事没事还打开柜子，冲着帽子作个揖。一心等高升下班回来，就把这帽子给他戴上。

媳妇买帽子时，高升正在局里开会，会议内容只有一项，欢迎上边下派干部锻炼。会后，领导还特意把高升叫到办公室，先肯定了他以往的工作成绩，又鼓励他不要心浮气躁，应该踏踏实实工作，相信组织不会埋没人才……

高升不知道自己是怎么走出领导办公室的。

天黑了，喝了酒的高升才回到家，见了媳妇一句话也没说，倒在床上就睡了。

第二天，高升发烧了，迷迷糊糊中一个劲儿地说梦话，骂自己窝囊废，五十岁了才熬了个处级，眼看有点希望了，帽子又丢了……

媳妇见状马上私下里发动娘家人上下齐动员，满城找帽子，就不信找不到一顶一模一样的，怎么着也得让高升把这顶帽子戴上。

熬过了这场大病，高升整个人瘦了一圈。上班时，更加无精打采，手里捧着给领导写的汇报材料，突然思路断了，心乱如麻，领导等着急用，都写三天了还是个草稿；上午领导催问时，明显是不高兴了，还说："工作上可不能消极。”这分明是在敲打自己呀！

他喃喃自语：“难道真是帽子丢了带来的晦气吗？”

那之后，工作更是漏洞百出。而且他还听到了风声，自己的工作可能会有变动。

高升又病了，这一病高烧不退，到医院去看说没大事，建议卧床静养。病休在家，领导上门慰问，嘱咐他，安心养病，不用考虑工作。领导走后，高升更加郁闷了，领导的话里有话呀！不用考虑工作，这是什么意思呢？

不久，高升住进了肿瘤医院。

半年后，办公室通知，全体人员参加高升的葬礼。

告别仪式很隆重，高升的头上戴着一顶帽子——和他丢的那顶一模一样，媳妇哭述道：“高升啊！都是我的错，帽子昨天才找到，家里还存了一箱，你要的帽子都给你带去，你到那边去当个大官吧！不够就托梦给我。”

这话让在场的人听了，心里感觉怪怪的。

选自《芒种》2018年第6期

评鉴与感悟

这篇小小说既充满讽刺意味，又蕴含深刻的寓意。

主人公名字叫高升，最后去世却只能盼着“到那边当大官”，而他在活着的时候当不成大官的原因竟被归结到那顶保佑高升的帽子弄丢了，不禁令人发笑。篇幅短小，情节合理，人物饱满，人性引人深思，四者结合令小说不再只是一个故事，而像一面镜子，太多人可以从中看到现实的影子，自己的影子。

作品以帽子为缀连，将高升仕途前后的巨大反差联系起来，帽子在这里具有了象征意义，高升的勇气、能力、信心随着一顶帽子的丢失全部化为乌有。高升生病是因为帽子？高升汇报材料思路断掉是因为帽子？高升工作变动是因为帽子？高升郁郁不得而终是因为帽子？不，是因为他自己，如果将所有的失败归结于高升不够优秀、没有能力，却又有失偏颇。高升有能力吗？有能力。他在帽子丢前受到领导的赏识，仕途前景开阔；没能力，他把自己所有的命运寄托于一顶帽子，寄托于妻子对帽子赋予的象征意义。他在知天命的年岁里，却将天命寄托在了不足为信的东西之上，成就从何而来，不是神的保佑，不是原地的祈福，而是自身不服输的意志和不断地努力。信念必不可少，但信念不是全部，努力才是。

高升不明白，高升的妻子也不明白：所谓高升，是祝福，是期盼，所以帽子丢了，丢掉的也只是祝福和期盼，他扔不掉一个向上之人的热血，也毁不灭一个优秀之人的能力。

帽子丢了，我不怕。我怕的是那个充满干劲儿的自己，也不见了。

（苏晴）

乡村旧事之杠网

/蔡呈书

打鱼七好久不“杠网”了，准备过年，村上有两家人杀猪，打鱼七就想讨点猪血来“杠网”。

那年头，还没有塑料渔网。打鱼七的渔网，是自己用青麻绞成细绳编织成的。为使渔网耐用，就得“杠网”。所谓“杠网”，就是用猪血加鸡蛋搅拌后浸染渔网；被猪血加鸡蛋浸染过的麻绳渔网，就像镀上了一层塑胶，变得杠杠的坚固耐用。

打鱼七很轻松地从村东头瘦五哥家讨到了两勺猪血。两勺是不够用的，但不好多讨，因为主家还得用猪血来灌“猪红”。那个年代的乡俗，哪家杀猪，都要把猪血灌到猪小肠里，做成名叫“猪红”的乡村美食，然后切成一小截一小截的，分给村里的乡亲们共享。

打鱼七打算再到也正在杀猪的自家亲兄弟捞虾六那里讨两勺猪血。不想，在自家兄弟那碰了壁。

“这猪血，谁都可以给，就是不能给你！”捞虾六脸色铁青。

“我给你钱。”打鱼七说。

“你以为有钱就了不起？给块金条也不行！”

肥五知道打鱼七碰了一鼻子灰，便对他说：“我来帮你。”

肥五到了捞虾六的家，说是要讨两勺猪血。

“你是帮打鱼七讨的吧?”捞虾六正忙着灌猪红。

“是的。”肥五递给了捞虾六一支烟。

“你要是说你自家用，我给你；你说帮打鱼七讨，我不给。”捞虾六说。

“我就是帮打鱼七讨。”

“你知道，我跟打鱼七不对劲。”捞虾六照直说。

“那我跟你关系怎样?”

“好得没第二句!”捞虾六点燃了肥五给的烟。

“既然我们关系这么好，你就应该给我。”

“关键是你是帮打鱼七讨，你改口吧，说是自家用。”

“我不改口，就帮打鱼七讨!”

“不给!”捞虾六吞了个烟圈。

“没有打鱼七，就没有了我那个狗东西；没我那个狗东西，也可能就没了你那个狗东西了。”肥五绕口令似的。

肥五喜欢把自己的儿子叫作狗东西。谁都知道，肥五那个狗东西，是村里的骄傲，在县城大医院当医生。村里人得个乡下治不了的病，都得去找狗东西；找过狗东西后都给治好了。每逢村里人夸他的儿子，肥五就谦逊地嘻嘻道：“我家那狗东西，不值得一提嘛!”后来大家都管他儿子叫“狗东西”了。

狗东西小时候在村里的池塘游泳，不幸溺水。当时，打鱼七正好路过，便奋不顾身地跳进池塘里把狗东西救了上来。肥五很记打鱼七的救命之恩，每当打鱼七有困难，必拔刀相助。

那年，捞虾六家里死了一只鸡，便整来炒了吃。在那个贫困的年代，农村人大凡死了鸡，都舍不得丢，放油炒香了吃，还相当美味。不想，捞虾六的那只死鸡，是吃了老鼠药死掉的。那年月，十天半月不见荤腥，他那两岁的儿子见了肉，便没命地吃，结果中了毒。幸好当时狗东西在村里，知道情况后马上送乡里的卫生院，并亲自给他洗胃治疗……

所以，当捞虾六听到肥五的“绕口令”后便默不作声了。良久，还是拐不过弯来：“道理是这样讲，但一事归一事……”

“到底给还是不给，今日我就听你一句话!”

“不……给。”

“不给拉倒！”肥五便朝捞虾六的大门走去。

肥五就要跨出门口的那一刻，捞虾六急忙站起来喊道：“站住，我给，我给！”

肥五头也不回地走出了门口，撂下了一句话：“我叫他自己来要，你要是再跟兄弟斗气，小心我拧断你的头！”

选自《广西文学》2018年第9期

评鉴与感悟

农家的兄弟情是最为质朴的，却也是最容易被忽略和忘却的。农村人大都大大咧咧，但也从不忘斤斤计较，计较谁挣得钱多能让一家人过个好年，也计较谁抢了先机发了笔大财，计较的是钱，也是各自的本事，兄弟纷争便是其中永远躲不开的话题。

打鱼七和捞虾六之前发生过什么我们并不知晓，但血缘亲情却是打也打不断的“纽带”，若非如此，肥五苦口婆心的相劝，也不会奏效，恐怕这猪血真是用金条也换不来。

这点我是信的，但我更相信，捞虾六不会看着自家兄弟因没有收入而受苦受罪，也许某一天，捞虾六会让自己的“狗东西”给他叔送点刚贴的粗面饽饽，也会让自己的媳妇跟她妯娌一起做点针线活换钱。一家人，是永远也分不断的血脉亲情。想到这儿，不禁觉得两兄弟间的置气有些傻里傻气的可爱。

是的，人和人之间会因为利益而疏远，但兄弟之间永远会因为亲情又相连。大概，只因为，你是我的亲人。（苏晴）

黄泥湾风情之死亡弯月

/江岸

年过五十，工友们都把卢守贵喊作老头。喊什么倒不当紧，找工作可就费了老鼻子劲儿了。老板有顾虑也是对的，毕竟建筑工地上都是爬高走低的活儿，还是用年轻人稳妥一些。

过年的时候，回到黄泥湾，卢守贵惊讶地发现，比他还大好几岁的邻居罗延成家居然又盖了一栋小楼，两个儿子一人一栋。很显然，他在外面混得很滋润。

这就不能不让卢守贵纳闷了。

论相貌，罗延成头发花白，满脸褶子皮，比他卢守贵更像个老头；论文化，罗延成小学都没念完，卢守贵好歹是初中毕业生；论技术，罗延成只能干个粗活，卢守贵在建筑工地上样样活计拿得起放得下……自己怎么就混得不如他呢？

有事没事的，卢守贵就蹭到罗延成家，死乞白赖地套近乎。他赔着笑脸，掏纸烟敬他，还帮他点上火。吸空了一盒又一盒烟，他也没从罗延成嘴里套出他想听的话来。聊别的，罗延成谈得头头是道，嘴角起白沫儿，只要一问他在哪个地方发财，具体做什么行当，他们之间的聊天即刻冷场，罗延成要么默默吸烟，装聋作哑，要么转移话题，说起别的事情来。

罗延成越是守口如瓶，卢守贵越要洞察他的秘密。套不出他的话来，卢守贵简直茶不思饭不想了！女儿出嫁了，可是儿子还在读高中，他是家里的顶梁柱，如果挣不到钱，怎么支撑这个家呢？

过完正月十五，打工的人潮又要往各地涌流了。卢守贵还没想好，今年到底要去哪里，去干啥。这天，他让老婆炖上肉，焖上鸡，再炒几个菜。

今天有客人来？他老婆问。

我要请罗延成喝酒。他说。

咱们和他非亲非故的，请他喝什么酒？

我今年想跟他一起外出……

刚开始喝酒的时候，卢守贵什么也不提，只是一杯又一杯地敬酒。他想，只要罗延成喝高了，嘴上肯定就没有把门的了，到时候，还不像警察审问犯人一样，问什么他就交代什么。谁知酒至半酣，罗延成却放下了酒杯，不喝了。

“兄弟，我知道你的用意，不是我不带你，这个活儿你干不了！”罗延成笑眯眯地说。

“你能干，我怎么就干不了？只要你答应带着我，我一定干好！”卢守贵死死地盯着他的眼睛说。

“你铁了心要跟我干？”

“王八吃秤砣了！”

两人结伴到了义阳市，找一间偏僻的出租房住了下来。第二天一早，吃了早饭，罗延成带着卢守贵上了街。来到一处街口，他叮嘱卢守贵在街边坐着，待会儿他去找工作，无论他发生了什么事儿，都不要惊慌，只管看着就是了。

卢守贵听话地在街边行道树旁坐下了，远远地看着罗延成。罗延成在街边站了好一会儿，突然横穿马路。一辆轿车笔直冲过来，朝他撞去。卢守贵惊恐地叫了一声，赶紧站起来，向罗延成跑去。等他跑到马路中间，轿车已经停了下来，司机从车里钻了出来，罗延成斜躺在轿车前面呻吟……

回到出租房，罗延成得意地问：“你看清楚了吗？今天，我挣了一千元。这就是我的工作。这个工作，你敢干吗？”

卢守贵一下子目瞪口呆了，吞吞吐吐地问：“你不是真的被车撞了吗?”

“我说你干不了吧，你偏要跟我来。”

卢守贵咬着嘴唇，低下了头。

“要不，你再到建筑工地上找个活儿吧。”

卢守贵想起了儿子今后读大学的高昂学费，慢慢抬起头来。

当天晚上，罗延成竹筒倒豆子一般，把他积累的经验全部传授给了卢守贵：“首先要选择没有摄像头的街口，免得留下证据；其次要选择上下班高峰期，免得车速太快；第三要选择相对高档的轿车，免得司机没钱；第四要选择和司机私了，不要上医院和交警队，免得今后都认识你……”他甚至不厌其烦地把奔驰、宝马、奥迪、路虎等市内经常出现的名车标志一一在纸上绘了出来，让卢守贵务必烂熟于心。否则，遇到杂牌车，司机穷得像鬼，榨不出多少油水来!

第二天，卢守贵怀里像揣了一窝活蹦乱跳的兔子似的，傻傻地站在街边，死活不敢迈步朝马路走去。

临近中午，到了下班高峰，车辆陡然增多了。卢守贵看到，罗延成要横穿马路了。一辆轿车眼看要撞上他，却忽然向左拐弯，躲开了他，轿车后面，一辆大货车跟过来，为了躲避轿车，紧急向右拐弯，将罗延成卷到了右轮下面……

在交警队处理罗延成后事的时候，卢守贵听说，大货车、大客车向右拐弯的时候，由于司机视线受阻，车辆右侧是非常危险的地带，叫作死亡弯月。

选自《大观》2018年第4期

读罢掩卷，不免心酸。人生实苦，负担太多，“冒险”是迫不得已，“冒险”也是心甘情愿。在他乡谋生，却是在用性命做赌注，最后留在死亡弯月的是一条生命，一个故事，也是一个破碎的家庭。

“生活的理想，就是为了理想的生活。”这是期盼，也是叹息。这篇小说在简单的情节下隐含理性的批判与思考。“死亡弯月”听起来就是个凄凉的名字，卢守贵在那里见到了凄凉的场景，罗延成在那里结束了凄凉的谋生。不是每一次索要的赔偿都能花得心安理得，也不是每一次的侥幸都能换来劫后余生。理想的生活并没有随冒险而到来，生活的理想终究成为空谈。这样的谋生，是蒙了灰的月光，不纯粹也不光亮。

那弯月，是视线盲区的形状，是离家后再无圆满的缺憾，或许也是被迫谋生的人那压弯的脊梁。黄泥湾的安静自由变成了难得的奢侈，太多人选择负重而行。生活，难有圆满，但愿你能在最艰难的日子里，看到最温柔的月亮，这月色，能把你心里照得清亮。（苏晴）

将结婚进行到底

/李伶伶

马明把大门修了，把窗户换了，把屋内重新粉刷了一遍。哥哥马哈来的时候，马明正在做最后的清扫工作。马哈看着焕然一新的马明家，不解地问，你这是干啥呀？要娶媳妇还是办啥喜事？马明说，我想跟梅花结婚。马哈说，梅花同意了？马明说，还没有。马哈说，为啥呀？马明说，她说她配不上我。马哈说，你们俩呀，真是……马哈没再往下说。

梅花是马明的初恋，当年俩人情深意笃，你依我侬的，可是梅花的父亲不同意，生生地把他们拆散了。梅花的父亲是村长，他的宝贝女儿怎么能嫁给一穷二白连瓦房都没有的马明呢。马明不甘心，去求村长成全他和梅花。他想跟村长说，我保证让梅花过上幸福的生活，将来别人有什么，她也会有什么。村长根本就没让他进门，也没给他说这些话的机会。村长站在大门里，对站在大门外的马明说，以后不许你再来找梅花，你配不上她！马明很气愤，想跟谁打一架。那天，从来没喝过酒的马明把自己灌醉了。

后来梅花按照父亲的安排，嫁给了在镇政府专门给镇长开车的司机鲁强。婚礼办得很是风光，村里人都啧啧称羡，尤其同龄的姑娘，都羡慕梅花嫁了个好人家，以后就可以吃香喝辣尽享荣华富贵了。

马明在梅花结婚后的第二年也结了婚。既然不能跟梅花结婚，那么跟谁结婚都无所谓了。正因为这种对婚姻不负责任的想法，马明的婚姻先破碎了。马明为了证明自己能过上好生活，婚后做起了小买卖。开始没经验，赔得多，挣得少。后来经验多了，知道什么能做什么不能做，赔的时候少，挣的时候就多了。马明常年在外做生意，在家的时候不多，媳妇耐不住寂寞，有了外遇。马明没打也没骂，直接就跟媳妇办了离婚手续。儿子小亮归他抚养，他太忙，母亲帮他照看小亮。几年后，马明做生意发了，他翻盖了新房，还买了小轿车。给他说媒的人有的是，他都没往心里去，因为他心里还想着梅花呢。

梅花的运气可没他这么好，婚后生了个女孩，婆婆丈夫的脸色都不太好看，梅花像做错了事似的，在婆家低眉顺眼的，大气儿都不敢出。后来得了乳腺癌，左边乳房切掉半只。丈夫不再碰她，整天跟外边的女人鬼混。梅花忍受不了，离婚后搬回了娘家。

得知梅花离婚，最高兴的是马明。他几乎是第一时间冲到了梅花家。梅花很憔悴，不像以前那样年轻了。马明看着很心疼。梅花看到马明，冲他笑了一下。马明听到自己的心又怦怦地跳了起来。马明说，别难过，你还有我呢。梅花说，我对不起你。马明说，不怪你，都是我不好。梅花就哭了。马明想帮她擦眼泪，梅花躲开跑走了。

马明决定跟梅花结婚，他向梅花求婚，被拒绝了。马明没放弃，把家里装饰一新后，再次向梅花求婚。梅花还是摇头。马明说，为什么？梅花说，我说过，现在的我配不上你。马明说，我说配得上就配得上！梅花说，我迈不过心里那道坎儿。马明说，什么坎儿啊？没事别老瞎想。梅花说，你以后别再来找我了。说完走了，头也没回。

以后马明再约梅花，梅花果然不再出来。马明心里痛苦，找马哈喝酒。马明说，哥，你说梅花怎么这样，她这脑子怎么就不开窍呢？马哈说，如果你是梅花，你会同意吗？马明说，当然同意呀。马哈说，你为什么这么喜欢梅花呢？马明笑了一下，说，跟梅花结婚，是我这辈子最大的愿望！我喜欢看梅花笑，她一笑，我觉得整个世界都亮堂了。马哈不知道怎样安慰马明，就一直陪他喝酒。那天，马明第二次把自己喝得酩酊大醉。

因为一直见不到梅花，马明心里很烦躁，做事也没有耐心。那天做生意时算错了账，多给对方一大笔钱。马明回到家才意识到不对，给对方打电话却打不通。他赶紧开车去找对方，因为着急，把车开得太快，出了车祸。

马明在医院醒来后看到了梅花，他很高兴，想坐起来跟梅花好好聊聊。医生赶忙制止他，不让他乱动，说他腰椎骨受伤了，如果恢复不好，会造成下肢瘫痪。马明吓一跳，说，这么严重？医生沉重地点点头。梅花怕马明上火，赶紧说，恢复好了，会跟原来一样。

马明在医院住了两个月，梅花每天都来医院陪他，变着花样做好吃的给他。马明很幸福，感觉自己像在梦里。马明出院时腰还没有好，他问医生他还能不能站起来。医生说，一切皆有可能。马明听后想发火，又不知道冲谁发。

那天，梅花没有来。马明有点失望，又觉得没来正好，他不能再见她，不能拖累她。晚饭后，马明躺在炕上看着房顶发呆时，媒人来了。梅花托的媒人。马明很感动，但是他坚定地冲媒人摇了摇头。

那一刻，他理解了梅花为什么冲他摇头。媒人走后，马明再也控制不住，眼泪汹涌地流了下来。

选自《天池小小说》2017年第12期

评鉴与感悟

将结婚进行到底！是一句真挚的誓言，亦是一份坚定的初心，可在“进行到底”的路途中，谁知道又会有多少羁绊呢？

马明这一辈子在实现这句誓言的路上羁绊太多，可他从来不怕，他在，梅花在，俩人之间的爱意在，这条艰难的路就总有走完的那一天。梅花嫁人他等着，梅花得病他守着，梅花说要放弃，他只会抓得更牢。可当自己出了车祸，可能再也站不起来的时候，他怕了，怕得也只会说放弃了。他怕自己成为梅花的累赘，他怕他给不了梅花明朗的未来，一个废人，有什么脸面对爱的人说：我要将结婚进行到底？而相反，这时候梅花向他伸出了手，告诉马明：我愿意。

艾青说：“爱情不是在明月下漫步\也不是在长凳下叹息\什么都会有

啊\有泥泞也有风雪\因为要一辈子共同生活。”将结婚进行到底，需要真挚，需要坚定，更需要毫无保留的信任，信任我能陪你在阳光下歌唱，也信任你能陪我在泥泞中前行，更信任我俩的爱情不止能在风花雪月里留存，它也能在荆棘丛生中发出光亮。你听，它说：“别等了，去追吧。”

愿你的爱情不遭遇风雪，可亲爱的，我更愿你，在风雪中将结婚进行到底。（苏晴）

第七辑

布谷鸟

/张正旭

爷爷最近爱上了剪纸，他戴着老花镜，伸出粗糙的手，握着剪刀在一张纸上笨拙地抖动。他样子很专注，也很滑稽——剪刀抖动一下，吸溜一下嘴。爷爷此时像一尊佛，我远远地望着，害怕惊动这一份禅意。

我知道，爷爷是闲不住的人，他的心里还在密密麻麻地编织着节气。他从老家快递来几袋土，在我家阳台上展示着他的乾坤世界：买来几块塑料平底盒子，铺上土，栽了辣椒、韭菜、葱、蒜等蔬菜，还有两个盒子里种着小麦和油菜。我家小阳台成了蔬菜与庄稼演练的大舞台。爷爷每天乐呵呵地忙乎着，在他的“田园生活”里逍遥自在。因此，小阳台装扮着别样的风景，在二十楼上眺望着远方，俯瞰着楼下密密麻麻的人流与车辆。

这位与土地打了一辈子交道的乡下老人，与庄稼蔬菜倾心交流一辈子的老农民，只知道在自己的世界里辗转腾挪，却忽视了我的处境尴尬——我的妻子很久没有回来住了，把衣服行李带到了单位宿舍。妻子从小在城市里长大，她不能容忍一个乡下老人在买来的新居里糟蹋：泥土、庄稼与蔬菜入住，还有简单的农具介入。妻子的打算是，小阳台上安装华丽的落地窗帘，木板上放着几盆花卉，阳台正中央摆放着茶桌茶具，几张躺椅——这里应该是以茶待友的场所。爷爷的到来，妻子的打算全部被打乱。为此，妻子的脸由晴变阴，由小声嘀咕变成与我大声争吵。再后来，我俩由合床睡转变成分床，直至她搬离这套房子而去。

我不能阻拦爷爷，因为爷爷的心里永远离不开泥土、庄稼与蔬菜，离不开他养成的固有的生活方式；我也不能阻拦妻子，她挑剔的目光永远读不懂乡下的风物，读不懂乡下季节轮回的密码。她读懂的是城市里涌动的繁华、新潮与攀比。在这样的碰撞中，我注定粉身碎骨。

四月的春风吹醒爷爷一份清纯的童真。天空绿了，大地绿了，连人的心情也绿了，爷爷也不例外，他开始剪纸扎风筝，丝线缠绕着的心思放飞，让天空更绿，让大地更绿。我远远地看着爷爷裁剪着乾坤，裁剪着大地物语。

一天，我煮好了粥喊爷爷喝，没有人应答。我跑到爷爷的房间一看，室内空空。再跑到阳台一看，没有人影。我又推开卫生间的门，还是没有看到爷爷。我很纳闷，爷爷会到哪里去呢？我在室内大小房间寻个遍，没有看到爷爷的踪影。我急忙乘电梯下楼，楼下也没有看到爷爷。我忙去问值班的保安，保安告诉我，清早，一个八十多岁的老人背着黑包离开了小区……听后，我更焦急了，爷爷背着黑包会到哪里去呢？他第一次来到大城市，没有离开过小区，也不识字，他会在城市里走丢。我忙开车在小区四周转悠，寻找爷爷。可城市里除了人流与车流外，没有爷爷的身影。我六神无主，开始给大姑妈二姑妈小姑妈打电话。她们先对我一阵埋怨，然后让我抓紧找，到派出所报案！

我开着车像无头的苍蝇在城市里东奔西跑，没有找到爷爷。

就在我万分焦急之际，我接到老家打来的电话，让我惊喜——是我一个远房叔叔打来的，他告诉我，爷爷乘车回到了老家，是他让司机打电话通知到镇上接的。你爷爷还说，他走得急，让你把桌子上剪好的布谷鸟收好，等他有一天睡在老坟地的时候，在他坟头烧了。他还说，清明节到了，他回来给列祖列宗烧纸钱，报平安，保佑子子孙孙们身体好，生活好……

我接了电话，泪水在眼眶里旋转。

我不知道爷爷如何从城市里找到回家的路，也不了解他内心世界的另一片天空，他的世界不仅仅属于季节，属于节气，属于泥土，属于庄稼与蔬菜，更属于一种精神的传承与引领——剪刀下的布谷鸟活生生地躺在了城市里，纸做的骨头，纸做的血脉，依然展翅翱翔。

我开车转进妻子单位，没见到她。妻子的同事告诉我，今天她休息。我到妻子单身宿舍找她，门虚掩着，推门而入，人不在。

妻子的书桌上放着本诗集，在诗歌下面画着很粗的红色笔迹，是海子的《面朝大海，春暖花开》：从明天起，做一个幸福的人/喂马、劈柴，周游世界/从明天起，关心粮食和蔬菜/我有一所房子，面朝大海，春暖花开……

我拨打妻子电话，妻子在电话里发出焦急的声音：刚才你小姑妈打来电话说，你爷爷走丢了，我正开车满大街找他呢！我告诉妻子，爷爷回老家了，回老家去给亡故的亲人们上坟去了……

选自《安徽文学》2017年第11期

评鉴与感悟

爷爷喜欢剪“布谷鸟”，那是他对土地、故乡的不舍之情。爷爷离开了家乡，但时时刻刻想念着家乡的生活，他在阳台上种菜。在都市高楼的阳台上，一盆盆的蔬菜是爷爷的“庄稼”，是逝去的日子，是他不曾忘怀的“土地”。因此，爷爷和妻子之间“水火不容”，而在二者之间的“我”注定是要“粉身碎骨”，其实则不然，爷爷未尝不知道妻子因不满阳台菜园而离开家，他也曾想去改变，但是他放不下骨子里的热爱；“我”的妻子也未尝不是试图通过“蔬菜”感受爷爷融入血液里对土地的爱，否则怎会读海子的那句诗：“从明天起关心粮食和蔬菜”……

费孝通先生在《乡土中国》里说：“乡土社会是安土重迁，生于斯、长于斯、死于斯的社会。”眷恋故乡的人，不论离开多久、多远，都想要回到那片熟悉的山谷，那块温暖的土地。（姚艺）

飘逝的风筝

/徐国平

三月的暖风一吹，催着万物，都跟长了翅膀一样。

鹞爷也感觉到了，一大早儿就拿起那只风筝，迈出了家门。

那是一只“年年有余”的风筝。鹞爷有个习惯，扎风筝从不重复，每年都要出一个新花样。

若在过去，扎糊这种风筝，再简单不过，用不了一天工夫。如今却不行了，整整折腾了半个月。不是技不如前，是自己老了，两眼发花，双手也发抖。

此刻，整个村庄像被掏空了身子一样，甚至连声犬吠鸡鸣都听不到。鹞爷一边走着，一边四下观望着。若在以往，身后总会尾随着一群欢天喜地的孩子，一个个抢夺着他手中的风筝。

唉，娃们一个个都去哪儿了？

鹞爷心里猜想着，整个人就显得失魂落魄，无精打采。

是啊，一个人放风筝，还有啥意思啊？

一路上，那些残墙断壁、破砖瓦砾、树林和那些废弃的打麦场，被风吹过，尘土飞扬，凌乱不堪。两台从早到晚狂叫不止的挖掘机，正一口口地蚕食着那一排排早已空无一人的院落。

鹞爷瞧着心痛，就像被抽筋剥皮一般难受。很快，自家那三间旧屋也难逃一劫了，只是满屋子的风筝，又将栖身何处？

鹞爷忧心忡忡，步履沉缓，一直走出村外，老半天也没碰上一个人，甚至连一只鸡和狗都没撞见。只有一些像是找不着窝栖落的麻雀，叽叽喳喳在他四周焦躁不安地飞过。

村外的那大片麦地，整整荒废了一个冬天，听说要建飞机场。倒是一些不甘寂寞的春早早破土，钻出一棵棵嫩芽。

鹞爷站在地头，先舒展开双臂，又伸了一下脖颈。沉重了一个冬天的身子，都有些迈不动脚步了。

这时，一阵春风拂来，那只风筝有些急不可待地拽紧了他的手。鹞爷浑身上下顿时觉得轻飘飘的，如同要离开地面飞起来一样。

若在过去，鹞爷早就手脚利落地将风筝放飞起来，心也随着风筝，飞到天上去了。

如今，鹞爷却握紧风筝，迟迟不肯撒手。

鹞爷又想到过去。他自幼就跟师傅扎风筝。这辈子，连他自己也数不清扎了多少只风筝。每只风筝经过他的手，都活灵活现。一到阳春，方圆百里的天空，都会飘曳着他扎的风筝，千姿百态，五花八门。那些走在归途上的人老远瞅着，就觉得离家近了，浑身的疲惫便飞到九霄云外。

后来，鹞爷成了民间艺人，还上过电视报纸，甚至大洋彼岸的一些老外都来参观他的作品。只是，他手艺慢慢失传了，现在的年轻人谁还学这些费事的玩意。而且，年轻人大都跑到城里，一走就像断了线的风筝，心也收不回来了。

最初，儿子大龙还跟他学扎风筝。可刚刚学了个皮毛，便被一帮记者吹捧成风筝世家的传人。大龙心高气傲，觉得小村子施展不开，跑到城里开了一家风筝作坊。

好几次，大龙苦口婆心劝他也搬到城里去赚大钱，鹞爷却一口回绝了，他知道儿子无非让他去做招牌，糊弄人。

唉，不想这么多了，趁着天暖风轻，还是放风筝吧。

很快，天上飞起一只风筝。风儿似乎有些飘忽不定，那只风筝像只失群的孤雁，在空中东一头西一头地上下乱窜。

鹞爷仰着脖梗，望着蔚蓝的天空，正专心致志地操弄着风筝，突然，一声嫩生生的童音传来，老爷爷，放风筝好玩吗?

鹞爷低头一看，不知何时，身边多了一个男孩，正一脸好奇地望着他。

终于有人陪了，鹞爷的心情豁然开朗起来。他连忙将手中的风筝线递给男孩，有些蛊惑地说，你玩一下，就知道了。

男孩怯生生地接过风筝线，有些不知所措。鹞爷在一旁吆喝着，拽紧线，快跑起来啊!

男孩立马牵着那只风筝在麦地里奔跑起来，风筝越飞越高。鹞爷远远地望着，眼前一会儿闪过儿子的影子，一会儿又闪过孙子的影子。

突然，男孩像是被脚下的什么东西给绊倒了，风筝线随之撒手松开。男孩爬起来，紧追了几步，却没有拽住随风筝渐渐升起的风筝线，只好哭着跑回鹞爷跟前。

鹞爷没有责备，一脸温和地劝慰着男孩，没关系，风筝早晚要飞走的。

男孩用手抹了一下眼角的泪，问，风筝还能飞回来吗？鹞爷望着那只风筝摇了摇头，没有吱声。

男孩噘着小嘴，有些难过。许久，鹞爷才开口问男孩，你家在哪里，怎么一个人跑出来了？男孩晃了晃脑壳说，他的家在很远的城里，学校放假，父亲开车带他回来寻根祭祖的。说着，男孩伸手指了指麦地远处。果真，有一辆轿车，停在一块老坟地前，几个人正在那里烧香焚纸。

鹞爷心一动，随口问，告诉爷爷，根是啥?

男孩一脸迷茫，摇头不知。

鹞爷就仰头指了指天上的风筝说，根是啥？根就是你手中的那根风筝线，人就是天上的风筝。有根线扯着还能落回来，如果那根线断了，就四处漂泊，永远也飞不回来了。

男孩似懂非懂地点了点头。

此刻，就见那只摆脱了束缚的风筝有些飘摇不定地朝下沉落了一会儿，最后猛然折了一个方向，有些留恋地渐渐飞高了，飞远了，最终淡出了鹞爷的视线。

恍然间，鹞爷觉得手心一湿，低头一看，是一滴滚落的老泪，他揉了揉眼睛，那么困惑，那么茫然……

选自《时代文学》2017年第11期

“根”是什么？根是故乡的那片土地，可是又不仅仅是那片土地，那片土地生生世世、千百年来都在那里，只是因为那片土地上仍然有值得眷恋的人，值得眷恋的事，值得眷恋的风景，值得眷恋的永不灭的记忆，那才是根。

鹞爷的悲哀在于，他的家园不断被蚕食，他的绝技即将失传，他的根被斩断了。作者无意指责什么，他只是忠实于自己的所见、所思，记录下这巨变的现实的某一时刻或瞬间，这一时刻或瞬间里人们内心的起伏与波澜、矛盾与纠结、痛楚与悲哀。当今天成为历史时，因着这些记录，后人们会感受着大历史下的那些鲜活而复杂的生命曾经经历怎样的历程。（姚艺）

稻草爷

/宗晴

三爷种了两亩稻田。秋收时，有外地的收割机开进村，三爷却肩扛搭斗到田间，采取原始的手工方式打谷。

村民们不解。两亩田，收割机来回溜几圈就完事，只需把一袋一袋的稻谷运回院坝晾晒就行了，多快呀。

有人替三爷算了笔细账：若请人打谷，除去人工费、生活费、烟酒钱，还有三爷种地的活路钱、肥料款，那粮食跟直接掏钱买还有啥区别?

谁知三爷打谷不请人，他自己割自己打。人们懂了，三爷是算过细账来的，不会轻易把钱拿出去。

庄稼人秋收抢时间，以前还没收割机的时候，天不亮就出门割谷了。三爷打谷，与众不同。他要等到太阳出来，把露水照干了，才挑着箩筐慢悠悠地来到田间，抽出镰刀，弯腰刷刷地割一气稻谷，见密匝匝地摆了一大片了，把镰刀往泥土上一插，捧起稻把子来到搭斗边，双手向上高高一扬，使劲甩下，随着咚的一声闷响，稻穗碰在打谷架上，谷粒脱落，簌簌地掉进搭斗。

三爷将稻草竖靠在搭斗耳朵边，凑齐五把，用几根稻草捆绑，绾一个套，轻轻一拉，噗地抛出去，一个稻草人便直挺挺地站在稻田里了。

秋阳高照，天空像一只倒扣着的铁锅，烧得发烫。田间暑气弥漫，三爷如置身蒸笼中，挥汗如雨。搭斗渐渐有些沉了，三爷拉起来吃力，用撮箕将稻谷装入箩筐，接着又躬身割谷。如此停停歇歇，一天下来，三爷的稻田只露出一个小小的窟窿。

村里人都知道，三爷不缺吃穿，儿女们有出息，把他接到城里一住就是好多年，村民们差点都快把他忘掉了。

但不知何故，今年开春后，三爷独自一人留在了老家，还种了两亩稻田。三爷说，叶落归根，乡下空气好，自己种点绿色食物不施药，吃着放心。

短短几天，一望无际的稻田里留下稻茬，收割机绞碎的稻草乱七八糟地躺在稻田里，烈日一照，显得干燥枯黄。村民们打燃打火机，秋风中，随着呲呲的声响，火势蔓延，稻草顷刻化为灰烬。

三爷望着被烧掉的稻草，叹了一口气。

秋收的脚步渐行渐远。五天后，三爷的稻谷终于收完了，两排稻草整整齐齐，像是列着队，等他检阅。趁天气晴好，三爷忙着翻晒稻草。一个一个的稻草人被他提起头，另一只手掌一摊，稻草撒开，以“四平八稳”的姿势站稳，然后就交给太阳去验收了。

村民们更加迷惑。哼哼，你说稻草有啥用？你说现在稻草还有啥用！

有人屈指数来——

其一，以前稻草可以喂牛，是牛冬天的上好草料。现在家家户户都配备了犁田机，耕牛基本上过时了，你看哪里还有一条牛？收起稻草干啥？

其二，以前稻草可以做柴火，用来煮饭。如今烧天然气，既方便又实惠还环保。还要这稻草干啥？

其三，其四……稻草在人们的心目中变得一无是处。

三爷不与人理论，扛了根竹竿去挑稻草。三爷体力不比当年了，每次只挑十二个，晃悠悠地挑回院坝边堆着。三爷挑稻草也要等到太阳出来的时候，说没露水的稻草才不会霉烂。

三爷把稻草全部挑回来后，就开始码草垛，请人递草，他亲自码。三爷用一些稻草捆铺一个圆盘，他站在中间，稻草从四面八方递上去，一层一层地铺，每个稻草都有一束被反剪转来，交叉压在三爷脚下。三爷一边铺一边踩，尽量把稻草踩得服服帖帖。稻草干酥酥的，光滑无比，草垛像装了弹簧，不停地晃动，稍不注意就会倾斜或者翻倒。三爷的身子跟着晃动……但三爷毕竟是这方面的老把式，稻草垛渐渐向四周扩充，最后形成坛子状。

尽管三爷穿了长衣长裤，他的身上还是被稻草刺起了一条条的红血印，奇痒无比，被抠破皮后溃烂，起了一块块的瘢痕，比癞蛤蟆还难看。三爷不恼，三爷看着草垛笑。

入冬时，该收黄豆了，村民们正愁找不到绳子捆，看见三爷的草垛，猛然想起稻草这毫不起眼的东西，是捆黄豆梗的最佳材料。他们说，三爷，把你家的稻草扯几根，我们的全被收割机轧坏了。

三爷乐呵呵地点头，说，没事，你们用得着，尽管扯去。

有人拔了菜苗，挑到小街上去卖，扯三爷的稻草捆绑。三爷挥挥手，扯吧，扯吧，自己动手。

小街上有几家开饭馆的老板闻讯赶来，要买三爷的稻草。他们说，跑了许多地方都不见这玩意儿了，发煤炭灶没它还真不行。三爷说，送几捆可以，给钱往别处去。

数九天，村民们普遍宰杀年猪，用三爷的稻草搓草绳，他们说三爷的稻草黄灿灿的，很柔韧，捆猪下水最好。附近有几个女人焐臭豆腐，也选三爷的稻草遮盖……曾经被人遗忘的稻草，居然有了诸多用处。

草垛像一个年迈的老头，慢慢枯瘦下去，三爷却眯着眼笑。仿佛，他又看见去年那个比他年龄还大的老哥子，站在他家门前买稻草的情景，说睡不惯床垫，木板床上面铺稻草睡觉最热乎。当他无可奈何地转身离去时，三爷记下了他那失望的眼神。

三爷天天守在门前，向很远的地方望去，他焦急地期待着那个老哥子的再次出现。

选自《安徽文学》2017年第12期

三爷的稻草本是为那个老哥子留的，没想到却有那么大的用处。乡里邻居，事事都想到了稻草爷的稻草，被大家的需要和依赖，让三爷心里真是美滋滋的。

乡里邻里，互助互爱。在乡土社会里生活过的人都知道，今天我家的茄子收了，给你送过去，明天我家的豆角没了，去你家扯两根。这不是像浮躁社会的礼尚往来，而是在一个夜不锁门的乡土社会里，真正纯朴的，没有一丁点杂质的一颗颗纯净的心，干净得像乡下的空气一般，深吸一大口，感觉身心都被净化了。

最令人动容的，是三爷的善良的心。只是那一瞬间的失落的眼神，三爷便记了一年。未经尘世污染的内心，多么难得，保存着质朴的，我不知道我老了会变成什么样子，我不奢求自己有多么高贵的品格，至少，我不会变成一个坏老人，令人唾弃，为老不尊，这不是我们总说的“尊老爱幼”中应该尊敬的老人。

这个世界如此残酷，把陈旧的东西毫不留情地扔掉，那些曾经给我留下的难忘的乡土记忆都慢慢被抹掉，人们不知道，还能留下些什么给子孙后代。现在已经很难再见到老式需要脚踩的打谷机了，倒不是说，更新的农业科技就不好，它们都很好，是历史发展到这一步就该出现的东西。但是，它们总少了些什么，牛、打谷机，都有着与土地和人们息息相关的、无法割舍的情缘。我们不敢忘了它们，也不敢忘了像三爷一样的人们，如果有一天连记忆都没有了，那么只剩枯槁之身在天地间孤独地游荡。（姚艺）

桑葚只能回乡吃

/王生文

好像是从前年起，云华老想回故乡走一趟。但这念想没法说出口，哪怕是当着爱人的面。也是的，故乡没什么亲人了，最亲的都出了五服，加之又刚刚提拔当了局长，若这时回故乡，还不知乡亲们怎么看呢。

然而，云华实实在在想回一趟故乡，尤其是得知儿时最好的伙伴天清没有外出，便越发想了。

这念想他慢慢懂了，用时兴的话说就是乡愁。父母在老家时，云华是经常回去的，那时他有理由，每次回故乡，除了在老屋里住一到两个晚上，他必到天清家去挤一夜。故乡有个去处，名字特别温馨，叫勒马回头。村子尽头有一条古老弯曲的河堤，河堤外是一条流向远方的河，沿着河堤走，可捡拾到蓝莹莹的蛤蜊壳，看到浮游在河面上的水鸟，赶上夏季还能观赏荷花摘到莲蓬菱角，那情景很容易让人忘路之远近，常常不经意间就来到了一个拐弯处，河面一下宽了，景色也更美了，儿时，每次游玩至此，云华他们便会收住玩兴，因为勒马回头就是指这里，孩子们意识到离家远了该回头往家走了。就因为这个地名，每次回故乡，云华都必然去那里坐一会儿，偶尔也捡拾几个蛤蜊壳带回家……后来父母亲随妹妹去了广州，老屋便卖给了一个远房的叔父，起初不觉得有什么，渐渐地云华才意识到做了一件错事，那老屋是应该留着的呀，这样自己就可以经常回故乡了。

越是找不到回故乡的理由越是纠结。

一段时间过去了，云华忽然觉得身体出了点问题。先是感觉眼睛干涩，接着又有了便秘的迹象，有一天照镜子，竟发现多出了许多根白发。云华抽空去医院做了个体检，原因没查到，却查出了血脂偏高。他揣着一系列检查结果去看中医，医生一番望闻问切后，对他说去药店买点桑葚服用吧……

桑葚？云华不等医生说完，眼睛一亮，随即问，新鲜的可以吗？

新鲜的效果更好，中医上说四月桑葚胜人参呢。医生说。

云华随即问了一些食用方法，对医生说了声谢谢就出了医院。

云华哪里想到他一下就有了回故乡的理由。医生的话让他想到了天清屋后的那棵大桑树，儿时躺在树杈上贪吃桑葚的记忆顿时复苏了，只可惜眼下还没到桑葚成熟的时节。他没有进中药店，而是掏出手机拨通了天清的电话……

天清说桑树还在，每年照样结桑葚，熟透了，落得满地都是。

云华听了问天清，老家的孩子不吃桑葚？

天清笑着说，现在的孩子嘴刁得很，只吃水果，谁还吃桑葚呀。

云华仿佛看见了落得满地的桑葚，觉得好可惜好可惜，连忙说，天清哥，桑葚也是水果，你给我看护好，五一小长假我要回来吃桑葚……话未说完，云华打住了，连孩子都不吃的桑葚，还用看护吗？

五一小长假总算盼来了。云华给爱人报了个团去旅游，他决定在老家住几天，而爱人是不可能随他在乡下过夜的。五一那天早晨，云华买了两网兜沉甸甸的水果，搭车去老家。在村口，天清如约在等他。

一到天清家，云华便把带来的水果分给在场的孩子们吃，然后迫不及待地去屋后看那棵桑树。桑树还是记忆中的模样，只是苍老了些，树上系着五六条彩带，在风中飘拂。云华疑惑地望了望天清，天清说，不是你让我看护好桑葚的吗？斑鸠喜欢吃桑葚，你忘了？

天清不说云华还真忘了。望着一串串紫红饱满的桑葚，云华有种想爬上树去吃的冲动，无奈年岁大了，手脚早已失去了灵便。梯子架好了，云华顺着爬上去，摘下几颗光鲜的桑葚送入口中，一股久违的甜中带酸的味道立刻从口里流遍了全身……

树下的孩子们一边津津有味地吃着水果，一边仰头傻乎乎地望着云华，望着望着忽然都笑了，原来是云华的嘴唇像抹了层紫药水一样……

很快，云华回老家吃桑葚的消息在村子里传开了。傍晚时分，天清的院子里挤满了人，乡亲们见云华是搭车回来的，而且还将在天清家过几夜，也就相信了，陪着他拉家常，说着说着就说到了桑葚上。

有儿时的伙伴问，云华哥，桑葚真的有那么好吃？

真的好吃，还能治病呢。

治病？能治什么病？在场的人几乎同声问。

云华把医生给他开药方的事说了，说到最后，云华想说桑葚还能治一种病——乡愁，但是他没有说……

第二天，天清家又来了许多孩子，云华一看他们的嘴唇和手指便明白了，笑着问，桑葚好吃，我没有骗你们吧？

孩子们要么抿着嘴不说话，要么轻轻摇着头。最令云华没有想到的是，好多乡亲摘了自家的桑葚，放在盘子里给云华送来了。云华明知自己吃不了那么多，但还是收下了，幸好天清家有冰箱，他用保鲜膜包了，放进冰箱里，他要把这些桑葚都带走，除留下少量的泡黄酒，其余的带到局里去与大家分享，或许这些桑葚也能撩起一些人回乡的激情。

在老家足足待了三天，勒马回头也去了两次。该返回了，天清用摩托车送云华去村口搭车。和来时一样，云华依旧提着沉甸甸的网兜，只是里面换成了桑葚。

临别时，天清说明年桑葚一挂果，我就给你送来。

云华接上话说，那好，天清哥，请你把勒马回头也给我送来。

天清先是一愣，继而傻呵呵地笑了，一迭连声说，我懂了，我懂了……

选自《短篇小说》（原创版）2018年第1期

我现在还能想起十几年前，我还是一个毛头小孩，在外婆家过暑假，随着乡下邻居家的哥哥，到山上采桑葚。其实味道已经不记得，更谈不上多好吃，但是依旧能想起那年的清风和桑树下的欢笑跑闹。

时光带不走的记忆，并不是多么美好、多么珍贵才难忘，而是因为那是逝去的、不能轻易触碰到的记忆，因难忘而美好，因难忘而念念不忘。我记忆里的那盏煤油灯，我怀念它，是因为我再也没有见人使用过。以前的日子，一到黄昏，我就吵着外婆点煤油灯，所以我总是眷恋那种烛火映得人影晃动的感觉，眷恋那烛灯下映着的红扑扑的脸庞。

云华眷恋的，不是桑葚，而是故乡，是记忆里的故乡，是记忆里的依旧存在的天清，是记忆里不再年轻的自己。记忆化成了乡愁，云华是云，漂泊游历，走了好远，走了好久，还是忘不了那个渡口，渡口的名字叫作勒马回头。桑葚能解的愁，家乡的一花一树、一草一木都能解。外边的世界，不管多稀奇珍贵，尽是俗物，比不上一颗紫红的桑葚。“浮云终日行，游子久不至”，远离故乡的游子啊，浮云一样，飘忽不定，什么时候才能回来呢？桑葚熟了，你回来了吗？

进入成人世界的我们，在红尘里，追逐着，疲倦着，风尘仆仆。回来吧，在久别的故乡，一颗桑葚，便可慰藉。（姚艺）

酒吧外的猫

/甘应鑫

入夜，在蛇口半岛上沉睡了一天的酒吧，缓缓醒了。

天气预报说今晚有雨，庆幸的是，下雨前我躲进了这家海景酒吧。

我一个人就这么猫着，也没见来几个客人，感觉心里空荡荡的。微醺中我看了几眼推门进来的美女，没料竟是前同事，她微微一笑，还眼里带钩，冲我招手。于是我挪步向她靠去。

她说，怎么一个人来？我瞄着她胸口的玉佛吊坠，说，带个人来我怕吓坏你。

她说，为什么来？陪我喝酒？我说，敬你是女神。

她说，色即是空，不如谈谈佛。我说，恭请您给我开示……这种开场白怀藏无限想象，欲拒还迎。因此我头脑一沉，开了瓶藏酒，递她酒杯，她接过，把了三巡，转身上台与驻场歌手弹唱《感觉身体被掏空》。

我说，你真厉害啊！值得干一杯。她痛快饮完，问，中秋节怎么过。

我答，举杯邀明月，你呢？她说，想去新疆，想去嫁人。

我说，挺会挑地方！来得及吗？

她沉静片刻，笑着讲起自己的故事。原先她与他是深圳大学同学，毕业之后，他去新疆当消防兵，她留下做“深漂”。三年里两地相隔，明明相爱，却不敢想未来，后来他打了恋爱报告，订了婚，她也准备好，要出嫁，可筹备婚宴的那个月底，他临时接到重要任务，放弃了婚假，结果他在任务中牺牲了……她的泪花和心里话，一下倾泻了。

她说，平时喝一杯就头晕眼蒙，怎么今天喝一瓶，没醉倒？我说，那你多喝点，醉了就能梦见他。她听完猛灌一杯酒下肚，把无数爱恨情愁，从眼眶里逼出。

她说，感觉酒有问题？我说，你不知道自己喝什么样的酒？

她说，我不知道，就像我不知明天会发生什么！我说，是无醇酒，你觉察不到？

她说，天啊！我说，世事难料，过去的事放下吧，有些路，只能一个人走。

她咬唇瞪眼，说，我俩说好的一生一世，到头来变成一生一死，我都三十了，喜欢的人不能嫁，我好想有个人陪，哪怕一晚。我低头不语，看手表惊觉已过子夜，互相加了微信，便起身出门，各奔东西。

一条雨淋湿的老街空空荡荡，只有我和这个熟悉的陌生人，在这无助的夜晚，漫无目的地走。在经过岔路口时，忽闪出一只流浪猫，可怜兮兮地向她走来。她听那阵阵猫叫，边向我挥手再见，边单膝跪地，伸右手招呼它，如遇见一位老友，在苦海风尘中孤身归来。就算不常遇见，只要缘分在，总有能遇见的一天。

我们如此靠近，又如此遥远，真的是一个人害怕孤独，两个人害怕辜负。虽然当晚，她不吭一声删掉了我微信，但不论她身藏何处，我都祝愿她有好心情，未来有人在等她。

选自《南方都市报》2018年3月2日

评鉴与感悟

这是一个极短的故事，很像一首乐曲，中途停顿，观众屏息以待，却想不到，曲子戛然而止，人们只好懵懂起身鼓掌。感觉还未尽兴却已收场。

求而不得很难受，得不到，忘不了，总是心痒痒，像是一只猫在挠。爱而不得更痛苦，明明是如此深爱着的两个人，偏是走不到一起，却让本无关联的人拼命遇见。是月老剪错了缠在手指上的红绳吗？不知道为什么月老这么残忍，随便一钩钩手指，就改变了一个人的命运。

你看，上天就是那么不公平，明明两个相爱的人却不能白头，欢乐的盛宴也总要冷清散去。可是，我们不能苛责命运，更不要苛责自己。爱过、痛过、哭过、醉过，可是明天还要继续，人生就是这样的，起起伏伏，潮起潮落，没有他的日子，你会不会变得更好呢？我不知道，可是陌生人，我祝福你，我愿你想你所想，爱你所爱，得你所得，也许下一次，一定会拥抱到那个对的人。那只酒吧外的猫，生命里一定会出现一个人，愿意给它一个温暖的家，让它不再流浪。猫和女友是一样的，他们在冥冥之中，被一种特殊的磁场吸引了，这是同病相连的怜惜，在被打湿的老街上，相互慰藉，相互取暖。他们都在等，等一个人，那个人也在等他们，等他们“在苦海中孤身归来”。

（姚艺）

改 行

/巴图尔

中午，沙迪尔感觉肚子有一点饿了，他就解下腰巾，从里面拿出一块馕和两块油炸鱼块，坐在一棵横卧在地上的胡杨上，一口馕一口鱼块再一口水的吃着。鱼块是昨天上午打的一条三四公斤的大鱼，老婆用油炸了，就当成今天的午饭了。他本来不想带馕的，可是老婆说，几天了，才打了一条大鱼，你一个人把鱼块吃完了，别人就得吃馕。老婆说得没错，谁不知道鱼好吃，可哪有那么多的鱼呀？大家都掺着吃，不饿肚子就已经很好了。

现在海子（湖泊）里大鱼不多了，打一天鱼也不够一家人吃一天的。以前哪是这样，打一个上午就够一家人三五天吃的。现在老有城里人开着车来，拖着渔网捞几网就走了。沙迪尔很心疼，这些城里人的心也都特别黑，不管大鱼小鱼打上来就全都拿走了，连小鱼苗都不放过。再这样下去，过不了多长时间，海子里就没有什么鱼了。罗布人生下来就以打鱼为生，可是海子里没有鱼了，他们罗布人还靠什么生存呢？

沙迪尔年轻时很清闲，打一次鱼就可以吃好几天，剩下的时间，他就可以跑到胡杨林里逮野兔子。现在不行了，他一天到晚划着卡盆在海子里划来划去，一公斤大的鱼现在也得打了，不然打一天很有可能一条大鱼也打不上。早些年，他不会打一公斤以下的鱼，他要让这些鱼长大了再打。这是罗布人从古至今的习惯，不会把还没长大的鱼打上来吃了，也不会把鱼打上来拿到巴扎（维吾尔语集市）上卖。

城里人把海子里的鱼叫野生鱼，拿到城里卖是很值钱的。他没想过把海子里的鱼打上来拿到城里卖，这是罗布人最不齿的事情，他当然不会做这样不齿的事。可是，城里人来的次数也太频繁了，三天两头就有城里人拖着渔网，在海子里捞鱼，不管大鱼小鱼都一网打尽。这哪里是打鱼，简直就是赶尽杀绝呢！

沙迪尔坐在那里边吃边想着，他想起年轻时候的事。父亲还健在时，隔三岔五的他就和父亲驾着卡盆到海子里打鱼。那时，海子里的鱼又多又大，他用的红柳鱼叉，竟然被一条大鱼给拖跑了。他和父亲找了好半天，才找到那条大鱼。父亲说，这么大的一条鱼，没把你拖下水、把卡盆弄翻就算你幸运。父亲还说，碰到这么大的鱼，不要指望你用鱼叉叉住它，最好瞅准了，先把它打晕了，不然你是逮不住它的。父亲把鱼叉掉了个头，对准大鱼的头部，举起鱼叉把儿狠狠地砸在大鱼的头上，大鱼拼死挣扎了几下，就翻起白肚皮。把大鱼弄上卡盆，才发觉，都快有他身体长了。已经很多年没见过这么大的鱼了。想起这些往事儿，他伸手捋了一下山羊胡子，自己嘟囔着，这样的好日子再也没有了。

这些年，城里人就像疯狗一样，都想吃这些没被污染的食物。他们把海子里的鱼叫绿色食品，来海子里打鱼的人越来越多了，可海子里的鱼却越来越少。没有办法，罗布人赖以生存的鱼没了，不吃馕吃什么？沙迪尔长长叹了一口气，他不知道以后罗布人会变成什么样子，祖祖辈辈赖以生存的海子，不仅水面在一点一点缩小，海子里的鱼也没多少了，这样下去，要不了多久，他们就得背井离乡了。

沙迪尔在胡杨林里下了不少套子和夹子，每天放羊的时候，他就顺着下套子的路线遛一趟。这几天收获还不错，每天都能套三四只野兔。虽说野兔的味道不如鱼的味道，可是不好吃也得吃，海子里已经打不上来什么大鱼了。他说，恐怕，这里真的待不下去了。

就在沙迪尔准备离开海子的时候，政府把海子建成了水库，还在水库里放了很多鱼苗，沙迪尔也成了水库管理员。老婆总是念叨想吃鱼，可他没有打过一条水库里的鱼。他跑到巴扎上，买了一条大鱼，往老婆面前一撂说，吃吧，水库里的鱼再大再多，都不是我们的。以前我们是以打鱼为生的罗布人，可是现在变了，时代变了，环境也变了，我们的生活习惯也要改改了。

老婆望着沙迪尔一句话也没说。

选自《安徽文学》2018年第7期

评鉴与感悟

政府开始保护海子，沙迪尔再也不用为生计担忧了，这看似圆满的结局，却实在是令人悲伤，令人无奈，这其中的心酸委屈又有何人能解呢?

沙迪尔依旧留在那里，不是因为生计已解决，生活已安顿下来，而是因为眷恋热爱着这片土地。可是啊，这片土地、这片海子、这些鱼，都不再似从前了，故乡还在，时代变了，环境变了，人也变了。沙迪尔是明智的适应潮流的改变者，但从另一个方面来说，他又是被时代的大潮裹挟着被动改变着，因为对于海子来说，这一切的一切，他都无能为力，只能眼睁睁地看着，无奈地接受。

费孝通先生在《乡土中国》里说："靠种地谋生的人才明白泥土的可贵。"都市社会里的人永远都不懂得乡土社会的人如何爱惜乡土的万物，一花一树、一草一木，被一个命令、一声轰响打破了，他们打破了乡里的宁静，一棵棵倒下的参天大树、一条条被污染的河，在乡间小路上修起了极不协调的水泥大道，在盛夏烈日里，刺痛了乡民的眼睛，也刺痛了他们的心。可曾问过他们? 不曾。他们从来都是被推搡着默默承受的人们，他们，也是沙迪尔；他们，是时代里每一个悲哀的我们。（姚艺）

想念一只黄鼠狼

/张巧梅

“好好的芦花大母鸡说没就没了，下好多蛋呢！去年这时候两天一个蛋很有规律，今年也不知咋的，半个多月没看见它的蛋，我就深思，是不是你家那个东西偷去喝了？现在看来，肯定是它！喝腥嘴了，连鸡都一锅端了！”看张东媳妇拐着篓子进了胡同，找了一上午鸡的王婶扯着大嗓门说。

“他婶子，这黄大仙来我们家好几年了，也没偷一只鸡，怎么这会儿就偷啦?”张东媳妇把菜篓子使劲往地下一顿，一屁股坐在门口的石条上。

“以前不偷，不代表现在就不会偷！这时节正是那个东西繁殖的季节，饿极了，它还管三七二十一哪！再说了，那东西自古以来就没好名声!”王婶觍着脸，一口咬定鸡就是那东西吃了。

“他婶子，话可不能这么说，俗话说捉贼捉赃，请问您是亲眼看见我家黄大仙吃你的鸡了，还是有人看见了呢?”张东媳妇不乐意了。

“你——你——我那下蛋的大母鸡啊，你死得好冤啊！哪个王八蛋吃了你不得好死!”王婶气得浑身发抖。

“你说谁王八蛋？啊?”张东媳妇霍地一下站了起来。

“一进胡同就听见你的声音！赶紧回家去!”张东推着老婆回了家，自己则赔着笑脸跟王婶弄清了事情的来龙去脉。张东保证一定把黄大仙弄走，王婶才善罢甘休。

吃了中饭，张东不顾媳妇的反对，开始动手拆南厢房西北角那堆好几年都没动过的柴草，媳妇拗不过他，只得和他一起搬。

刚搬了几捆出去，就听到柴草垛里传来几声凄惨的号叫声，叫声沉寂后，一个如家猫大小的棕黄色活物箭一样从柴草垛里窜了出去。为了防止它再次回来，张东决定把柴草全部清理出去。

清理到一半时，两个人怔住了：五只还带着白色胎毛的小生灵血淋淋地歪在窝里已经气绝！

“造孽啊！亲母杀子，这是多大的伤害啊！我不弄了，要弄你自己弄去！张东媳妇捂着脸回了房。”

“有啥嘛！谁让它偷人家的鸡吃来？这就是报应！”张东不以为然。拿起铁锹把这些小东西铲了出去，又一口气把剩下的柴草搬到了院场外，最后，看着那剩下的厚厚的一堆草屑，自言自语说：“这些烂沫沫倒是垫猪圈的好东西！”

半夜，南厢房里悄悄着起了火，火不大，只把张东想着垫猪圈的烂沫沫着完，就慢慢熄灭了。第二天早上，张东只看见那边的土墙一片狼藉。

火把张东他娘从胡同里边的草房里引了出来，老人家看着那堆灰烬，颤颤巍巍地跪下了：“仙家啊，这几年幸亏你帮忙看着老鼠，这家再也没被偷过粮食，这四周围都没被偷过粮食！别说你吃一只鸡，就是十只也不过！老张家对不起你啊，我这把老骨头给你赔礼道歉啦！”说着，咚咚咚磕了三个响头！

周围几个邻居听了都不以为然，特别是在院子里偷听的王婶，听完就骂开了：“虱没咬到身上不知道疼！咬他家的鸡试试！什么家门，骚水狼也当成了宝！我呸！”张东媳妇听见了要出去和她理论，被张东拉住了：“邻里邻居的，低头不见抬头见，别弄僵了！压一压此事也就那么过去了。”

可是，两天后，这条不长的胡同又起了波澜：王婶家那只被“吃掉”的鸡竟然迈着四方步回来了！有经验的方奶奶一看那鸡的面色，就知道它一定是在哪儿抱窝了，果不然，这鸡吃完东西就忙着往外跑，王婶跟出老远才发现了玄机：这只惹祸的鸡竟然在老生产队大院的一堆苞米秸里面孵起了小鸡！

秋后，这条好几年都看不见一只老鼠的胡同又开始闹起了鼠患，为了灭鼠，有的家养起了猫，有的家用上了鼠药。后来，王婶家的猫吃了六叔家的老鼠药死了，王婶又在门口扯起大嗓门骂起街来，听着王婶声嘶力竭的骂声，大家不约而同地想起有黄鼠狼在的那些和睦平静的日子来……

选自《奔流》2017年第12期

评鉴与感悟

通过一只黄鼠狼，乡村的邻里生活图就这样活灵活现的刻画出来了。乡村生活特别简单，就是人与人，人与动物，人与植物，可是人类又无比复杂，一面是理性又善良，一面是蛮横又无理，不管是对待同类，还是异类。

乡土社会里的人们大多数可爱可亲、质朴纯净的，由山间的风和溪谷的水孕育着，有着天地间最最干净的灵魂。可是也无法否认，有那么一些人，或许本心不坏，但待人待物却是蛮横无理。对待一只黄鼠狼，需要时就理所应当地享受，无用时则弃之。万物皆有灵，作为一只动物，它们从未想着“立德、立功、立言”，也不奢求人类对它们感恩戴德，动物与人类只是同在一片蓝天下，它们都未曾想与人类平分这块土地，更未曾想过恶意伤害人们，却遭到人类一次又一次地索取，以道德的枷锁判它们永生不可脱卸下罪名，人类站在道德的制高点上，傲慢地指着它的鼻子说：“贪婪的黄鼠狼”。可它们又能说些什么呢？它们又能做什么呢？欲加之罪，何患无辞？

如果有一天，人类被另一种动物指着鼻子大骂：“这贪婪的人类”，人类不能辩解，也不该辩解。那是人类的一个真实的梦，不知是人类变成了黄鼠狼，还是黄鼠狼变成了人类？（姚艺）

竹子开花

/侯发山

过了破五，爸爸就要出门了。

媛媛和妈妈送爸爸到大门外，三个人的脸上一律挂着依依不舍的表情。媛媛知道，爸爸这一出门，好长时间才能回来，她牵着爸爸的衣角，小声问道："爸，你啥时候回家啊?"

怕啥来啥，爸爸最怕她们问这个话题了。他心里一酸，轻轻抚摸了一下媛媛的头发，抚摸到媛媛头发上别的牡丹头花，瞅着院子前面的竹林，说："等……等到竹子开花的时候，我就回来了。"

听到这话，妈妈嗔了一眼爸爸，动了动嘴唇，却又什么也没说。

媛媛兴奋地跳起来。她知道，过完年，春天马上就要到了，爸爸很快就会回来。因为，好多好多的花都是春天开的，竹子也一定是。

爸爸走后，媛媛就天天去竹林里看，看看竹子有没有开花。

看着看着，春天就到了。迎春花开了，一小朵一小朵的，黄灿灿的，煞是好看。媛媛走到竹林前，竹子一如既往地青枝绿叶，她左瞅右寻，瞅不到花蕾在哪里。妈妈正在竹林里砍竹子，说，媛媛，早着呢，好多花都还没开呢。

媛媛就四下看看，果真是这样，山坡上，地堰边，只有一丛一丛的迎春花，她的心思也就不那么急躁了。

桃花开了，杏花开了，梨花开了，槐花开了……竹子还是没有开花。媛媛就急得问妈妈，妈妈，竹子咋还没有开花？

看着媛媛要哭的样子，妈妈就柔声说道，菊花不是还没开？还有蜡梅，都还没开呢。

媛媛还小，不知道菊花开在深秋，蜡梅开在冬天，便似懂非懂地点了点头。

媛媛怕错过了竹子开花的时节，还是坚持每天到竹林前观看，一天，一天，觉得日子是那么漫长。实在闲得无趣，媛媛就去看妈妈编制竹筐，农闲时节，妈妈就干这个，遇到集日便挑去兜售。妈妈先把竹竿劈成一缕一缕的竹条，然后再用竹条编制竹筐。那些竹条在妈妈手里来回摇曳，左转右旋，蜿蜒迂回，不到半天工夫，一个棱角分明的竹筐就编好了。妈妈的手有时会被竹刺扎破，鲜血直往外冒。妈妈也不哭，用吐沫吐两口，粘些泥土，然后继续编筐。

看着媛媛惊讶的样子，妈妈说，泥土就是药。这话媛媛相信，因为爸爸出门时曾挖了些院子的泥土，说是治病用。

到了秋天，菊花开了，竹子还没开花；到了冬天，蜡梅开了，竹子还是没有开花……媛媛说不出有多沮丧，觉得妈妈骗了自己。

这时候，媛媛收到爸爸给自己寄来的一包头花，好多个呢，有牡丹花、有菊花、有荷花……若在往常，媛媛会高兴地大呼小叫，这次没有，她知道，爸爸肯定是不回来了。不但妈妈骗了自己，爸爸也骗了自己。她咧了咧嘴，哇一声哭了。

妈妈觉得不能再继续欺骗媛媛了，就给媛媛说了实话。她说，媛媛，竹子很少开花的。竹子若是开花，就说明它就要死了。

媛媛眼泪也顾不上擦，瞪大眼睛瞅着妈妈。

妈妈说，你爸在外也不容易，工资开得不及时，我要是不编筐，平时的零花钱都没有。这片竹林就是咱家的摇钱树，你希望它们开花吗？

媛媛就使劲摇了摇头。妈妈用竹子编筐换来的钱给她买衣服、买玩具、买饼干。有时，妈妈还用竹笋炖肉给她吃呢。

妈妈叹口气，把媛媛揽在怀里，拿手轻轻拭去她眼角的泪花。

第二天，因为天冷，妈妈就在屋子里编筐。忽然听到媛媛在院子里叫道，妈妈，妈妈，你快出来，竹子开花了！

妈妈心里一惊，忙跑了出来，到了竹林前，她看到竹枝上果然有不少花——牡丹花、菊花、荷花，等等，那是爸爸给媛媛买的头花。

妈妈憋着眼里的泪，连接了几次，才接通爸爸的微信，把手机的摄像头对准了竹林。

看到竹子上飞舞的头花，爸爸身子一颤，差点从脚手架上歪下来。

选自《北京文学》2018年第2期

评鉴与感悟

竹子开花意味着爸爸就要回来了，媛媛满是欢心与期待，可竹子开花也意味着竹子枯死，家里没有生活补贴，妈妈不开心，媛媛也不开心。在开花与不开花之间，媛媛选了不开花。

农村孩子总是懂事得让人无奈，他们把自己的悲伤难过隐藏起来，迫不得已长大和坚强，本该是单纯任性、无拘无束的童年里，却有着让人心疼的成熟。清澈的双眼里，映着大自然的干净纯朴，也映着空荡荡的的家里对亲人回家的渴望。

留守儿童是农村普遍存在的问题，相较来说，媛媛还是幸福的，她还有母亲的陪伴。可是很多大山里的孩子，父母为了生活，都不能在身边陪伴，孩子一般是由爷爷奶奶带大，或者一个人照顾着弟弟妹妹，劈柴做饭，养鸡喂猪，年纪尚小就承担着生活的重担。

儿女在，仍远游，父母远游为了生存生计，为了孩子的未来，亲人不在身旁孩子可能会暂时不幸福，但向远方望去，他们会得到一个更好的未来，不再重复着父辈的命运，选择一个更好地、能掌握的未来。真希望他们能变得更好，越来越好。（姚艺）

守　望

/陈希荣

学校什么时候能恢复呢？赵家湾人都在默默期盼着。

赵顺德老人拄着单拐一晃一颠进了村小学。已是秋日寒露时节，校园中杂草似乎还没有枯萎的意思，铲割不久的粗老根部又生发出嫩嫩的绿枝芽，显出顽强的生命力。顺德老人站住了，抬起手揉揉双眼，目光缓缓扫视一圈校园，校园早已空旷无人，破落萧条，尘土覆上了所有建筑物。唯有几只小燕子和一群麻雀在屋檐下筑巢安家，叽叽喳喳的。

黄河岸边的这个古老村落位置很特别，黄河在东南的崇山峻岭中冲刷出一条陡峭峡谷，进入平缓冲积扇地带，转一个椭圆形的圈儿，又向东北峡谷奔腾而去。村落就在东山下的冲积小平原上，远远看去，四周山脉重叠，峰林围坐，黄河似一条银色飘带分割出东西不同地貌，酷似道家手中的太极图。这个名为赵家湾的村落，既因特殊地理环境而闻名，更因坐落于村北坪坝上的黄河翰斋书院而声名远扬："翰斋"乃赵顺德祖先名号，赵氏家族人丁兴旺，枝繁叶茂，到赵翰斋兴办学堂时已是祖上大房第十五代后人，其父正是当地显赫财主。他把唯一的儿子翰斋送往大山外读书，原本期望儿子考取功名，做官升爵，但翰斋却东渡日本，几年杳无音讯，急得老父卧床不起。有年初夏，天大旱，黄河水也失去往日的汹涌不羁，一叶小舟漂出峡谷，停靠在赵家湾码头。船上下来一个青年人，穿戴不俗，村民甚为惊讶。原来是赵翰斋回来了，他学有所成，铁定心要在家乡兴办学堂。已经病入膏肓的老父亲气得吐了一盆血，一只手直挺挺地指着儿子的鼻梁骨后咽气了。此后，翰斋变卖家产，从另一个财主手中买下坪坝上阴阳先生打盘划定的地皮，修建学堂，广收学子，尽其全力完成了办学夙愿。几年时光，赵家湾“黄河翰斋书院”闻名遐迩，规模进一步扩大，赵氏五代子孙倾家助学，延续更迭，薪火相传，使学堂从未中断。新中国成立后，黄河翰斋书院收归当地政府，更名为赵家湾学校。人们为了纪念赵翰斋先生，在校园旗台下塑了一尊像，不久搞运动便被拆除了，但大凡赵家湾村的花甲老人，都清晰地记得那尊塑像，那饱满的额头，睿智的双眼……

那年，赵顺德悬着残腿急猴猴赶到学校时，学生已经撤走，财产被搬离一空，满校园废纸烂箱，狼藉得如旧时遭到土匪抢劫的财主庄院，不忍目睹。赵顺德立在校园，久久不愿离去。他是赵家湾学校的活历史，他的一辈子都是在学校度过的。读小学在黄河翰斋书院，后来顶替父亲当了代课老师。20世纪70年代初，赵家湾学校属“戴帽子”学校，学生几乎每天都要劳动。赵顺德老师负责靠西的一座石灰窑，烧制成功冷却后，打开土坯砖砌成的窑门，带领学生进入窑洞往外运烧成的石灰石。几个学生推铁皮车撞在窑洞支架柱上，“咔嚓”一声，柱子断了，半边支架塌下来，另一侧支架倾轧过来。赵顺德扛住另一侧柱子，大喊：“快跑，窑塌了！”七八个男同学跑出来，赵顺德老师在最后，眼看出窑门了，此时整个窑洞轰然坍塌下来。赵顺德因此失去了一条腿，他因救了七八名学生而被评为省级劳动模范，靠着残腿由代课老师转为公办老师，直到光荣退休。

太阳已悬在赵顺德老人头顶，旗杆影子缩成了一截粗壮木棒，慢慢由北向东移动，影子也在加长变细。顺德老人漫无边际地在校园溜达，像小孩子墙根走路一样，总要把一只手摸在墙面上，这儿捏捏，那儿擦擦，从东走到西，从北走到南，转了一圈又一圈。忽然，他站住了，两眼直勾勾盯着南墙根，神情凄然，若有所思。

北边是一栋两层的教学楼，屋檐下，不知什么时候早已坐着几位老人，远远地望着顺德老人。他们都是顺德的坚定支持者，曾跟着顺德去上访，一致要求恢复赵家湾学校。

撤校后的山村，实在是太可怕了。空旷、寂寥、冷清，整个村庄死一般沉寂，毫无一点生气和活力。顺德老人无法接受这种氛围，学校撤走仅三年光景，村落就如西沉的太阳衰败得不成样子，大大小小的娃娃们突然一夜之间像蒸发了，再也看不到村路上娃娃们奔跑的身影，听不到清脆地喊叫声，连旷野中的翠鸟也似乎跟着娃娃们飞走了，好久听不到一声悦耳鸣叫。村中年轻夫妇也随孩子呼啦啦进了城，许多耕地荒芜了，野草长得比人还高。多年绝迹的野狼、狐兽又出现了，把留守老人们养的猪呀、鸡呀、吃得只剩骨架，血毛遍地，场面瘆人，令人心碎胆寒。

顺德老人拒绝城里儿子的邀请，执意不离开赵家湾，还不是和村民们一样，天天巴望着学校能恢复。那个姓颜的学区校长不是答应说，赵家湾上小学的娃娃们能达到三十个就马上恢复学校吗？学校怎么能说撤就撤了呢？这是一座近两百年的老校呀，不光是赵氏家族的荣耀和骄傲，也蕴含着赵家湾的进化史和文明史啊！更何况学校是山村的特殊风景，学校在，山村是活的、有生气的，就如万物需要太阳光泽和雨露滋养，孩子们朗朗的读书声和那面高高飘扬的国旗，对所有赵家湾人都是一种精神的寄托。学校撤走短短三年，赵家湾人的精神世界溃退得一塌糊涂，年关赌博成风，丧事猜拳酗酒，嫖的、爬灰的，什么事没出现？娃娃们不在身边，谁还会顾忌什么？山村淳朴古风消失殆尽，荡然无存。惭愧啊，没想到学校在我们这代人手里将要消失。

想起这些事，顺德老人往往是一脸愤懑的神色。

撤校之初，顺德老人和一帮村民去学区上访。颜校长倒好说话，自始至终笑眯眯地看着他们，听他们倾诉，长脸扁头不停地晃一晃、点一点，给人感觉是完全被说服了，同意恢复赵家湾学校了。临别，还拍着顺德老人的肩膀，亲切地说：“你们说得很有道理，我会考虑的，回去等好消息吧！”顺德老人回来后，兴高采烈地打扫校园，自己购来一面国旗，和一群村民很庄重地举行升旗仪式，憋足劲“哼”着国歌的旋律，脸颊涨得紫红。赵顺德拄单拐当护旗手，满头银发的脑袋高高扬起，显得无比神圣庄严。升旗完毕，一群人像小孩子似的相互击掌，欢呼胜利。顺德老人自愿守校，常常把校园打扫得干干净净，等待恢复学校的那一天。但转眼过了半年，没有丝毫信息。第二年，顺德和十几位老人到县政府上访，恰巧是县长接待日，顺德腿瘸着，满头白发，拄着单拐在县委大院晃来晃去。县长有了怜悯心，倒茶递烟亲切接待。大家恳请恢复赵家湾学校，县长大人连连点头称是，接着给镇上的书记打电话。随后，村书记租了一辆面包车来接走上访老人。但不知什么原因，赵家湾学校一直未能恢复，而顺德老人的希望从未泯灭过，因为国旗依然在校园飘荡。他相信，总有一天，学校会恢复的，赵家湾的文明绝不会在他们这代人眼前中断，赵家湾的“根”和“魂”绝不会如此轻易地丢失殆尽。

国旗在顺德老人头顶轻柔舒展哗哗作响，他皱纹纵横的脸上依然一片悲悯无奈神情。忽然，校门口的一群村民和村书记、村主任围着一个干部模样的中年男人走进了校园，村书记指着教学楼在介绍什么。到旗台前，村主任见顺德老人木然呆滞地坐着，便向那位干部说：“活历史，赵家湾的活历史赵顺德。”一听赵顺德三字，那干部眼光一亮，急忙跨前两步，双手把顺德老人扶起来，激动诚恳地说道：“你写给我的信太感人了，赵家湾学校一定要恢复起来，既了却大家的心愿，更是我们政府的职责啊……”

顺德老人浑浊的双眼中闪现出一丝亮光，他左右看看大家，似乎不相信眼前的情景，又恍然在梦中。接着，他厚重的上眼皮不禁落下来，眼角便溢出一股热泪，顺着鼻翼沟槽簌簌流下，硕大的泪点滴在干涸坚硬的土地上。

选自《飞天》2018年第5期

评鉴与感悟

每每看到新闻、报纸里报道的相关乡村小学的消息，便会鼻酸眼湿，这才是真正的希望工程。可是情况不容乐观，在乡村里，情况稍微好一些的家庭，都会选择送孩子到城里上学。只剩下条件不太好的家庭，孩子在乡里的学校上学。乡里的学校，是他们的希望啊，不只是孩子，还是一个家庭的希望。希望之光依旧屹立不倒，是一个个默默无闻的乡村老师的坚守，赵顺德老人就是他们中的一个。

我曾经在一个乡村小学校里待过一个学期，记得小学校里只有两个班，孩子也不多，都是家在附近的孩子。有学生在时，总是能听到欢声笑语、书声琅琅。后来不知怎么了，小学校关闭了，变成了沙场，小小的校园愈发的荒凉和破败。孩子的出路只有两种，到更远更好的城里读书，剩下的就只能帮着家里干活了。我觉得很惋惜，不知是因为学校没有坚持下来，还是因为惋惜那些孩子没有更好的未来。

或许我根本没有资格评判他们的生活，带着虚伪的同情心去强加给他们。因为我并没有站在他们的处境看待这个世界，也没有为他们提供一点实际的帮助。站在高处高谈阔论，站着说话不腰疼。只有像赵顺德老人一样的人们，为了这一希望，坚守着，付出着，知道前路有多么困难，却对自己说：“虽千万人吾往矣”。（姚艺）

第八辑

老王和他的夜空

/王绥

夜幕降临了，迷人的星空使人陶醉。夜的存在给人们带来了无限的寂静，它使疲惫不堪的城市恢复平静。夜晚静了下来。

“屁！”看到这一句老王终于忍无可忍，发出了无用的抗议。

老王说：“城市！城市你也想看到迷人的星空？你说你这个人怎么一点儿都不贴近生活，写的都是些什么东西！我在一个五线城市，拉萨，那里的夜万里无云，还有高原的纯净空气，天上也就才有那么寥寥儿颗星！敢问阁下在哪个城市高就？可以看到这等迷人星空！”

老王显然气急败坏，但他仍努力让自己平静下来。“知道吗，那天晚上，那天晚上我想立刻跑下楼，打辆出租车，对司机说，去郊外，去远方，去能看到银河的地方。”

“城市的光污染太严重了嘛，就算小县城也是这样。真后悔那天晚上我怎么就没有跑下楼呢？结果到现在我都没见过银河。唉，什么时候我才能在夜里，在旷野，与银河相伴，星星是我全部的光源！”

长吸了一口气后，老王继续娓娓道来：“其实我是见过银河的，就一次，不过也不算见到的。那天夜里，我在火车上，刚路过德令哈，迷迷瞪瞪中我隐约看到窗外的天空有条缝隙，我心里清楚，那就是银河了。我一下子困意全无！这样说是有点儿夸张，瞌睡是有点儿瞌睡，但我还是万分激动啊！我想，银河，十九年了，终于看到你了。我趴在火车车窗上，看不清楚，车内灯光太亮。于是我用手扒着车窗，捂着眼睛周围，尽力把灯光与眼睛隔离开来。我看不清楚啊！模糊一片，根本不管用。但我还是如痴如醉地看着窗外荒野上空的那道银河，它就像印象派的某幅画作，就只是一道印象，根本不能算看到了好吗？我都想把我包里的衣服拿出来，把整扇窗子都遮住，把整个头颅都包裹起来，只为能清晰地看到那道银河，亿万颗星！但我当时想那太惊世骇俗了，唉，你说我为什么要惧怕惊世骇俗呢？要是我能不顾一切，那不就圆梦了吗？”

说着说着，老王的眼眶湿了，越发结巴，不时能听到哽咽声吞在喉头。

但老王抽了抽鼻子，还在不停地讲：“前几天我去纳木错了，特意住了一夜，就为了看看星空。住湖边的小铁皮房子，那房子真破，半夜漏风，冻得要死。从十一点开始，我定闹钟起来穿六层衣服再披条毛毯出去。那晚纳木错灰云压境，但我丝毫不担心，因为风很大，可以清楚地看到云在飘，我相信它会被风吹开的。我定闹钟二十分钟一次，每次起来都要重复穿六层衣服披毛毯的过程，可那云好像怎么也吹不散，吹走一波又来一波。我二十分钟就起来看看，直到凌晨四点钟，云终于散了。可是你猜怎么着？月亮出来了，他妈的月亮出来了！很大的月亮，特别亮。百感交集，我回屋睡去了，再没醒来。”

讲到这里，老王好不容易平静的语气又控制不住了，他几字一顿，说话极其困难：“第二天我走了，必须得走，拼车来的不跟着走怎么回去？我要是能再留一晚上就好了，就不信搭不到回去的车。但是我回去了，回了拉萨，回去的路上我就想可能再没这样的机会了。晚上我在房顶上看天，那晚的天特别好，没有一片云，虽然只能看到几颗星星，但我能联想到那深蓝天空背后藏着的浩渺银河。唉，你说那晚我怎么就没有跑下楼呢？”

“我决定了，”老王的神色看起来很坚定，“以后我要给自己加条标签‘银河追逐者’，回内地后要买辆车，有空就往荒郊野外跑，运气好的话躺在玉米地里就能看到银河。不过我想内地那雾霾，估计也很难看到，还是要进藏。到时候什么青藏线、川藏线、滇藏线、新藏线统统都要跑一遍，夜晚不住店，在星空下驾车穿越山峦，放眼望去一座座山川之上会是无尽的银河。”

老王眼神呆滞，完完全全陷入了他的憧憬之中，只有他嘴里不断展开的那幅愿景显示了他是个神志清醒、踌躇满志的人。他还说：“不只要在国内，国外那些著名的观星点也要去，不仅要去观星点，还要去国外的荒郊野外。比如说澳大利亚的荒蛮内陆、内华达州的紫色沙漠、墨西哥蚊虫乱飞的灌木林、莫斯科郊外的晚上。对了，北欧！要去看极光，去北欧，去加拿大，看那些变幻莫测的奇妙光芒，听它在安静夜晚发出的呼啸，极光一定也要一同追逐！我会行动，将来要把足迹伸向世界每一个漆黑的角落!”

老王扭头看了我一眼，澎湃的激情显然还没有熄灭，说：“你呢？等我买了车，你跟不跟我一起去?”

“去!”我急忙点头。

选自《百花园》2017年第11期

评鉴与感悟

老王终其一生都在寻找着他梦寐以求的夜空，那里有着一条闪闪发亮的银河，无数的星星在夜空中闪烁。不论老王有没有真正的看到过银河，在他的心里面始终有那么一个梦想在。作品就是从这样一个背景下出发的。

从开头到结尾，老王追逐夜空的过往，老王一个人在慢慢讲述着自己对于星空的热爱和向往，虽然有“我”这样一个听众存在，但是却只是在文末一笔带过，给人的这种感觉就像是一杯茶，需要慢慢地品，等待它最终在你唇齿间散开，才令人回味无穷。作品中多次写到老王为了看星空所做的努力，像什么跑到纳木错去，租一个漏风的小屋，在火车上为了看见银河用尽办法遮挡车灯所散发的光。即使是这样，老王依旧没能看到自己想看到的风景。此外，文中还提到有两次老王差点可以圆梦的机会，但是都被他错过了，或许是因为有遗憾，梦想才显得更加可贵。

其实老王所追求的不仅仅是一个没有雾霾的夜空，他所希望的是一种纯粹的美，是诗意与远方，不加以任何修饰的美。生活在都市里的人大多忙忙碌碌，心灵早已经被蒙上了灰尘，看不见那种无瑕的夜。而老王不同，他的内心深处还一直有着一点光亮，那就是他希望看到一个没有任何遮挡的夜空，这也是他所追求的。内心里有着一个梦，能够让你一直坚持下去，也许这就是老王不同于其他人的地方。（张鑫）

蓝色的星

/陶立夏

“就是这样的生活。”你心想。一个遥远的小镇。院子里有棵苹果树，你在少年时栽下。那时你的父亲也还在，他教你辨认蛾与蝶。院子离山不远，离海也不远。但一切波澜不惊。你像被海浪遗忘的贝壳，渐渐褪色。

那年圣诞节你没买圣诞树，而是养了一条狗。下雨的日子你陪它散步。晴朗的日子它陪你散步。没人来喝茶，虽然客厅有一橱柜的碗碟和茶杯，但它们不是你的，它们属于你的妻子，曾属于你的妻子。你只用一只茶杯，一套餐具，每天。

夜里你睡在床的这一边，裹紧毯子，不让另一边雾气般的冷侵蚀你的领地。你甚至从来不朝着那一边伸出手去。知道鱼如何在网中越钻越深，再也无法逃脱。

你蜷起身，更像一枚贝壳。结婚的头几年，你曾喜欢给妻子取各种昵称。“我的小螃蟹”，你在清晨、午后、傍晚、深夜这样叫她。她讨厌这个昵称，但是她爱你。

你们在海滩上散步时，她会捡起一只只贝壳查看里面是否有寄居蟹。有一次她捡到了蓝色的海星。不属于这片海域的生物。或许是在到处乱窜的洋流里迷路了。她跑进浪里，努力把海星扔回大海，大声喊：“去吧，去吧。”你知道它会在这样的温度中死去，再也找不到回去的路。但你什么都没有说。你只是注视着你的小螃蟹，她站在浪与岸的边缘。头发飞起来，衣裙湿透。她会跑回来，回到你身边。她真美。

那一刻你明白幸福是这样一件具体的事，很多很多微小而具体的事。后来你知道，正因如此，当它离去后那些伤痕才如此具体，镶嵌在生活的每一条裂痕与缝隙中。

睡梦中你听见苹果落在地上滚动，扑通扑通扑通的声音传来。你差点以为那是自己的心跳。你努力想回到梦中，那是一个退潮的海滩般平静的梦，你可以在那里耐心等待自己离开枝头的那个瞬间。

你的妻子曾经喜欢说：万物自有其时候。蔷薇开花的时候她会这么说，下第一场雪的时候她会这么说，海岸解冻的时候她会这么说，捕鱼季开始的时候她会这么说。那是她从《圣经》中看来的话。而你已经好多年没有去过教堂了。

蔷薇其实一年四季都开花，但你从来没有这样对她讲。你有很多话都没有讲。有些忘了，有些来不及。比如，大西洋是蓝的，岩石是红的。

晚安，你对着黑暗轻声说。那无尽的深处，隐约有颗蓝色的星。

选自《小说界》2017年第6期

评鉴与感悟

作品以诗化的语言为我们讲述了一个失去挚爱的故事，令人哀伤与忧愁。就像是一条陷在渔网里的鱼，越是惊慌失措想要逃离，越是陷得更深，慢慢地，无法自拔。

大多数时候，我们总是不在乎那些我们所深爱的和深爱我们的那些人和物，总是觉得他们会一直在，永远不会远去。可当我们失去后才发现，原来所谓缘分都是有个期限的。于是，我们开始后悔，后悔自己当时为什么不好好珍惜那些难得的时光，那些美好的瞬间。后悔那些来不及说出口的话，后悔那些忘记提醒的关怀。

在失去后，我们总是会选择不去触碰那些熟悉的事物，避免走过那些熟悉的场景。因为回忆很痛，那些留藏在回忆里的瞬间，一触碰，撕心裂肺的痛。很多事情都不再有意义，因为少了那个让这个世界有色彩的光源，就像那颗蓝色的星，远远的在角落里，微微发出光芒，但却无法靠近。可它一直就在那里，提醒着你，提醒着你所失去的那些。每当你的伤口快要愈合时，他总会出现，让你想起过往，再次撕裂伤口。（张鑫）

姑娘，你是不是失恋了

/非鱼

那时候，我刚和她大吵一架。她把门摔得踢里哐啷，丢给我俩字：浑蛋。

然后，我去吃牛肉面。牛肉面拉得太粗，这我能忍；我说了微辣，依然放那么多辣椒，我也能忍；为我端饭的姑娘那么丑，我还能忍，最重要的，那个塌鼻梁大圆脸的姑娘脾气还不好。她居然把我的一碗那么粗糙的牛肉面朝我面前一蹾，汤洒出来，滴滴答答从桌上往地上流。我眼看着她的大拇指从碗里出来的时候沾满了油汪汪的辣椒，她还甩了甩。

如果她的容貌或脾气占了一样，我也不至于动怒。但哪头都不占就有点儿不讲理了。

姑娘，你失恋了？

姑娘立马警觉起来，瞪了我一眼。她的眼睛还不算难看。

我问你话呢，是不是失恋了？

她又瞪我一眼。吃你的饭，操闲心。一口陕西普通话。

我绝对不是操闲心，失恋了要哭出来，要不会憋出病的。

你才有病。

你这啥态度？我好心好意问你，你咋骂人呢？

塌鼻梁大圆脸的姑娘把大拇指在墙上挂的一块来历不明的布上抹抹，

给了我一个深深的白眼，坐一边玩手机去了。

也许是听到我们的对话，也许是没有人吃饭，闲了，厨师出来了，手里拎着一根棍，不像擀面杖。

浑身上下油渍满满的厨师把棍在一张桌子上敲了敲，不多的几个食客都抬头望着他，他在每个人脸上狠狠地扫一遍，接着敲他的棍子，只不过有了节奏，四三拍的。

姑娘冲我撇一撇嘴，有点儿挑衅的意思。

哎，这就怨不得我了。

我操起那碗面，手一扬，碗飞出去了，面条与汤分离，各自沿着各自的轨迹在空中划过，落在过道与桌子上，一部分汤落到了姑娘的裤腿上。

厨师停止了敲击，姑娘大张着嘴，其他食客选择夺门而逃。我其实也不知道接下来要干吗，想扔就扔啦。

姑娘最先反应过来，立马站起来，一张圆脸上两片嘴唇翻飞，我的耳朵里哇啦哇啦乱成一团。厨师就淡定多了，他只是停止了他的四三拍，在我肩上敲了一个休止符。

醒来的时候，我的身上依然能闻到牛肉面腥辣的味道，脸上似乎有血，胃里空荡荡的。

还能怎么样？我在寂静的街道上，像一个醉鬼一样摇晃。再晃一会儿吧，明天，就要和五道口说再见了。她？不行，想起来胃就疼。三年了，二锅头，茄子面，炭烧咖啡，帆布包，小酒窝，都长在肉里了，撕都撕不开。树叶乱飞，灯光乱舞，迷离难熬的夜啊。

巷口奶茶店的门还开着，贵州姑娘小美在。哥，回来这么晚，给你冲杯奶茶暖暖。

我靠在灯箱上，费劲地嚼着那些黑色的合成珍珠。对小美说，明天我就回去了。

小美说，我也想回，可回去了又想来。

他妈的北京。

就是。

她果然没回来，这是预料之中的。如果她回来了，我真不知道该说什么。她的小兔子牙刷还在，小熊头的毛巾也在，粉色的拖鞋也在，揉成一团的睡衣也在，那只小格子发夹不在。

我把她的东西一一放整齐，把我的归置到一起。

她居然把我的画全卷好了，还裹了厚厚一层报纸。也许就像父亲说的，我真不是那块料，还不如回家办培训班。我已经靠模仿过了半年了，画廊老板说，炉火纯青，销路好得很，他可以再给我接活。

我去过他的画廊后院，那间小屋子里窝了五六个人，什么样的画都画，哪个年代的都有。我进去，几个人看着我，一脸冷漠，他们很可能和我一样，都曾是美院的高才生。老板告诉我，你来，一个月少说也有两三万。

她不让我去。说她不喝炭烧，不吃松饼了。

我跟她商量。要不，跟我回去算了。

不行啊，太远了。她噘着嘴，腮边那颗小酒窝不见了。

东南西北，朝哪儿走都不对。我开始怀疑我的画笔出了问题，它们不听使唤，那些颜料也出了问题，怎么调都不对。

汪峰反复很费力地唱那一句，“反正像我们这样的人——生来彷徨。”我经常替他担心，那个调提不上来，最后一句飘了飞了。现在，是我飘了，飞了。

我把那些颜料倒进了马桶，画笔用一把火烧了。她抱着我哭，然后捶我，骂我，我让她滚。

北京西站真冷啊，芜芜杂杂，人真多，有来的，有走的，就是不知道有没有和我一样狼狈的。

车开了。枕着她帮我卷起来的画卷，我开始想她，想北京，想贵州姑娘小美，想那个塌鼻梁大圆脸的陕西姑娘。对不住了，该哭的人不是你，是我。

选自《芒种》2017年第12期

是随波逐流还是追求理想，这是摆在主人公面前的难题，也是我们不得不时时面对的困境。辣椒太辣，面条太粗，服务员太丑，一件一件的小事堆积起来，直到大打出手，不过是为了内心的困扰，是主人公所不愿也不敢面对的现实。作品的巧妙之处在于：冷静地叙述一起看似莫名其妙的意外事件，不动声色中传达出一种难以厘清的意绪、一种难以言传的苦痛。

其实，主人公的境遇不过是一件很普通的事情，有太多太多的年轻人面临着一样的两难境地，是继续在一个陌生的城市里苟且偷生，还是回归故里过一种波澜不惊的生活。而这两者之间又往往会夹杂着一些令我们难以割舍的，比如恋人，比如理想。一开始怀揣着炽热的梦出门闯荡，可生活总是会泼下一盆冷水，浇灭那些滚烫的青春，让我们学会低头。这就是成人们所说的成长，可这成长令人失去太多，以至于后来的我们变得冷漠，不在会为一些事情而满腔热血，不在因愤怒而失去理智，学会了虚与委蛇，学会了笑里藏刀。整天活在一个冰冷的世界里，没有温度和感情。希望啊，以后的人们可以坚持自己的梦，不在被生活所胁迫，勇敢追逐。（张鑫）

城市的老鼠

/飞鸟

我在《涡河》编辑部谋到份工作，租了位于光明路上的一套两室一厅。房子于我很适宜，离编辑部近，租金便宜。

安燕初次来这套房子，转上逼仄的楼梯走到四楼，说，晕，咋像老鼠洞。我说，年租金四千。她笑笑，没说话。这证明她对这套房子认同了。认识三四年，彼此很多细节心有灵犀。

晚上，路灯闪烁的光芒映在窗户玻璃上闪闪烁烁。

她把脱下的衣服一件一件挂在衣架上，挂一件看一眼窗户，淡黄色的窗帘拉得严严实实，她还是不放心。

突然，一双黑眼睛瞪过来，她跳起来，拖鞋从脚上滑落。她光着白花花的脚丫，站在起了浮尘的水泥地板上，指着黑眼睛说，嘿，你看。说着把内衣捂在胸前。我看，哈，书柜角落露出一只小脑袋，长长的胡须，圆耳朵，一只小老鼠。我说，老鼠。

安燕忽然又指指衣柜上面，说，还有呢？我点点头，说，等一会儿书桌上还会跳上一只呢。话音刚落，一只浅灰色的老鼠顺着椅子跳上书桌，蹲在一本书上，前爪捋着胡须。我说，不管它们。拉灭了灯。安燕不喜欢它们，说，它们打扰到咱俩了。我笑笑说，也许，咱俩打扰到它们了。

《涡河》季刊是县文联主办的文学刊物，三四个人，共用一间大办公室。由于出版周期长，工作不算太忙，当然，工资也不高。不过，编辑部设在县委综合楼，进去出来时的虚荣心得到满足。

腊月二十三，安燕单位放假了，她陪我过完小年，回许昌老家。编辑部要等到二十六才放假。安燕走后，我与城市的老鼠安然共居，少却很多寂寞。城市的老鼠体型都很小，机灵、调皮，不喜欢乱咬东西。我的衣物从没被它们咬坏过，只是它们喜欢恶作剧，给衣物留下很多重气味的痕迹。它们时常坐在书上，望着我，黑眼珠不动，里面汪着水，莫名其妙地有趣。

编辑部终于放假了。我顺着涡河堤走了很久，踅到省道上，截了辆短途客车，回到夏村。

很多在外谋生的人回来了，很多小车停在院门口。阳光一团团砸在崭新的车上，迸溅起无数闪烁刺目的亮。不知道为什么，我感觉乡村的阳光有点眩晕。

大港正拉开车门，看见我，关上车门走过来，咧着厚嘴唇笑。他羊毛大衣的高领被粗脖子撑满，露出小拇指粗的金链子，大作家，怎么没开车回来？说着，戴着金戒指的手扔过来根“大中华”。我笑了，说，买不起车啊，哪像你是大老板，没事数钱也能累到抽筋。他嘿嘿笑，打着火机帮我点烟，问，嫂子还没信？我吐口烟，不语，摇摇头。走七八年了啊。他也摇头，说。

女人离开男人无非就是一个原因，不爱了。其实这个原因背后还有无数原因，像一条大河有许多支流。她离开我背后的很多原因我一一清楚，因为她走后，我曾日日夜夜探索那些支流。后来明白了一个道理，不同种类的鱼生活在不同种类的河里。我不怪她了，还开始为她祝福。

我觉得生养我几十年的夏村与我有了距离感，这种感觉虽然不分明，但却是实实在在的。在儿时的玩伴间，找不到共同的字眼可以交流，目光也很难落在同一个地方。这些不仅仅因为这些年他们与我在生活方式和金钱上的悬殊，也许，我们现在都真正长大了。

我觉得孤单。也许，每个人都觉得孤单。

我知道，出外谋生的他们在异乡虽然挣了些钱，可所受的辛酸，也是不堪言的。他们并没有疏远我，相反，都对我很亲热。也许他们觉得我在县委综合楼上班也是一种荣耀。

我觉得孤独。也许，每个人都觉得孤独，初二，我回县城了。打开门，老鼠们四处蹦跳。

我想哭，终于没有流泪。

晚上，路灯闪烁的光芒映在窗户玻璃上闪闪烁烁。

门响了，我打开门，安燕扑进我怀里。

我问，燕子，你怎么回来了？

她把眼泪擦在我的脖子里，说，有点想念城市的老鼠。

选自《天池小小说》2018年第3期

评鉴与感悟

作品以城市里的老鼠为题，不只是为了引人注目，而是隐喻人的处境，我们——在城市打拼的小人物们——孤独而又顽强地活着。

在偌大的城市里，可供我栖身的出租屋如老鼠洞般狭小，摩肩接踵的人群中，我独自一人，唯有老鼠“时常坐在书上，望着我，黑眼珠不动，里面汪着水，莫名其妙地有趣”。“我与城市的老鼠安然共居，少却很多寂寞”。作品里“我”与老鼠和睦相处中，“我”与老鼠的“惺惺相惜”中传达出一个漂泊者内心无尽的孤独与寂寞。

城市里的老鼠啊，自由自在，所图不过是一日三餐，无忧无虑。生活在城市里的人何尝不是如此呢。不管生活抛给你什么，你都要学会接受，学会处变不惊，永远地将生活继续下去。（张鑫）

他乡是故乡

/阿社

李博在上午上班的路上突然发觉，这马路上的汽车好像捉迷藏似的躲了起来，偌大一条马路，以往这个时候拥堵得厉害，现在却空空荡荡任你驰骋。不就是一个月的时间吗?

一个月前，主管把他拉到一边。主管神秘的眼神加上亲昵地一拉一扯，让他感受到藏掖不住的关怀。果然，主管说，差不多过年了，我的新车落地了，这旧车也该淘汰了，二手车行给了价，五万，这价钱还算客观，但我心里琢磨：这部车我开了十年，知根知底的，从没大修过，还不如卖给你算了，就四万!

李博说，我现在哪有闲钱买车？而且买了车，还要养呢。李博说的是实话，但听主管这么一说，倒是有点动心了，主管的旧车，他熟悉啊，不仅坐过，也开过，四万块，肯定值!

你不是准备接你儿子来惠州读书了吗？没部小车遮风挡雨，怎样接送?

唉，确实钱不够，而且这个春节准备回趟老家把小孩接过来，又是一笔开销啊！李博叹道。

主管摇了摇头，就没下文了。下午差不多下班的时候，主管又对李博说，二手车行来了电话，说有客户准备来看车，叫我明天把车开过去，你究竟要不要，除非你将来买新车，要不真的可惜了!

新车？更没可能了。李博想到遥不可及的新车，把头摇得像拨浪鼓。

主管看出李博的心思，说，要不这样，我给你出个主意，这个年你不要回老家了，就在厂里留守加班，有三倍工资，同时又能省下回老家的开支，这钱不就出来了？还有，这四万块钱，你先给我两万，剩下两万，让你欠着。

那小孩怎么办？

小孩怎么办？你不会想办法呀？你堂弟不是要回去吗，你不会让他把小孩带过来吗？真是的！主管瞪了李博一眼。

李博回家跟老婆一商量，觉得主管说得有道理，咬咬牙，狠下心，就把车买下来了。

就这样，李博在去年置下一套逼仄的二手房后，又成功地成为有车一族，加入了这座城市房奴加车奴的行列，压力顿时填满了浑身每一个毛孔，就像上下班时段这条通过工厂的马路，拥挤而焦虑。

冷不防，一个月过去了，毫无征兆地，这条马路就冷清下来，李博恍然大悟：春节已迫在眉睫！决定回老家过年的那几个月，心里还热切地惦记着，一个突然的决定，说不回就不回了，李博这一想，心情也像这条马路一样空荡荡的。春节越近，马路上的车辆越发稀拉，李博这种空荡荡的感觉一直持续到除夕那天下午。

除夕下午五点，李博赶到花市买年橘，正赶上摊主在砸卖剩的花木，摊主对李博说，白菜价，年橘大的五十元，小的二十元，红运当头每盆十元任意挑。李博说，砸也是砸了，大的年橘二十元，行吗？摊主说得坚决，不讲价！说时手起锄落，又砸掉两盆，以示态度。最后，李博买了一盆小的年橘和两盆红运当头。

李博回到家时，老婆已经张罗好了年夜饭。李博掏出手机，给老家打回电话。刚才在花市时，儿子打电话给他，问爸爸你们吃饭了吗？又说，爷爷喝多了，睡觉去了。李博问，不是跟你交代过，要照顾好爷爷奶奶，你怎么能让爷爷喝多呢？儿子答，爷爷说我过年后要去惠州了，他开心，他一开心就喝多了。开心？李博想，儿子可能只说对了一半。当时，他正在买年橘，匆匆跟儿子说了几句，说回头爸爸再给你打电话。

接电话的是李博的母亲。母亲说，小家伙出去买鞭炮了。

李博说，妈，要不，你跟爸年后也一起来？

不了，这家里的农活谁来干？再说，我和你爸也过不惯那边的生活。母亲回答得干脆、认真，这让李博心生愧疚，他现在还没有把父母亲接过来的计划，这句话问得多少有点客套。

李博突然想起了主管曾经几次跟他提议过，现在开发区对外来务工子女入学有了优惠政策，赶紧把你的儿子接过来，而且你得提前一年半载，先让他适应适应这边的生活。主管话锋一转，又说，把小孩丢在老家，这隔代教育不好，可别耽误了！主管的话说得在情在理，从那时开始，把儿子接过来就成了李博的念想。当李博从儿子口中获知父亲喝多的时候，心里咯噔了一下，这小子从小就调皮捣蛋，在他最难带的时候丢给了父母。现在，当他已经成为他们生活的一部分的时候，又要把他从他们身边带走，且如此简单、生硬。

开饭了，妻子给李博倒上一杯白酒。这酒让李博想起了此刻已经喝醉的父亲，他不知道父亲喝醉之前的心情是否也像那条空荡荡的大马路？

李博举起酒杯，对着故乡的方向，一饮而尽……

选自《小说月刊》2018年第7期

评鉴与感悟

作品截取了李博日常生活中的几个片段，在内敛、冷静的叙述中传达出凄苦的人生况味。

主人公李博，千千万万个在城市中奋斗的上班族中的一员，为了房子和车子背负上了沉重的债务。他们将孩子和老人一同留在家里，一直承诺着，等“我”挣够了钱就把你们接来，或者是，等“我”挣够了钱就回家去看你们……然而，老人和孩子们等来的确是一次次无法兑现的承诺，一次次村口徒劳的守望。总是在说等挣够了钱就怎样怎样，可是人的欲望哪里是那么容易满足的，好不容易买了房子，又渴望着买辆车，可等买完车后又在想着换一个更大的房子和更好的车子，这样就可以把父母和孩子一起接来。可日子就这样一天天地在渴望中飞逝，等到终于得到了自己想要的一切，发现父母已时日无多，孩子也和自己越来越生分。

只把他乡作故乡，一语道尽城市漂泊者内心的无奈、茫然与酸楚。（张鑫）

迷 失

/崔立

孙涛常常想不通蒋芳在想什么。

比如说，早上起床。蒋芳明明醒了，孙涛去了趟卫生间，洗脸刷牙，又到外面跑了一大圈。蒋芳还没起床。蒋芳的眼睛睁得大大的，大大的眼睛看着白白的天花板。孙涛出去时，蒋芳的眼睛这样睁着，他回来了，还是这样。

这不是第一次了。

那一天，孙涛终于是忍不住了。当孙涛回来，还看到蒋芳这样。孙涛推了推蒋芳，说，你在想什么呢？蒋芳说，没想什么。孙涛说，那起床吧。蒋芳摇摇头，说，不。孙涛掀开了蒋芳的被子，寒冷像条蛇钻进了被窝，蒋芳屁股底下像装了弹簧般，猛地从床上跳了起来。

晚上，蒋芳感冒了，先是流鼻涕，鼻涕像顽皮蠕动的小虫子，缓缓地从鼻孔中钻出来。一包刚拆封的纸巾用完了，小虫子还没爬完。后半夜，蒋芳的咳嗽声很响亮，睡在外面沙发上的孙涛，被生生吵醒。早上后，蒋芳就不让孙涛睡屋里。蒋芳的脸上写满了坚持，那坚持，孙涛看到过，孙涛没再坚持。两个人，总要一个人要选择退让。蒋芳的咳嗽声一阵紧似一阵。好几次，孙涛从沙发上站了起来，又坐了回去。是不是因为自己早上掀开了蒋芳的被子，而让她受了凉感冒的，孙涛也不知道。

孙涛的眼睛也看着天花板，黑暗中的天花板，黑黑的，什么都看不见。孙涛这么看着，莫名其妙地看了一夜。

天快亮的时候，孙涛迷迷糊糊中睡着了。孙涛睡得很沉。醒过来时，阳光透过落地窗照在孙涛的身上。只有正午的阳光才能照到沙发上。没有蒋芳的声音，孙涛走过去，房间的门开着，衣橱的门也开了，已经没有蒋芳的衣服了。

孙涛打蒋芳的电话，电话响了几下，没人接。又打，电话又响了几下。再打，手机已经关机了。

摸着手机，孙涛担心蒋芳。孙涛爱蒋芳。蒋芳一定是有什么事情。孙涛不愿蒋芳一个人承担苦痛。现在，孙涛还懊恼，懊恼昨天早上掀了蒋芳的被子，自己不该这样的，更该做的，是和蒋芳交流。

从什么时候起，孙涛和蒋芳没有交流了。往往，孙涛晚上加班回到家，洗个澡，就躺在床上睡了。孙涛再醒来时，就是大天亮了。

孙涛出门了。孙涛去的第一站，是一家肯德基店。蒋芳从外地来上海，蒋芳的朋友都是她曾经工作过的同事。蒋芳来上海的第一份工，就是肯德基。蒋芳说，这是她梦开始的地方。孙涛来到账台前，看到一个女服务生的背影，像蒋芳。孙涛刚要叫，蒋芳。女服务生回过了头，不是蒋芳。孙涛问，蒋芳在吗？女服务生说，蒋芳？谁是蒋芳？几个服务生都摇头，说不认识。这里的服务生，看来是换过几茬了，已经没有人知道，蒋芳是在这里工作过的。

孙涛又去了一家中介门店，门口的小黑板上画着一个房的房型。两个房间，一南一北，中间客厅，边侧有厨房，还有卫生间。孙涛是在这里认识的蒋芳。蒋芳站在这块小黑板处，说，先生你好，有什么需要帮助的吗？孙涛说，我想租个房。蒋芳说，好啊……两个人好了的时候，蒋芳说，哪一天，能有我们自己的房，就好了。孙涛说，对，要有两个房间，一间我们的，一间我们孩子的……孙涛还在想着，一个穿着西装的男人走了上来，说，先生你好，有什么需要帮助的吗？孙涛说，蒋芳来过吗？你认识蒋芳吗？男人摇摇头，一脸木然的表情。

孙涛还去了一家移动营业厅，一家游乐场，一家川菜馆……孙涛走了一天，从阳光正好，一直到了夜幕降临。孙涛不是第一次这样走路了，以前做销售，天天这样走路。

蒋芳像消失了。孙涛用了一周的时间，找了蒋芳，没有找到。孙涛也用了一周的时间，考验老板的耐心，就这样被开除了。

孙涛从公司拿走了自己的东西。一周后，孙涛又拿着这些东西去了另一家公司。上海最缺的是愿意干活的人。孙涛重新工作的第一天，就开始加班，无穷无尽地陷入加班中。新老板说，孙涛，我看好你！是为了这句话，还是为了躲避蒋芳离开的孤寂，孙涛不知道。

孙涛还是打蒋芳的电话。电话从没通过。有时候，孙涛恍惚地想，蒋芳出现过吗？出租屋的墙上，有蒋芳贴过的一张上海的城市地图，上面有她标识的一个个红点，那些她曾经待过战斗过的地方。

选自《劳动日报》2018年5月10日

评鉴与感悟

初读作品，像是在看一部老旧的黑白无声电影，伴随着播放机的沙沙声，孙涛和蒋芳两个人的生活徐徐地展现在我的面前。他们之间没有激烈的冲突或是紧张的矛盾，像一碗平淡的白开水一样。蒋芳离开了，谁也不知道蒋芳到底为何离开，到底去了哪里。我想，或许蒋芳自己也不知道自己到底为何离开，蒋芳的离开或许只是想去寻找那个曾经的自己，那个曾经朝气蓬勃的自己。和孙涛在一起的生活对她来说曾经很美好，可随着时间的侵蚀，当初的那些美好已经不复存在。这样的日子让她觉得渐渐被销蚀，而离开也许是一种解脱。

但对于孙涛来说，蒋芳的离开是一种打击，一种令他疑惑不解的问题，是自己哪里做得不够好吗？到底是什么让蒋芳离开了自己。

我认为他们两个谁都没有做错什么，只是每个人面对着在这冗长枯燥的生活里迷失的自己做出了不同的选择，蒋芳选择离开，而孙涛选择继续留下来。其实不光是他们两个，很多人也是一样，我们都在这漫长的生活里渐渐迷失，而后变得麻木，冷漠。更为可怕的是我们往往意识不到我们已经迷失在生活里，因为有太多太多的繁杂琐事等待着我们去处理和解决，于是我们的热情就这样一点一点地被消磨，直到全部消失不见。我们每个人的精力都是有限的，当我们不得不为了生计而奔波时，我们就会常常忘记自己那些曾经美好的梦想，忘记那个充满活力的自己，遗忘过后便会迷失在生活里。（张鑫）

东主有喜

/亚华

刘一官是造寿材的。

1975年夏天他决定偷渡前，就知道有这么一条挣钱的门路：在新界开木工坊的表亲需要一个造寿材的小工。

这年木匠出师的他刚满二十三，听说在香港只要勤劳，钱是随手可得，只是偷渡这样危险的途径实在让人心寒。

犹豫了近一年，其间表亲帮着设计好下水和游到对岸后接应的时间地点，刘一官才横下心去拼一把。

从老家出发那天，刘一官躲开家人担忧的眼神，背起救生圈时暗下决心：先搏命捞钱，后回归置业！

就这样，平日里三棍打不出个屁的刘一官做了一件让全村人震惊的事情！

还算老天保佑，在有惊无险的陆路和水路跋涉后，刘一官在围村里当起了黑工；直到1982年获得居留证，他才到市区那家小小的店去蹲点。

第一次到门店那天，表亲从柜台里翻出一张烫金字红纸，往门上一贴就拉着他到墓园去见识丧葬行情了，看门的是：东主有喜！

刘一官边走边想着这张“喜帖”，感叹人们带着喜出生，之后盼着过喜日子，但像他这造寿材的，天天操办的是“白喜”，挣到手的钱花出去时，心情总有沉重的感觉。

一个晴和的上午，店里进来个阴沉的女人，摆着架势说：我要订造寿屋，请师傅报个价！

刘一官即刻应道：啊系！

女人接着说：我要上好的楠木，龙舟造型，材头、龙身、龙周和厅堂的造艺都写在这里了。

说着她递上一张纸，刘一官接过后沉吟道：啊系！

很奇怪，两人告别后心里都打起鼓来，感觉围绕四周的空气中有种异样的东西在游动，像是对上口的乡音，又像是深藏心里的隐秘在暗暗默认着。

之后的几天他们确认了订造的诸多事项，其中一项是刘一官必须上门由雇主督造寿材。

那天天刚亮，刘一官从柜台里拿出一张烫金字的红纸，往门上一贴：东主有喜！

走几步后他回头望望被风吹弯了边角的“喜帖”，看上去整扇门像带了一丝笑意。他捋捋头发，叹息当初带着决心的自己感受到的是如此“悲喜”，而转眼间，他已是四十岁的人了。

就这样，刘一官来到浅水湾，熟识了有个古代女英雄名字的女人红玉，还有造家具发家的顾老爷，才知道他们都是同乡。

顾家把花园里的杂物房空出来给刘一官造寿材，他明白像多数老派富翁那样，顾老爷早早就为自己订造地宫豪宅了。

在相处中，刘一官发现红玉并不阴沉，也没有当初摆起的那般架势，而红玉也发现他并非只知道应答“啊系”的唯诺男人；最终他们把潜藏的隐秘摊开来，原来红玉二十岁那年随蛇头坐船偷渡来香港，一直在顾家做用人。

其实他们的老家就是紧挨着的两个村子，当年两人都不约而同做了件令村人震惊的事情，但近二十年后的相识却感受不到愉悦，只有莫名的无奈。

似乎无须过多思虑，也是因寿材而结缘，老大不小的两个人相识不到半年就结婚了。

虽是喜事，他们却毫无操办的念头，只是叫亲朋好友吃一顿，倒是店铺门上贴的那张大号烫金字红纸表达着一对新人的意思：东主有喜！

有一天红玉靠在丈夫肩头上说：当年我坐船偷渡时怕得要死，上岸后感觉就像捡回一条命，后来就摆起架势了，觉得这样才不会受欺负。

刘一官很想说说自己当年游水时也是怕得要死，之后窝藏多年就架势不起来了。不过最后他只是应着“啊系”，心想身边的女人何时从梁红玉变成了林黛玉。想到这里，他呵呵笑了几声，之后发觉多年没有这样的笑了。

这样的笑仿佛是转变的开始，1997年春天两人回老家随亲友参观了绵延数里的家具大道，道路两旁初具规模的商铺让他们感慨万千。

虽然多年来的命途差强人意，刘一官却觉得即使满地都是钱，也并非随手可得，人们嘴头常挂的“捞世界”，不过是经年累月必需的生计，而随着世事的变迁，哪里的世界不是一个“捞”字？

就在这年夏天，夫妻俩在老家承包了一座家具城。

时隔二十多年后的回乡，似乎应验了当年刘一官的决心，而对在香港谋生的日子，他是很感念的，但却奇怪自己临别时刘一官带走留作纪念的，只是店铺里的一张帖：东主有喜！

选自《羊城晚报》2017年10月16日

评鉴与感悟

作品讲述了为了谋生而背井离乡的客乡人的一生。

半个多世纪的沧桑变迁被置于背景的位置，贯穿主人公一生命运的是那烫金红字“东主有喜”。

刘一官以制作寿材为生，偷渡到了香港，在香港心惊胆战地过了大半生，“东主有喜”也见证了他的辛劳，他的卑微、他的酸楚、他的幸福。直到年老返乡，刘一官只带了那一张烫金字的红纸。

刘一官有句话说得很对，这个世界上，所有的钱都不是好捞的，我们终其一生，不过是为了生计而奔波，不过是一场不可不为的行程。到最后，我们都会回到起点。回首过去，细细品味着这一生的奔波，纵使是那些当初觉得难以忍受的苦痛和折磨，现在也可以笑着回味。我们不论在哪里都会面临着生计带来的难题，总有人说，某个地方赚钱特别容易，去了就可以发大财。当真正去过后才会知道，哪里有什么容易的地方，只不过换了个方式生存。但回家的时候，当别人问起，却会大笑着说，那里真的是遍地都是金子。

生活让我们进行一场场旅行，那我们就不要在意终点在哪里，看看沿途风景，过完这一生，亦足矣。（张鑫）

第九辑

活成机器

/蒋寒

仰躺，闭目，呼吸阳光。

感受阳光滋润每寸肌肤，抚摸每根神经。这是老洪在敬老院最享受的时刻。

躺在走廊的轮椅上，品尝自然的馈赠。革命事业干了一辈子，老了老了，还是感觉在敬老院踏实、温暖。儿子一家在国外，接他去度晚年。呼吸不惯洋风，喝不惯洋水，去几回，胃里翻江倒海几回，差点把命搁那儿了。一方水土养一方人！老伴儿的骨灰在国内呢，墓碑下还留着他的位置！走了，谁陪她呢？找了许多借口，目的就一个，故土难舍。儿子就每年回国出差来看看他。看与不看没两样。教他用微信视频，看见打上洪氏烙印的小脸蛋儿了，听到洋味十足的“爷爷好”，知足了。

敬老院的工作人员也都好，不是亲人胜似亲人。可那些跟他一样来安度晚年的老哥老姐似乎感觉不好，成天心事重重的样子。若不是前阵子坚持晨跑摔了一跤，也就去给他们解闷儿去了。躺在轮椅上，就规矩点吧。规矩，就是享受。真好，阳光，还有熟悉的空气。

“老洪真是赛过活神仙啊!”

老冷的声音。睁开眼，已坐在他旁边，笑眯眯地看着他。忙坐起来，反手将靠背抽起来：“怎么，没跟他们去活动，娱乐娱乐?”

“娱乐啥，都郁闷呢！”

“咋的了？”老洪忙问。

“老刁的儿子来看他，话没几句，只顾埋头玩手机了。老刁看不惯，说，你忙就别来了。儿子头都不抬一下，说，再忙我也得来看你啊，你是我爸啊。老刁生气道，还知道我是你爸啊！儿子不吭声，眼睛也不离开手机。这什么情况啊？老洪，手机比人重要吗？老邵更冤，当初死活不来，他女儿说，敬老院住着比待在家里让她放心，至少有很多伴，不孤独，还教他网购，说是都无人超市了，人工智能了，买啥都不用出门了，手机登录APP，淘宝下单后，人家快递公司就送上门了。老邵没好气，吃饭也不用上餐馆了？女儿说，当然哪！上海无人餐馆也出来了，点什么菜，APP上操作就行了。还有快餐，可以直接送到你手上。老邵说，那还要人干吗？他女儿眉飞色舞，说，当然哪！下一步，就是机器人代替人类……”

“笑话！”老洪打断老冷的话，“不是说你，我是说那些异想天开，满嘴跑火车的东西。代替人类，机器有感情吗？机器有思想吗？”

老冷说：“可听老邵女儿的口气，说是很多企业生产线被机器人取代了，很多人下岗，说是连新闻都用机器人写了……”

“只能说，之前很多人活成了机器！”

“对，机器，循规蹈矩，按部就班，可不就是机器！人类是有创造性的，机器永远不可能取代。机器只能靠人输入程序，而它本身无法适应社会的千变万化，适应人类人为干预的复杂形势。老洪，跟你聊天，就是茅塞顿开。”

老洪苦笑着说：“人类已出现感情断带了，一些人为了掩盖自己无情的丑陋，于是发明了机器人，说是机器人可以代替人恋爱、结婚、生子，真他娘的是石头缝里蹦出来的。若干年后，地球上就只剩下废铜烂铁了……”

老冷指指大院里停的车辆：“看看，都是假惺惺忙里偷闲来看老人的。说是看，其实是换个地方看手机。老何更可怜，他儿子说，连上班都在手机上上了。说单位建了这群那群，开会通知布置工作，全在群里，离开手机感觉跟下了岗一样……”

“呸！都不是人了，是机器了！”

“是啊，人创造了机器人，最后把自己变成机器人，难道这是他们的终极目标?”

“可不，他们先发明机器人，来证明人类以前如何不如机器，再提醒人类赶紧变成机器，然后再超越机器，变成更好的机器，取代机器。又发明更尖端的机器取代人类。人要变成机器，故而就得先将自己变得冷冰冰没情感……”

老洪一席话，真是醍醐灌顶，老冷朝他竖起了大拇指：“难怪你跟他们不一般见识！在敬老院，你是绝对的这个！听说你儿子在国外也是搞计算机的。”

“他不搞机器人。”

“那是，有你这样的父亲，他不敢。”

楼下的喇叭响了，又有车离开。老洪放平靠背，躺下，喃喃道：“折腾吧，都是机器人了，都不用进敬老院了，直接扔垃圾站……”

惊愕！老冷彻底变成了机器人。

选自《苏州日报》2018年3月8日

评鉴与感悟

从某种意义上说，科技的进步是把双刃剑。它在给人类的生活带来极大便利的同时，也使人类陷于更大的迷惘与困惑之中，正如《活成机器》中的疑问：“创造机器人，最后把自己变成机器人，难道这是他们的终极目标?”

作品中，老刁、老邵、老何抱怨孩子们不像话，活得像个机器人，是因为孩子们已经忘记了与亲人相处的快乐与美好，在疲于奔命的现代生活中不断剥离人的本质，飞快地变成一个个齿轮，一个个原子。

早在19世纪，马克思就批判资本主义大工业生产将工人异化成“非人”；到了20世纪，马尔库塞进一步说明，生产带来的消费使人变成了“单向度的人”；而进入21世纪，由于互联网技术的普及与发达，人类社会的原子化程度进一步加剧。“人类社会该向何处去”这一问题，变得异常严峻。是进一步异化、堕落以至崩溃，还是重建信仰，利用科技的发展重现人类的黄金时代，这值得每一个人反思。

无论问题的答案为何，眼下老洪的敬老院都是凄凉的。老洪以为国外的儿子在搞计算机，不搞机器人，殊不知，正是计算机技术的进步才带来了机器人出现的可能。从此意义上来说，老洪的期待也被解构掉了，这才会有小说末尾老冷对老洪所说之言“一语成谶”的担心和恐怖。作品试图发人深省，故结局是冷峻的，那现实的结局呢？也会是如此吗？（蔡晓峣）

老孙的科学生活

/迂夫子

老孙怎么也没想到，自己的生活会被一枚小小的手环打乱了。

手环是上大学的女儿送给他的。老孙嗔怪女儿："弄这么个黑圈圈套在腕子上，别扭呢！"继而又问道："花了多少钱啊？"

女儿笑笑，说："老爸，这是商场免费赠送的。你戴着吧，别看这么一个小小的圈圈，它可是会记录你所有的秘密哟！"

女儿的话，让老孙很疑惑。捏捏腕上的手环，寻思就这么个橡胶圈圈恁厉害？

老孙戴着手环，起初还有点别扭，时间一长也就没了感觉。每天上班下班，一如往常。除了办公室的小王有天一惊一乍地说老孙新潮之外，再没人关注老孙的手环。老孙还嘲笑小王的一惊一乍，戴个手环就新潮了？其实，要不是女儿送的，老孙才不戴这黑乎乎的圈圈呢。

直到有一天女儿放假回来，把老孙的手环拿到电脑上查看，老孙才惊讶地合不拢嘴巴。女儿把手环记录的数据拿给老孙看，还很严肃地跟老孙讲："老爸，你得锻炼了，你这一天平均走不到两千步，这才消耗多少卡路里。"

老孙在机关上班，每天两点一线，平时开车，很少走路，更不用说锻炼了。老孙觉得女儿说得很对。女儿接着说："老爸，你这睡眠也不咋好啊，你看看，每天深度睡眠才这么一点时间……能休息好吗？”

老孙彻底被女儿的话惊住了：“这么个黑圈圈，知道这么多？”

女儿得意地笑了：“你得相信科学！”

老孙捏捏手上的橡胶圈圈，喃喃道：“现在这高科技真是不得了！”

女儿教会了老孙如何到电脑上看数据。老孙开始每天都要上网查一查看一看，知道自己每天走了多少步、消耗了多少卡路里。

老孙给自己定了一个目标：一天走一万步！

平时上下班能不开车就不开车，挤公交，甚至如果时间来得及老孙还提前一两站下车步行。有几回，看了手环的数据，如果差几百或者上千步，老孙就在客厅卧室来回走一走，一定凑够一万步。惹得老伴儿说老孙自从戴了这个黑圈圈人都变得魔怔了。老孙嘲笑老伴儿不懂，这叫“科学生活”！

走多少步，好控制，就是这深度睡眠实在难办。深度睡眠时间短，说明休息得不好。这是女儿说的，所以老孙开始在意自己的睡眠了。

可气的是，以前睡眠质量杠杠的，自从戴了手环开始了“科学生活”之后，老孙开始失眠了！潜意识里总是担心深度睡眠少，越是担心，越睡不好，越睡不好，越担心，陷入了恶性循环。

老伴儿看老孙一天天的憔悴样子，就劝老孙把那个手环摘了吧，天天被这么个黑圈圈管制着，何苦呢！

老孙瞪了老伴儿一眼，得相信科学！

终于有一天，老孙发现腕子上的手环不见了。老孙的“科学生活”一下子不科学了：老孙不知道一天走了多少步，也不知道每晚的深度睡眠是多长时间了。老孙一下子无所适从了。

老孙给女儿打电话，女儿答应老孙在网上给老孙再买一个，快递三五天就能到。老孙放心地等待，说也奇怪，在等快递这几天，老孙竟然每天都一觉睡到大天亮。

老孙给女儿打电话说：“还是把那个手环退了吧。”女儿不解地问为什么，老孙笑笑说：“别活得太科学了，累！”

选自《羊城晚报》2017年12月18日

老孙戴上了智能手环，过上了智能生活，这叫啥？新潮！但老孙为什么会累呢？依我看，是因为自从老孙带上这手环，生活的主角就不再是他自己了，而是这手环，走多远路要听“它”的，睡多久觉也要听“它”的，时时刻刻都有“它”管着你，能不累吗？累，也不累，得看你拿什么法儿对待“它”。女儿让老孙相信科学，这没有错，有“它”提醒着老孙少开车多走路，身体肯定得到锻炼。但“相信”可不是“迷信”，瞧老孙数落老伴“不懂”的那个劲儿，他是把“它”当成了“权威”，当成了“偶像”啦。

我们到底该不该过“科学生活”？照老孙的意思肯定不行，因为“科学生活”意味着一板一眼、按部就班、丝毫不差，那个累哟。但不得不说，“科学生活”有它的好处，老人家身体禁不起折腾，要是有个什么大病小情的，戴了这个智能手环没准儿真能给监测出来，要不然，送去医院了，那些设备不也是“科学的”？指不定还“更科学”呢！所以说，这件事不怪智能手环，反倒得批评老孙，是他的心态不正，科学是给人的生活提供便利的，人可不能成为它的奴隶，否则不累才怪呢。在这个科技时代，保守、倒退是不可取的，还是调整心态，以人为本，和老伴儿一起快乐、幸福地“科学生活”吧。（蔡晓峣）

密码城

/凤凰

曾奇怪听说有一座城市叫密码城，他感到很奇怪。想来这是一座奇特的城市，于是他决定前去旅游参观，体验一下密码城的乐趣。如果这座城市真的不错，他就定居下来。坐飞机，曾奇怪来到了密码城。事实上，他并没有进入密码城，机场离城市还远着呢。曾奇怪下了飞机之后，又坐了一个小时的公交车。公交车在密码城外停下。

曾奇怪兴奋地跳下公交车，抬眼一看，密码城就像古代的城一样，有着高高的城墙，看上去坚不可摧，据说这城墙是用钢铁铸造的，大炮也轰不垮它。进城得通过城门。此时，城门前已经排起了长长的队伍。要进城，首先得输入密码。前面的人交头接耳，说果然是一座密码城，除了输入密码，没有办法进城。曾奇怪赶紧加入了队伍。

一些人顺利地进了城，一些人却因为输不对密码，只得遗憾地转身离去。队伍移得挺慢，好不容易才轮到曾奇怪。城门前的警察让曾奇怪上前输密码。曾奇怪上前几步，城门前的一块显示屏一下子就显示出了六道题，这六道题都是关于密码城的。每道题下面都有四个答案，六道题的六个正确答案就是一组密码，只有答对了六道题才能进城。在来密码城之前，曾奇怪就看了不少有关密码城的各种消息和资料，这六道题没有难倒他，他全都顺利地答对了。在他按下答案之后，城门便徐徐打开，他顺利地进入密码城。曾奇怪松了一口气，向前走去。要知道，六道题只有三分钟时间，时间一到就没戏了。每个人进城时答的题都不一样，电脑里的题每时每刻都在变，找谁帮忙都没用。

曾奇怪进了城，只见街上行人稀少，他笑眯眯地往前走去，发现所有的商场超市都大门紧闭，每家商场超市门前都没有保安，要进去，得先输入密码。曾奇怪笑了，这果然是一座密码城，只要是进门，就得先输密码，太有趣了！曾奇怪走到一家超市门前，一块显示屏上显出了六道题，全都是关于超市的。

曾奇怪一无所知，六道题全都答错。

曾奇怪一直向前走，又来到另一家超市门前，显示屏上也显出六道题，当然，还是关于超市的，曾奇怪当然还是不知道。他想碰碰运气，六道题对了两道，还是不能进去。他只得继续向前走去。进每一家超市都要密码，每一家超市他都不了解，当然，他就不能进去买到东西。

眼看时间不早了，曾奇怪也饿了，他决定先找一家餐馆饱餐一顿，享受一下这密码城的美食。可一看餐馆，家家都紧闭大门。想去吃饭，还是得先答题。曾奇怪走到一家餐馆门前，想碰运气，可运气不是碰的，六道题都是关于餐馆的，他一无所知，摇头离去。答不对题，说明不了解餐馆；不了解餐馆，餐馆就不欢迎你。这对任何人都一样。

后来，曾奇怪又连试了两家餐馆，都没能进入。看来，这密码城真是不简单，想碰运气蒙混过关，没门儿。曾奇怪决定就选个路边的小摊吃饭，可是小摊也要先答题，答对了就有饭吃，答不对，不好意思，您请便。唉，曾奇怪一连走了几个小摊都是如此，无奈之际，他求老板开开恩，老板把头一抬，毫不客气地说，您想吃饭，请先输密码！

曾奇怪只得继续向前走去，他实在是太饿了，走得也太累了，他决定坐车观赏。一辆公交车就在站台停着，曾奇怪刚要踏上去，门前的显示屏上又出现了六道题，他一看就头晕，六道题都是关于这辆公交车的，他一无所知，只好转身离去。这时，一辆三轮车过来了，曾奇怪招了招手，三轮车停下，曾奇怪傻了眼，一块显示屏，又是六道题。

曾奇怪当然答不对题，他可怜巴巴地对车夫说，大哥，您就让我坐坐您的车吧！我是外地来的！车夫毫不客气地说，连题都答不对，还想坐我的车，太不尊重人了！说完车夫蹬着三轮车迅速离去。曾奇怪摇头叹息道，想坐个车都这么难啊！然后，他继续往前走去。坏了，想解手了，他赶紧去找厕所。一个公共厕所就在前面，他连忙跑了过去。

厕所大门紧闭，门前的显示屏又出现了六道题，曾奇怪一看到题就急了，尿一下子就喷了出来，顺着裤子一直往下流，湿了裤子不说，多余的都流进了鞋子里。唉，曾奇怪摇摇头说，这密码城，还是不游也罢！然后，他慢慢地往城门走去。这时，他突然发现自己迷路了，赶紧拦住一个路人问路，路人没给他指路，却先让他答六道题。

曾奇怪听了掉头就走。路人生气地说，不想答题就想问路，太不尊重人了！曾奇怪走了很久，终于拖着疲惫的身子来到了城门。可是城门紧闭，他的面前又是显示屏，又是六道题，他赶紧上前答题。出城的题可比进城的题难多了，六道题他全都答错了。曾奇怪一下子瘫在了地上。旁边的警察笑了起来，这下好了，咱们密码城又多了一个人！

选自《天池小小说》2017年第10期

评鉴与感悟

早在1912年，奥地利作家卡夫卡就写下了被誉为现代主义开山之作的《变形记》，在这篇小说中，小职员格里高利因为变成了一只甲虫而受到人类的排斥。一百多年后，密码城里的人已全部变成了“甲虫”，当人类出现时，同样的情况发生了，只不过这回，“甲虫”和人类的地位发生了颠倒。在某种意义上，密码城很像现代社会的一个侧面，它不仅代表了“密码”即“科技”对所有事物、制度、规则的渗透，也代表了一种森严壁垒的压迫和隔绝。其背后的逻辑，不难看出是布尔迪厄所谓的“文化资本”，密码需要从书上掌握，谁拥有更多的知识，谁就拥有了在密码城逍遥自在的“钥匙”。跳出来看，科技进步带来的“科技至上主义”确实已经把人“密码化”“数字化”了。在移动支付全面覆盖的未来，会不会出现老人手持纸币却无法消费的尴尬呢？当人类，也就是小说中的曾奇怪，因为好奇而闯入了一个“科技至上”的社会，那么掌握并且迎合科技的人就会被主流接纳，过上美好的生活。反之，那些没有掌握“科技密码”的人，可能连基本的衣、食、住、行都没办法解决，以至于面临“尿湿裤子”这种斯文扫地的悲剧命运。一百多年前，卡夫卡笔下的K没能进入城堡，一百多年后，“密码城堡”的大门徐徐打开。“进不进”以及“如何进”，已经成为我们不得不思考的命题。（蔡晓峣）

一错而就

/胡正彬

牛二刚生下来就六岁了。1986年3月，一个春风浩荡的日子，在河南光山的一个小山村，牛二刚出生了。

真是生逢其时。

这是一个欣欣向荣的时代。但再好的时代里，也有不靠谱的人。遗憾的是，这个不靠谱的人，正好叫牛二刚的父亲碰见了，这个人，就是牛二刚那个乡的派出所户籍员。

家添男丁，牛二刚的父亲当然很高兴，第三天，牛二刚的父亲赶集的时候，顺便去了趟派出所，把儿子的户口给报上了。报完了，他老人家也没在意，多少年之后，牛二刚才被告知，自己被户籍员给硬加上了五岁，生日被错写成了“1981年3月”，这样，牛二刚比他的哥哥和姐姐都大了，成了家里的长子。

这叫什么事!

这件荒唐事，直到刘二刚考高中的时候才暴露出来，中招成绩一出来，牛二刚高兴坏了，拿了全乡第三名。这当然是个很漂亮的成绩，上县重点高中肯定没跑了，可是，牛二刚最终却等来了一所普通高中的录取通知书，比他低五十分的同学都上了重点高中。

牛二刚很不服气，一定是哪里出了问题，找人去县教育局上诉，得到的答复是："你年龄太大了，比同届同学大了五六岁，初中上三遍才会有这个年纪，老了苗子的树，没有培养前途了，分数再高，重点高中也不能要。"

真是冤枉，比窦娥还冤。

牛二刚很生气，又找人去派出所查原始档案，真的就是大了五岁，白纸黑字：牛二刚生于1981年3月。牛二刚彻底绝望了，又找人去派出所要求改年龄，户籍员回答："改不了，改名字可以，改年龄，没有证据，谁也证明不了你的年龄，况且，给你上户口的那位警察早已退休了。"

如此小的年纪，哪能受得了这么大的打击，牛二刚萎靡了很久，差点都抑郁了。好在他的高中班主任很会做思想工作："不要怕，高中招生可能看年龄，大学可不看年龄，只看分数。现如今，五十岁参加高考的人有的是，塞翁失马焉知非福，你就安心把学习搞好，等着名校的录取通知书吧。"

也只能这样了，只有华山一条道了，努力学习吧。为此，牛二刚还果断拒绝了好几个女生的约会，他知道，他跟别人不一样，他玩不起。

高考成绩下来了，牛二刚考得还可以，超出重点分数线十几分，这个分数，想上一本，很难。为了增加保险系数，牛二刚报了外省的一所冶金院校的冷门专业，选矿工程。

那一年，该院校该专业在河南计划录取十人，结果第一志愿有二十人上线，牛二刚是这里面的最后一名，牛二刚当然不知道，要是知道他肯定会很焦虑的。没想到，倒数第一名的牛二刚，居然被录取了。到了大学，牛二刚的辅导员一见面就任命他为班长，牛二刚很惶恐，上了这多年的学，他还从来没当过班干部，害怕自己干不了。辅导员说："你能干好的，你德高望重，我当初之所以录取你这个最低分，就是看中了你的年龄，你这个年龄，一定是复习了很多年，吃了很多苦，一定是个有毅力有责任心的人。"

原来，录取他的辅导员也是一个老复习生，同病相怜，牛二刚被照顾了。看来，这五岁还真不是白给的。

那就试着干吧，牛二刚很努力，大学四年，不仅班长干得不错，还当了学生会主席，还入了党，唯一的遗憾，是没谈到女朋友，女孩子们都认为他太大了，害怕有代沟。

2009年，牛二刚毕业了。此时，牛二刚的档案年龄已经虚岁二十九岁了，牛二刚又忐忑起来。人才招聘会见了几家企业，牛二刚怕人家说他欺诈，上来就告知了自己的档案年龄，当场就被人家摇头拒绝了。牛二刚很气馁，辅导员又出来做工作了："各花入各眼，别泄气，一定会有企业专门喜欢你这号的。"

不久，老家河南一家很有名的大企业来校招生，同学们都很踊跃，牛二刚也跟着去碰运气，第一眼就被人家看中了，当场签约，本专业就要了他一个。牛二刚再次提出自己的年龄，人家还很不耐烦："我是来招人的，不是来相亲的，年龄不是问题。"

参加工作了，首要问题就是找对象了，年龄不饶人，就是减掉五岁，也该找对象了。见了好几个，都被人家拒绝了，虽然牛二刚再三解释年龄是个误会，谁相信哩。

这回，牛二刚不气馁了，大龄女青年有的是，大不了来场姐弟恋。结果，姐弟恋没有弄成，牛二刚被一个高中女老师一眼看中了，人家说了："我就想找一个年龄大点的，成熟稳重，会体贴人的。"牛二刚还要解释年龄，当场就被挡了回去："看中的就是你这个年龄，再要小了，还不跟你玩哩。"

就这样结婚了。

时光飞转，牛二刚也有了房子车子儿子，唯一遗憾的，职务还没有，因为大企业人才济济，竞争太激烈，大家工作都很努力，都很有成绩，可惜岗位有限。

终于，熬到一个科长退休了，领导拟了三个接班人选，报到总公司组织部审批，结果只批下了一个：牛二刚。

理由很简单，公司有规定，过了三十五岁，就没资格提拔了，那两个虽然跟牛二刚是上下届的学生，都比牛二刚小五六岁，他们还有机会，牛二刚只有这一次机会了。

带有照顾性质的提拔。牛二刚又一次因祸得福。

选自《金山》2017年第12期

“塞翁失马，焉知非福。”错报了五岁，牛二刚三十多年的人生历程几度悲喜。对于牛二刚来说，世界上最伟大的作家，也比不上派出所的那个户籍员，能写出这么让人哭笑不得的“黑色幽默剧”。好在一路走来，虽然磕磕绊绊到底没出什么大的差错，没能上成重点高中，却侥幸去了心仪的大学。工作、对象、职务，也都阴差阳错地到了手，那还有什么好抱怨的呢？对于牛二刚来说，可能唯一让他感到遗憾的，是虽然达成了目标走的却不是自己设计好的那条路吧。其实，作品真正感动人的地方也在于此，每个人身上都或多或少地有“牛二刚”的影子，当初我们自以为能“如何如何”，但后来却不得不接受不同的结局，现实的结局看似与我们理想中的结局相差不大，但遇到的人、经历的事，已经远隔了几万重山水。“一错而就”，妙就妙在“错”与“而就”之间的关系，一回头三十多年时光已过，“而就”不是“错”的应然，却是错的必然。谁能对过去的岁月置以褒贬呢？在哑然中，生活的奇遇、挫折都归为了平淡，五年，也就仅仅变成了户口本上错了的五年。（蔡晓峣）

一棵树的非正常死亡

/鲍山宏

房子拆了一间又一间，村民搬了一户又一户，偏偏就一棵老树阻挡了拆迁的脚步。

树不是什么稀有树种，一棵乡下农家屋前屋后常见的老槐树。枝繁叶茂，冠大如伞，粗壮如柱，得两个成年人围抱方可。

这棵树生长在一户农家的院子里，主人非常珍惜。

“它已经有一百多岁的高龄了。每年的五月，槐树开花时，一簇一簇的槐花挂满树枝，满院子都是淡淡的槐花香，甜到人的心里去了。而且，这可不是一棵简单的树，中华人民共和国成立前不说，中华人民共和国成立后闹饥荒那几年，这棵树通人性，花开得格外多，槐花让饥饿的人采回家和着糠皮做成槐花饼。它救过我爷爷，救过我奶奶，还救过我爸和许多人的命。人得重感情，不能好了伤疤就忘记了疼，这棵树对我们是有恩的。”

树的主人说出这番话来，开发商傻了眼。

树不能砍，那就得移栽，可移栽工程耗资不菲，还找不到给这棵树安身立命的地方。议来议去，唯一可行的还是砍伐。

末了，主人一声叹息，说：“砍就砍吧。”

接下来就是谈补偿款，主人开口就要五十万。开发商找了几拨人，主人降价到三十万，少一分钱免谈。看着一树盛开的槐花，开发商愁肠百结，无以解忧。

槐树下不见了开发商。

这一日，老槐树下徐徐地开来一辆红艳艳的宝马轿车。轿车停稳，司机从驾驶座走下来，拉开后门，先是一双高跟鞋，接着是两条炫人眼目的大腿，然后就是一身华丽的锦绣旗袍，一个妙曼身材的美艳少妇出现在众人面前。

少妇款款地走到槐树前停了下来，司机从车子的后备厢里拿出一挂足有万响的鞭炮。少妇合掌瞑目于树前，司机则在一旁不远处点燃了鞭炮。顿时烟雾弥漫，爆竹声响彻云霄。放完鞭炮，司机又从带来的包里拿出一方红绸缎布，恭恭敬敬的双手托给仍站在槐树前的少妇。少妇双手接过，闭目有时。待司机退至一旁的人群处，少妇手托绸缎，前走几步，极其虔诚地举过头顶，面朝槐树拜了又拜，而后系于树身枝节处。

其时，旁观者中有人悄声地向司机打听少妇来历。司机也不隐瞒，告诉他人："这是我们董事长夫人，结婚十年了，却一直怀不上，前日得人指点拜见一位大师，大师告诉她，说这里有一棵百年多的老槐树，是一棵神树，有求必应，所以我们就来了。"

"啊？这大树还能求子啊?"

"不仅求子，还带着求财运呢!"

"真的?"

"信不信由你，那个大师很灵验的。"

一问一答间，少妇恰好完成了她的一套程序，转身走向轿车，司机见了赶紧跑过去替她打开车门。在一群围观者敬重的目光里，小轿车缓缓而去。

从那以后，槐树下就热闹了起来。求子的、求财的、求官运的、求升学的，等等，每天人来人往，络绎不绝，远远观之，老槐树下烟雾弥漫，缭绕不断。

老槐树是神树被传得神乎其神，身价自然不同以往，有人断言，开发商这回亏大了，看来他的项目只能给神树让路了。

慕名而来的人越来越多，其中不乏虔诚到骨子里的人，烧完香之后总要折一根或长或短的树枝带走，还有的剥块树皮带回去。

香火日益旺盛，神树日渐衰败。

一日深夜，有人烧香时竟引发火灾……

老槐树付之一炬。

没有了老槐树拦道，开发商的项目得以顺利开工，特设私宴，请有功之人共聚，席间有一靓丽妇人，开发商尤为敬重，此人乃本市戏剧团的一个普通演员，也是那天坐宝马车去老槐树下烧香求子的第一人。

选自《小说月刊》2018年第2期

评鉴与感悟

勒庞早就在《乌合之众》中描述过群体心理的不可预测和盲目，百年的老槐树扛住了灾荒时的饥民和揣着资本的开发商，但到底没能扛住前来上香的人流。要说，槐树的死在如今这个年代并不是“非正常”，反倒是“正常”。我们已经看到多少文物被毁、古建被拆、遗迹破坏的消息了。有些人甚至会说，一棵树的“死亡”算得了什么，再怎么宝贝，不也就是一棵树嘛。殊不知，槐树的死亡，代表的是文化的死亡，是人对历史的不尊重。因为这可不是一棵普通的槐树，中华人民共和国成立前不说，饥荒年代它可救过那么多人的命呐。而死亡的原因也不是某一方面的，在大家的共同参与下，这棵老槐树再怎么坚强也挺不下去了。冲在前面的是商人，“利益第一”的原则让他舍不得花钱去安置这棵“英雄树”；其次是树的主人，口中念着“舍不得树”的他，也不过三十万就把树给卖了；再次是戏剧团演员，艺德让位于金钱，只要给钱什么都能演；最后是愚昧的人群，看似无辜却是直接导致槐树死亡的原因。钱花了可以再赚，“槐树”砍倒可就真的没有了。（蔡晓峣）

捅马蜂窝

/冬雪

台风西去那天，陈叔起了个大早。

晨曦辉映，小鸟啁啾。小区里，一棵秋枫张牙舞爪地向空中攀爬，一根树杈险些探进五楼的阳台。几声聒噪从秋枫末梢发出来，几只雏鸟扑棱着翅膀，又叽叽喳喳躲进苍翠的叶子后面的鸟窝亲昵去了。

陈叔仔细一看，树上的鸟窝被毒蜂侵占了，怪不得这些小鸟的叫声有些异样。蜂窝大小像一个垃圾堆里捡到的篮球，几只带着黄色花斑的马蜂在球周围翩翩起舞。

听说树上长了一个马蜂窝，正在树下追逐嬉戏的几个小孩很是好奇，问道：

“马蜂窝是什么呀？怎么会长在树上呢?”

“这个马蜂窝啊，可能是台风带来的，毒性可厉害啦！”陈叔跟小孩子们开起了玩笑，示意他们走开。

“怎么可能？这里的台风都是优秀台风，再大的阵仗，经过这里，也都偃旗息鼓。怎么可能吹一个马蜂窝过来?”正在树下跑步晨练的一位妇女半惊半吓地说。

“你们物业怎么搞的？这么大一个马蜂窝，居然不知道?”天天在秋枫树下打太极的老张听说树上有马蜂窝，立刻跑得远远的，回头还扔了一句话，“我们这里是风水宝地，居然让一个马蜂窝占了！赶紧处理吧，要不然我投诉你们不作为……”

陈叔一个激灵，返回杂物间。杂物间里有一块废弃的木牌，陈叔把它搬了出来，放到树下的人行道上，又到物业管理处前台打印了几个字：“小心！树上有马蜂窝”，顺便跟物业管理处的马经理反映了情况，让他们派人去处理。

警示条贴在木牌上，树下经过的人只得小心谨慎地绕行。陈叔还不放心，远远地盯着，生怕有哪个小孩不小心被蜇了。

真是怕什么来什么。五楼租户家的六岁女孩，放学回家来，以为那是个鸟窝，拿起晒衣杆就捅。马蜂四处飞散，女孩躲避不及，被叮了好几处，整个脸肿得像篮球。幸亏女孩父母回家比较早，及时将她送到医院。

女孩父亲找到物业，发了一通脾气。马经理连忙道歉，称“此事是我们疏忽，我们一定向总公司汇报，让他们派专业人员处理”。

过了一天，马蜂还在秋枫树上盘旋。陈叔又去找马经理。马经理说：“别着急，我们正在联系消防部门。这又不是十万火急的事情，等两三天吧。”

陈叔说：“那不好吧，万一又蜇到什么人呢。”

马经理笑笑说：“那马蜂好好的，你不去捅人家的窝，怎么会叮着你呢。再说了，你以为灭掉这个马蜂窝那么容易啊？钱谁出？派谁上？这要是从树上摔下来，算是工伤呢，还是意外？有没有买保险？……这一件件、一样样不得不考虑清楚呀！”

陈叔就觉得头皮麻麻的，像被马蜂狠狠地刺了一针。

回到杂物间里，陈叔捡起地上的一只编织袋，装上洒水壶。又换了一件长袖衫，戴起手套，拿起一只透明塑料袋，蒙在头上，像猴子一样蹿到树上。陈叔稳住身姿，拿出洒水壶，把水猛烈地洒向马蜂窝。紧接着，小心翼翼地张开编织袋，裹住马蜂窝，连树枝一块拔掉。

一堆火，一瓶酒，一盘油煎的马蜂。当晚，陈叔喝得烂醉。

第二天周末，陈叔起得较迟。到了小区，陈叔就发现秋枫树下聚了一堆人。马经理脸色铁青。见到陈叔，眼红得像蜂蜇一样的刺眼：

“陈叔，这马蜂窝是你捅的？不经请示汇报，你就擅自做主？你知道吗，你这种行径给我们物业管理增添了多少麻烦……”

陈叔脑袋里如同有千百只黄蜂搅成一团。刚想解释，李总制止他说：“陈叔，你这可是个人行为，跟我们公司没有任何关系啊！”

马经理仍不依不饶：“李总，你看哈，方案刚刚审批，通知了电台电视台下午过来做一个跟踪报道。陈叔你倒好，自己就办了，我们可怎么交差呀！”

“是是是！错全在我。”陈叔望了望五楼的阳台，收拾起那块警示牌，说，“我违反了规定，我回家反省去。”

陈叔面前站着五楼那个小女孩，跟自己的孙女颇有几分相似。小女孩脸上还有些浮肿，问：

“爷爷，你为什么要回家呀？听大人说，昨天晚上你捅马蜂窝了。”

陈叔一愣，淡淡地说：

“是呀，爷爷捅马蜂窝了。”

选自《羊城晚报》2018年1月8日

评鉴与感悟

踏踏实实为人民做点好事的人捅了谁的“马蜂窝”？陈叔用他的实际经历告诉我们，捅了那些形式主义、人浮于事、虚与委蛇者的“马蜂窝”。看来，真马蜂也比不上这些人“毒”。作品最动人的细节是，被马蜂蜇了的五楼小女孩不解地问陈爷爷为什么要回家，捅掉了马蜂窝不应该是好事吗？在孩子单纯目光的注视下，陈叔不知该如何回答了。

斯多克芒是易卜生戏剧《人民公敌》里的人物，因为他发现了温泉污染不想让游客得病所以试图公之于众，但当市长的哥哥却以会影响小镇的收入为由召开市民大会批判斯多克芒。一个“英雄”却变成了“人民公敌”，陈叔也遭遇了类似的困境。但更让人难过的是，不当“英雄”有晨跑的妇女、老张这样的人问责，而当了“英雄”却又变成“人民公敌”，陈叔相较斯多克芒陷入了进退两难的境地。“好人难做”这句话自古有之，但在今天这句话的逻辑应该改改了。即使成为“人民公敌”，也不能放弃向善的希望，而那些不能或不敢成为“人民公敌”的人，至少应该保持着一颗正义的心。（蔡晓峣）

会飞的人

/楸立

在我们舒城，会飞的人很多。对，就是飞，就是像黄莺、像喜鹊、像蝴蝶那样——飞！

可是像宋小飞这样飞翔的人没有几个，别人会飞只是从上至下，从高处朝低处，飞行过程不仅短且动作丑陋不堪，还紧呼扇僵硬的胳臂，降落也如夯石砸地，或是脚下不稳弄一个狗吃屎，或是鸡啄米似的跌跌撞撞，极不优雅更不美观。而宋小飞则不然，宋小飞是由下向上飞，由低处往高处飞，他的动作极其舒展飘逸，潇洒自若。他先是身形微侧，双臂伸开，一只手在前一只手在后，一手稍高，一手略低，左腿弯引以地抬起，右脚金鸡独立，“嗖”一下，人就直直地飞起来，飞到空中十几米处。看清我的描述，他不是蹦或是跳，不是助跑借力，就是那么腾空直上的飞。更好看的是，飞到十几米高处的宋小飞双腿一弹，再来个“蜻蜓点水”，又飞向更高处。

宋小飞非常低调，从不见他得意张狂，当着人或者不当着人，飞过后非常腼腆谦虚，连个大话都不会说的。

他的小伙伴靳十三最崇拜他，因为靳十三不仅不会飞，而且弱智，他因为一顿饭吃了十三碗米饭让全村家喻户晓，什么都不会的他只会为宋小飞鼓掌喊好。靳十三成天坐在堤坡上对着村里村外的人说，你会飞吗？你比宋小飞能飞吗？人家会回答他，我们不会飞甚至吃都比不了你。这样靳十三就万分满足，他觉得他的饭量也和宋小飞的飞翔一样，让人可望而不可即。

宋小飞会飞这件事不知怎么就传到了镇上，镇领导就请村委会干部带着宋小飞来镇上展示一下。村干部宋外快找到宋小飞的时候，宋小飞正在穿着跨栏背心在田里耪地，宋外快说小飞，镇长听说你会飞，要见你。

宋小飞不屑见什么镇长，说什么也不肯去。宋外快双手叉腰犯了村级领导的专政脾气，唤过来几个壮劳力，把宋小飞的锄头夺过来，七手八脚推上了乡里的桑塔纳，让别人把宋小飞两亩地的农活给耪了。

到了镇上，肚子稍见隆起的镇长就让宋小飞飞一次，宋小飞抹不开宋外快和镇长的面子，在镇政府大院当中站好，伸开双臂，脚下轻点，人就飞到了半空，随后稳稳地飘落在房顶上。

镇长摸了下稍隆的肚子，带头鼓掌，好，好！宋小飞就是二十年前高考时的我，我那时也像宋小飞一样，心向高远，想怎么飞就怎么飞。说完，镇长像宋小飞那样做了个飞的姿势。镇长说，飞！身体一下就飞到了三四米高，可紧接着就坠落在了地上，“Duang”的一声，他双脚震得生疼，身子一个趔趄，旁边的办公室主任手疾眼快地将他扶住。镇长十分尴尬，自我解嘲地说，唉，时过境迁喽！他随后又涨红着脸对宋小飞说，以后别耪地了，到乡里来指导指导乡镇年轻干部怎么飞，向什么方向飞，跟着谁飞。

就这样宋小飞留在了镇上，教乡镇人员如何飞翔。这些乡镇干部良莠不齐，白天工作浮于表面，和群众打官腔，到了晚上，不是斗地主就是聚成堆喝酒、扯淡，对学习飞翔的事情完全敷衍搪塞。任凭宋小飞怎么言传身教，费尽心思，他们死活学不会，这可让宋小飞伤透了脑筋。宋小飞多次向镇长打小报告，镇长拍着稍微隆起的肚子说，循序渐进吧，煲汤还需慢火呢。宋小飞见镇领导都这种态度，自己索性也就听之任之了。

这样过了一年，宋小飞会飞的事情，不知怎么又让市里知道了，市委书记就让镇长带宋小飞来到市里的大礼堂，现身说法、以身示范。宋小飞在乡里混得已经适应了大的场面，不再怯阵，在台上讲了几个小时关于飞行的理论知识后，穿着镇长给买的锃亮的牛皮鞋，咔咔地阔步迈出了礼堂，在礼堂前的台阶下头一仰，双臂如翼，嘴里喊了一声，飞吧！就飘上了市礼堂的半空。

市委书记看到这一幕，兴奋不已，言语中带着恳切，他对全市会飞的（就是从高处向下飞的人群）、不会飞的、想要飞的人们说，你们看看，就这么一个青年农民，没有入过大学学堂，不是什么公务员，不是什么科级干部，却能飞到如此高度、如此境界，同志们哪……同志们哪……

宋小飞因为具备飞翔这种超能力，被市委书记破格任用，他的名气越传越大、越传越神，许多外地人蜂拥而至来桑树屯猎奇，捕捉一些关于宋小飞会飞的奇闻轶事，去宋小飞破败的房屋里拍照留影，甚至偷偷地拿走宋小飞的旧衣服和用过的锄头收藏研究。有记者还对宋外快进行过采访，村干部宋外快说，宋小飞农活不咋样，村里工分数他挣得最少，榜地还凑合；又说宋小飞练习飞的时候，有一次崴了脚，是他背到乡卫生所的。

靳十三在一旁说你胡扯淡，没有这码事。宋外快就呵斥靳十三滚旁边去。

宋小飞经常到全国各地演讲授课、学术交流，一年年见不到回桑树屯。这样又过了几年，听说宋小飞在市里买了楼，娶了城里有文化的媳妇，坐上了高级小轿车。关于宋小飞不好的言论也开始传出来了，例如宋外快去市里找宋小飞拉修路款，宋小飞分文没拿，太没乡情。靳十三的爹老靳去市里找宋小飞借钱给靳十三看脑子，结果宋小飞给了老靳一包烂茶叶。老靳对靳十三讲，宋小飞为富不仁、狼心狗肺，是不仁之徒。而靳十三坚信宋小飞不是那种人，总有一天会回来再为他飞个高看。

没多久，宋小飞被人们所有的话题抛弃，舒城人逐渐遗忘了这个会飞的人物，桑树屯的人自然也懒怠记住一个与己无关的小子，按照宋外快的话说：他宋小飞爱飞哪飞哪吧！

十几年后，靳十三长成靳三十的时候，宋小飞开着辆乌黑锃亮的小车，穿着考究的服装，突然出现在桑树屯村口。

看到靳十三还如往常那样在堤坡上坐着，宋小飞就喊靳十三，嘿，哥们儿，我是宋小飞！靳十三眯起眼睛注视了片刻，嘿嘿地憨笑起来，他像小时候那样对坡下的宋小飞说，来，飞上来，飞上来……

坡下的宋小飞伸了伸胳膊，抬了抬腿，嘴里喊，飞！飞！可怎么努力身子也不见动弹，他臊得很，吭哧吭哧又费了好大的气力，仍然没飞起半尺，他沮丧地向堤坡上面的小伙伴摇了摇头。

靳十三为宋小飞难过得不行。

这时，从后面校舍里涌出来一群放学的孩子，叽叽喳喳欢笑着，他们看到宋小飞的轿车挡在街的中央，便停下步子，纷纷扎开双臂，像离巢的雏燕，一个接一个从轿车上飞过去，从宋小飞头顶飞过去，从靳十三眼前飞过去，飞上了堤坡，飞到了街口，飞进了家家户户，飞到了更远处……

选自《飞天》2018年第1期

评鉴与感悟

飞，是人类永恒的向往。在莱特兄弟发明飞机以前，人类升不了空。但现实的困难挡不住想要飞的渴望，在中国明朝，一个叫万户的人为了飞天甚至不惜付出自己的生命。而宋小飞，一个普通的农民，竟然飞得那么高，飞得那么好，飞得让所有人都羡慕不及。如果他能一直这么飞下去，那将是一个多么浪漫的故事，可是我们都知道，这是不可能的。上一个像他那么自由自在飞的人是镇长，但现在他只能扶着“稍微隆起”的肚子怀念往昔的光荣。名、利的腐蚀，让原本善良朴实的宋小飞变得“为富不仁、狼心狗肺、忤逆不孝”，一代又一代的“善飞者”是不是都摆脱不了同样的命运。我想，是桑树屯自由、纯洁的天地、生活给了这里的人可以飞的灵气，而丧失了前者，飞翔也只能是迷梦。希望被寄托在孩子们的身上，他们像一只只新生的雏燕在宋小飞的头顶飞过。现实还未向这群孩子们投下阴影，如果所有人都能保持着这一份初心……（蔡晓峣）

第十辑

才　子

/岑燮钧

“才子”是我姐的高中历史老师。她的那些同学，则叫她“才女”。

我没有见过他，仅从我姐的毕业照中，隐约可以见出一点样子。不是特别好看，但也不难看，中等身材，长得白而斯文，一看就像知识分子。他是老杭大历史系毕业的正宗大学生。

“这还不好看?”我姐不服。

“比他帅得多着呢。”

我姐辩不过我，就说，“你不知道，他一上课，那才叫神采飞扬呢。我看他的嘴唇薄而翘，想来应该是能言善辩之士。”我姐还说，“他站在讲台上，高而挺拔，如果穿一件长衫的话，那就是朱自清转世。”可是，我没见过朱自清啊。“他手里夹着一支粉笔，就像夹着一支香烟，那手势，似乎就要放到嘴边吸一口，像极了鲁迅先生。”可是，我也没有见过鲁迅先生啊。

“你傻!”我姐用笔敲了一下我的脑袋。

真的，照片是死的，我想象不出来，只能搔搔脑瓜，盯着我姐，笑眯眯地别她苗头，“你一定……”我姐就用书本打我，我落荒而逃，一边高喊：“我姐爱上她的老师啦……”

我姐的历史成绩，是年级里最好的。可惜，她后来读的不是历史系，而是金融专业。

那时，“才子”大概快三十岁了，还没有老婆。一个男老师，工资那么低，要想内部解决都困难——女老师都不屑与之为伍。我们这一带，就有很多女老师嫁给了小老板，或是从事强势行业的人。我想，在校园里，除了我姐那躲在暗处的崇拜目光，他大概是茕茕孑立形影相吊的吧。

他的老婆会是谁呢？反正，我是不关心这事的。

这样过了好些年，我姐都已在银行上班了，突然有一天，她神秘兮兮地告诉我，她遇见“才子”了。我看她心花怒放的样子，肯定是旧情复燃。我说，“姐，你可要把持住自己，你是咱家的希望哦。”我姐努努嘴，白了我一眼。我说，“他有没有变?”姐说，“他胖了，不如以前精干了。”她侧头想了想，斟词酌句地说，“感觉——多了——‘风尘气’……”

“什么叫‘风尘气’，他又不是‘风尘女郎’……”

“我也找不到合适的词，就这么个感觉……”我姐顿了一下，“他停薪留职‘下海’了，没在学校里了……他是来转账的……”

从此，我姐经常遇见他，也不时在她心中掀起阵阵涟漪。我姐不止一次地猜度他老婆长得怎样——难道她要跟他老婆比美，自惭形秽才死心?

终于，他老婆来了。那一次，银行里的人很多，大家排着队，我姐突然发现“才子”也在其中，她的心不由得突突跳。她有心让他先来办业务，但是，大庭广众之下，她不好明来。过了一会儿，许是等得急了，闯进来一个很结实的宽膀子的女人，脸上不知涂着什么，俗艳得要死，一对又大又沉的金耳环晃悠着，高跟鞋顶得她伸不直膝盖。她咚咚咚地一会儿走到队伍的这边，一会儿走到那边，瞧着里面，很急躁的样子。就在前一个人办完业务的当口，她一屁股抢到了前面，说我们有点急事，先办一下好不好？我姐很为难。幸好前面是一个很腼腆的小伙子，他没怎么计较。“你过来呀，你过来呀!”她叫着人，没想到，走上前来的竟是‘才子’。“你把折子拿出来，我来办!”我姐就估摸出他们是夫妻了，“真是的，让你办点事，人像瘟虫一样……”她自顾自念叨着。

我姐不时偷眼瞧他们几下，发现才子磨蹭着避开了。

“哟，我瞧着你好眼熟……”那个女的对我姐说道，“哦，对了，你是不是‘长脚泥师’的囡?”

泥师，就是泥水匠，我们周塘是这么叫的。我姐听了，心里很不舒服，当着这么多人的面，大剌剌的叫我爹的绰号，像什么样子。

“我是‘兑糖阿三’的囡，我们还是自家人呢，我是前祠的，你是后祠的，听我爹讲，我们是同一个祖宗呢。”

她与我姐套着近乎，也自称绰号，我姐才心气平和了些。

“兑糖阿三”，我是知道的。他们家原来是靠“鸭毛鸡毛兑小糖”起家的。现在，靠压鞋底发财了，俨然是老板。我姐很是为“才子”悲哀。没想到，自己离开这里读大学的这几年，才子也沾染上了周塘的恶习——专找有钱人结婚了。

后来听来的消息是，女方主动托媒，才子正婚姻无着，就半推半就了。

这样过了些年，渐渐没听到我姐说“才子”了。有一天，我在本地的报纸上看到了“才子”的文章，特地把报纸带给了我姐。尽管我姐早已嫁人，但她还是读了好几遍，似乎想读出点什么，但这文章并没有牵涉私事。后来，我从一个曾与“才子”共过事的朋友那里听说，他现在已调到了县城的重点中学。他生意折本，早已“上岸”了。朋友私下说，他是为了躲他的老婆，才调走的。他曾亲见“才子”忘情说笑，突然老婆出现，他瞬时屏息无言，手足无措。有一次开玩笑，排惧内名单，“才子”自笑必列榜首。别人是幸福地笑，他是真苦笑。

“但是，在课堂上他想来该是口若悬河的吧。”我姐说，“那时他语速极快，普通话里总会蹦出几个土音，讲到兴奋处，唾沫飞溅。而现在，他是得全县英才而育之，更有用武之地了。”

我姐虽不说，但总还关注着，可惜他的文章越来越少了。

大概两年前，有一次，我姐回来，魂不守舍。她偷偷跟我说，“才子”突然到银行找她，把她叫出去，向她借钱。他的眼睛游离不定，浑浊而闪烁，说话也不是很连贯，搓着手，欲言又止的样子。我姐没有拒绝，但她毕竟不再是那个读高中时仰视他的少女，她在脑中飞快地运转着，拿捏着应对的分寸。她感觉他的整个神情与当日大相径庭，背后似乎有什么难言之隐。她犹豫了一下，说，“我们刚买了房，多的钱没有，我卡上还有一万块，你先拿去吧。”

“那好，那好……”他高兴地搓着手。

“很不好意思，我现在就这么点……”我姐又感到很歉意，她猜想他不到万不得已必是不会来借钱的。

她把他送到公交站台，不断向他招手。他也是，但瑟瑟缩缩的，很落魄的样子。

我姐对我说，你可千万别告诉你姐夫哟。她开始时，还指望他十天半月来还；半年后，提起过一回；后来，就不说了。再次提起，是在她参加同学会时，有同学告诉她，“才子”到处借钱，从来不还，完全是另一个人了。我姐心里忐忑了一下。那次，别的老师都来了，就他没来，不知为什么。

天大的消息是在这之后的半年传来的。他先是从单位失踪了，过了大半月，被遣送回来——他竟跑到天安门广场乱发传单！

可是，他并没有被关起来。有人告诉我，因为他发的传单是：

外争主权，内诛国贼！

打到卖国贼曹汝霖！

……

——都是历史教科书上的。

有人说是忧郁症，有人说是精神分裂症。但好在，政府宽大为怀，并没有开除他，只是让他到图书馆养老。而一有风吹草动，还须及时汇报——毕竟他曾到天安门广场发过传单！

终于，我见到了他。

那次，我姐和我们一起在森林公园散步。突然，我姐捅捅我的后背，轻轻说——“就是他！”

“谁?”我不明就里。“他呀……”我姐加重了语气。哦……我就明白了。

只见对面走来一个男人，五十开外，头发花白，耸着肩，神情木讷……

我姐一直看着他，看着她的历史老师，当年杭大历史系的“才子”，“兑糖阿三”的女婿，直到他从我们身边走过，我姐还回头又看了一眼。她长叹了一声说：

“我上次已遇见过他。他早已不认识我了……”

选自《文学港》2017年第11期

作品中，叙述者“我”讲述了姐姐的老师——才子的故事。“才子”和姐姐并没有任何婚恋关系，但老师是姐姐心中仰慕甚至是爱慕的对象，老师当年在讲台上神采飞扬的模样永远是姐姐心中的“白月光”。这篇小小说是残忍压抑的，虽然没有正面写才子的生活遭遇，但通过姐姐转述他转行经商，婚姻失败，经济窘迫，患上精神疾病的经历，似乎可以看到一位热爱文史的青年男教师被生活磨灭志向和骄傲，最后苟延一息的落魄形象。从斯文挺拔、口若悬河的“才子”到最后目光浑浊、神情木讷的痴呆老人，失望的不仅是姐姐，还有正在阅读这篇小小说的青年读者，现实生活的残酷使文人风骨的浪漫幻想在柴米油盐面前都不堪一击，除了屈服，只有叹息。（秦妍）

丁　叔

/季节

丁叔和我成了邻居。他从北京来，新买了隔壁的房。

他快九十了。耳朵有点聋，但眼不花，不仅不花，还很亮，闪着星星一样清透透的光。那光从眼里流出，带温度，还有颜色，看得见，却抓不住。

搬来没几天，他说要换锁芯。交钥匙后，有人进过屋子。屋子里的摆设，他眼睛扫过就录下来了，录像机似的，一丁点变化都能发现。他断定这屋的钥匙别人还有，毕竟是二手房。

小区在万泉河边，那种养生性质的，离城市不近。他不熟这里的情况，让我开车陪着跑趟市里，去换锁芯。

路上，丁叔很兴奋，一直说个不停。他说喜欢车，能开，也想开，有年龄限制，没办法。那双闪着光的眼睛里有了很多风景，看得出，他在记忆的片段中驰骋，带着憧憬。我感受到一种气息，滚烫的、鲜艳的气息，从他眼中飘出。

小城里绕了一圈，找到一个修锁的。能换锁芯吧？我抢着问。锁芯呢？拿来看看。修锁人头没抬。我把头扭向丁叔，他从裤兜里掏出一张纸，在修锁人面前展开。修锁人不解地瞟了一眼，疑惑地看着丁叔。画了图纸，很精确的。丁叔的语气里有几分得意。开什么玩笑啦，这怎么看得懂！修锁人那张年轻的脸上写满了不可思议。看得懂，画得清楚的，听我讲噢，这里……丁叔在那张纸上指指点点，操着贵州腔的普通话，长短调子结合，抑扬顿挫地说着。随着语速加快，眼睛里放出更亮的光。

修锁人不耐烦了，摆手让我们走开。丁叔的讲解，他一句没听懂，准确地说，一个字也没听进去。丁叔意犹未尽，还想说下去。修锁人转过身，叽叽咕咕地说了几句本地话，当我们是空气一样，不再理睬。我猜那几句本地话类似精神病的意思吧！

我拽丁叔离开，上车。递给他一瓶水。他嘴角堆了白的唾沫。水没接，他脑子随着眼睛还在转，刚才太专注，转速也太快，一时停不下来。我拧开瓶盖，递到他嘴边。想让水堵住他的嘴，也堵住他的思绪。丁叔接过水，擎在手掌心，没有喝的意思。他的眼睛，依然闪着亮光，光尾巴上缀着希望。

再找找，也许还有别家修锁的。丁叔的口气不是商量，是果断的决定。我的方向盘接受了命令，在小城里左转右转，兜了两圈后，在一个胡同里寻到一个修锁的，是聋哑人。我转身想走，丁叔没动。他又掏出那张图纸，认真地讲起来。这次，比刚才细致，加了很多手势，并放慢了语速。这是他理清思路，总结上次经验后做的改进。修锁人很配合，眼睛随着丁叔的嘴巴上下动着，笑容凝固在嘴角，很认真的样子。丁叔再一次沉醉在自己的思路里，那语言，浪花一样，在奔涌的河流中翻转跳跃。丁叔停下时，用期望的眼光问修锁人。修锁人摊开两手，摇头，笑着。他不是没听懂，而是一句都没听见。

回到车上，丁叔接着他的思路自言自语……他们听不懂，哪里没讲清？他语气里带着慎重的狐疑，随着下沉的尾音，眼里的光有些黯然。

管它呢！明天再来，拿了锁芯。我想用轻松冲淡这凝重。

经过万泉河时，丁叔摇下车窗，深情地看过去。河水镜子一样映出蓝的天，白的云。阳光散落在河面，粼粼波光中荡出清凉。

我常来这儿游泳、钓鱼。我漫不经心的话勾起丁叔兴致。我也喜欢游泳、钓鱼，也想游泳、钓鱼。时间还早，下去耍会儿！他眼里的光点燃我的心情。

在一处转弯，从后备厢里拿出装备，架好渔竿，换上泳裤，我们下水了。

丁叔游得非常好，姿势标准，蛙泳、自由游、仰泳，甚至蝶泳也能跃几下。他自如得如同鱼一样，手臂扬起细碎的阳光，脚背上下拍打着水面，那韵律就是一首歌，随着身体的翻转，轻快地飘荡……一会儿工夫，他体力不支，气喘了。一只手搭我背上，一起游上岸。

我夸他游得好！

哪里，差远喽！我知道，这个远不是和我比，是和他的从前比。

心脏搭了三个支架，可不敢的！

我差点晕过去，冷汗从脑门上冒出来，那股凉气在大太阳下也瘆人！

收竿了，一条巴掌大的菱鱼活蹦乱跳地上来。

丁叔眼里又放出光，双手捧着鱼，嘴角的皱纹花瓣一样展开，牙齿全露出来，纯真的样子，宛如少年。欣喜一会儿，丁叔把鱼放回河里。让它遨游吧，趁着年轻！

回到家，刚倒下休息，丁叔就来敲门。他拿着一个厚本子，发黄的纸订起来的。背面又是字又是图，有圆珠笔写的，有铅笔画的。正面是油印的图纸，很旧了，手工油墨的那种，直线、竖线上标着密密麻麻的数字。

又重新画了图纸，比上一张精确噢。丁叔亮亮的眼光晃得我有点晕，我扶下墙。是的，此刻，除了扶墙，就服他……

补缀：后来知道，丁叔参加过抗美援朝战争，是一名空军机械师。当年，他是爱国的知识青年，放弃读大学，参加了革命。有资料说，那场战争后，中国空军强大起来，进了世界前列。这有很多人的功劳，丁叔也在其中，可他从没说过。

选自《小说林》2018年第3期

丁叔，是个怪老头，也是个倔老头。

作者通过丁叔的几件日常琐事将他的怪和倔跃然于纸上。用图纸要求锁匠配锁芯，放在别人身上，这是多么奇怪的一件事情，然而丁叔却不以为怪。再受到冷遇之后，丁叔反而越挫越勇，十分执拗，屡次碰壁，甚至没有带给丁叔任何的失落，反而对锁匠的无能为力感到十分惊奇。已经九十高龄，心脏也有支架，却兀自跳下大河游泳，丝毫不忌，泳姿标准，轻快灵活，直到体力不支才肯上岸。而到家之后呢，丁叔的消遣竟是画图纸，做数算，实在令人称奇。

在结尾处，作者使用了一种少见的手法——补缀，将丁叔从未透露的过往向读者展示。这样的处理令一切的讯息变得合理且令人信服。之前丁叔的种种令人不解的所作所为都因他的身份，一名受过战火洗礼的退役空军技师而变得顺理成章。这让我们不得不对作者写作技巧的细腻感到赞叹。而对于丁叔身份的解密也使整个故事增添了很多的厚度，从一个简单的“怪老头”的故事，给予了读者更多的回味和感悟。（秦妍）

翟先生的空心字

/庞余亮

翟先生的字很好看，他的毛笔字在我们那里很有名，所以翟先生常常有酒喝，因为村里总有事情做的。在墙上用竹帚刷上石灰水字，贴上红红绿绿的标语。除此之外，还有其他的许多用场，如果我们在村子里走一走，就可以在村里发现翟先生的许多字。比如各家各户门框上已经残缺了褪了色的对联，比如写在农具的身上柄上的，甚至还有小孩衣帽上绣的名字（肯定是人家请翟先生起的学名）。真可谓翟字（另一个老先生用土语称为贼子）无数，捉都捉不完。

翟先生还会写空心字。这空心字主要是写在大黑板上的，大黑板是要抬了架在大门口用来迎接领导的，所以这份工作要比翟先生的课更重要。通知（校长室里带干电池手摇柄的电话机）来了，明天有人来。翟先生早晨会起个大早，蹲着马步开始写，先用湿了的毛巾写好字，黑板上立即出现了一个字，然后翟先生就用彩色粉笔环绕这湿字描边，然后再修饰。一个个空心字就这么出现了。欢、迎、上、级、领、导、来、我、校、莅、临、指、导！学生们圈在一边看，像一群蜜蜂。翟先生有点不耐烦，手一挥，“蜜蜂们”就嗡地散开。不一会儿，又围拢过来了。翟先生没办法，只好叹口气再写。学生们还一个字一个字读。很多学生不认识“莅”，读成“位”。翟先生就会反过来问，这是“位”吗？这是“莅”字！读“位”的学生心虚了，立即散了去。

翟先生的空心字就这么被那些“小徒弟”学了过去，不过学生们的字本身不好看，所以写好了再描成空心字就非常难看。翟先生见了，往往会忍不住去教——这就中了那些“小徒弟”的计了，他们正想学翟先生的字呢——用他们老子的话说，你们能抵得上翟先生的脚丫就好了。

我们校长给我们开教师会一般是在学生们放了学之后开，随便找一个教室。这时候翟先生的任务便是在校长坐的讲台后面的黑板上写上几个空心字。开会了，校长清了清嗓子，又清了清嗓子。我们像学生一样坐在课桌后。这时我们会看见一些学生刻在课桌上面的字，这些字也是空心字呢，再抬头看校长身后翟先生写的空心字，还真有几分像呢。这些可真是贼（翟）子贼（翟）孙。

翟先生有时候会抱来一大堆没用的废试卷，然后就在办公室里写字。不过墨汁太臭了——很多先生都叫起来。翟先生就说，墨怎么会臭？墨汁香啊。说完他还抒情似的呼吸了一下，一副陶醉的样子。我倒不太注意这些，有时还凑过去看，还指点指点。翟先生有一次就送了我一幅字，上面写着：“锲而不舍，金石可镂”。不是写在宣纸上的，而是写在一张白光纸上的。我一看落款，上面写着“正月”，正月是他的笔名呢。

我把这幅字贴在墙上，由于墙上还潮，没几天纸就发黄了。后来就烂掉了。不过翟先生的话我一直记住的。我在许多学生的毕业留言簿上都写了这八个字：锲而不舍，金石可镂。再一看，也有翟先生的贼字样。

一个先生的字会影响一个村。很多年过去了，我在村子里又发现了翟先生的许多字迹，再一问，并不是翟先生写的。这，可不可以算作乡村教育的一个奇迹呢？说不定翟先生的字已经走出村子，走到很远的地方去了，只不过我不知道，翟先生也不知道。他已老了，背也驼了，咳个不停，现在很少有人请他写字了。不过学校大黑板上欢迎领导的字样还是翟先生的字，是用宣传漆写的，如果有领导来，就抬出来放到校门口，学生们一进校门，就会看见翟先生的空心字。

选自《广西文学》2018年第5期

评鉴与感悟

这是一篇有温度的小小说，翟先生的空心字成为村子里独特的文化记忆，文化是一种富有生命力的活体，翟先生的字影响了整个村子并且代代相承，即使现在翟先生很少写字了，但后生的字也都有了翟先生字的模样，这种传承令人感动。作品以最朴实的画面表现出文字的魅力，如翟先生写字时学生们纷纷围观模仿，课桌上也刻着学生们模仿翟先生字的印迹，一位先生对学生们的影响，对村子的影响已经生根发芽。

作者以自己得到翟先生赠字为例，纸虽然很快腐烂了，但“锲而不舍，金石可镂”八个字已经牢记于心，并传递给自己的学生。当初围观翟先生写字的学生们也会像作者一样把这种影响传递下去吧，就像作者所说，翟先生的字已经走出村子，走到很远的地方去了，它的意义已经远远大于写在黑板上的价值。即使有一天翟先生不在人世了，被时间抹去了痕迹，但他的空心字已经深深植入村民的生活中，与当地文化相融合，由一代又一代的后生模仿传承而得到永生。当个人价值有了文化这个载体，就可以无限放大，这是文化强大的生命力的体现，也是魅力所在。（秦妍）

捏

/滕敦太

山里人都知道，赶集做生意的，最挣钱的是牛经纪。六十多岁的老头，一支牛棒在手，让牛趴下起来一个照面，这牛多重，不差十斤；这牛几岁，不差半月；牛贩子再精明，也不得不服。牛经纪还有一绝：对牛贩子不明着讨价还价，而是互相伸手到对方的袖子里，捏肉，要什么价格做什么动作，双方知道，别人只有瞪眼的份。捏拢了，成交；捏不拢的，再到别的市场卖，不影响生意。

当然，牛经纪提成也不低，所以这一行要么祖传，要么拜师，想当个牛经纪，可要费老鼻子劲。

因此，当马大花拿着个牛棒，来到大牲畜市场，说自己是牛经纪时，不仅牛经纪、牛贩子不信，那些买牛的也不相信。哪有女人做这行的?

马大花不卑不亢："那乡医院的妇科医生还是男的呢，你儿媳妇就不生孩子啦?"

牛经纪都是路子活络的人，逢第二个集时都打听明白了：感情这马大花是小泥沟村的，那是一个兔子不拉屎的地方，想不到出了这么一号人物，也不知她从哪里学来的，居然也会抻手进袖子捏肉论价，用牛棒拨拉牛，也有模有样，这让那些牛经纪刮目相看，这女人来者不善哪!

果然，马大花在牛市场开山时，那些牛贩子一个劲地往她脸前凑活，多是想占点便宜，抻手进女人的袖子，冠冕堂皇地乱捏乱摸。马大花也不生气，只是笑，笑得神神道道的。那些牛经纪就暗骂，骂马大花不要脸，骂牛贩子没出息，一个丑女人，也让你们动心。

能让老头都说成丑女人，马大花确实长得寒碜人，三十来岁的人，长了张五十岁的脸，偏偏又一脸横肉，两眼一瞪，自家的男人就软了腿。男人不当家，管不了女人，不知道女人这些日子的营生，只觉得女人经常往家里买鱼买肉，对他喝酒管得也宽松了。正滋润着，忽听女人当了牛经纪，村里人说难听的话，男人大怒："就你这两下子，能当牛经纪？你直接说出去卖的不就得了？"

骂完，自然是一场战斗。男人那小身板，被马大花捏住后脖子，像捏个小鸡，扔在了门前的泥沟里。此后，再没鼻涕擤了。马大花的牛经纪就雷打不动地干了下去。

都说人不可貌相，马大花的牛经纪居然当得风生水起，生意出奇的好，把几个老经纪比得没有了活路。几人一嘀咕，合伙挤她，不让她在大牲畜市场揽活。

马大花扬长而去。

再到逢集，马大花来到集市西边的空地，取出一块塑料纸片，上边歪歪斜斜写着"牛经纪"，用透明胶带缠在木棒上，搬几块石头固定，找块带尖的石头，深深浅浅的划一个大圈，这片空地就成了她的领地。赶集的人看着直乐，没有牛，当个什么牛经纪。

也不知马大花用了什么方子，就像她学会牛经纪那一套一个样，集市的管理人员告诉几个老牛经纪："大畜生市场迁到西边空地了。"等牛经纪和牛贩子赶着牛群来到现场，马大花已经坐镇中央，还有几个帮闲的，一边吃着瓜子，一边起劲地吆喝："牛经纪够了，没地盘了。"几个老经纪气得拎起小马凳，回家了。从此不屑与恶女斗，改行卖老鼠药。

马大花独霸大畜生市场。

她一人独大，少了中间差价，这牛价格就合理多了；胃口也小，谈成一头牛，给几百不嫌多，给几十不嫌少。买的卖的都满意，一个牛市，让她捏合得挺活络的。

山里人实在，把马大花当成了一个人物，与乡医院的妇科男医生，家里外头养两个老婆的包工头，承包冷库的大老板，并称“四大能人”。那三人感到受了辱没，倒是马大花很自豪，成天挂在口头上。

春节过后，上边查出村干部合伙贪污，集体撸了。得找个人管村啊，于是上边来人，找了几个下台老干部，让他们推荐一个人主事，要求不高，脑子好，村民服，会挣钱，不怕事。几个下台干部比来比去，够这个条件的，能把村里捏合好的，只有马大花。乡干部直接拍板，那就她了。听说她还在外边赶集卖牛，也不等了，请几个老干部传达一下，明天不要赶集卖牛了，在家等着，领导找她谈话。

马大花回家后，才知道自己稀里糊涂成了这个小村的当家人。睡前，两口子嘀咕：当村干部，想捏合好这个小村，“三服”占一服就行。

第一服，村民服官，上边得有人。两口子把近门、远亲包括八竹竿打不着的也算了一遍，最有出息的也不过是一个小学老师。男人突然想起，老丈人死了这么多年，在那边会不会混成大领导。马大花也不生气，说那边管不了这边的事。

又算第二服，村民怕打，谁家门里大，有势力就服谁。自己这个门里虽不小，但都是良民大大的，软皮。马大花自己倒是能打，不过只有打自己男人的经验，打别人，人家还不捏死她。

还是在第三服上想辙吧！想办法挣钱，让村里富起来，这倒行。马大花说：“咱懂买牛卖牛，这方面有路子，咱也搞个专业村。”

男人就笑：“对，我听说有个要饭专业村，大人小孩一年四季外出讨饭，出了名。你也搞个牛经纪专业村，人人当牛贩子。”

马大花听出了男人的取笑，也不在意：“当牛经纪是个技术活，一般人还真干不了。咱来点实惠的，养牛！我认识的牛贩子多，咱就小孩吃柿子——捡熟的捏。”

都说女人不可忽视，何况是野心大大的马大花，她把村里的边角地划出来，找人建起牛棚，谁家养牛，她负责卖，不用操心不用担心。她说这话，村里人还真信。于是慢慢都养牛，马大花是有多少帮卖多少。三四年，捏合出来一个养牛专业村。大会小会表扬，还上了电视。

到了年底，马大花又领回一万元奖金。两口子在床上捏着大把的钞票，一遍又一遍。男人望着女人，满眼小金星：“你说你大字不识几个，长这个丑样也不会有干爹，胡打乱闯，居然成了明星村干部。我原来认为当干部很难的，看来，挺简单啊。”

马大花就笑：“你还别说，这里边还真有诀窍，捏得拢人心就行。你看，我当牛经纪，给人利益，那是在暗处；当村干部，给村里人实惠，那可是在明处。不管明处暗处，你给谁实惠，谁就听你的。”说完，还得意地做了一个捏钱的手势：“就这么简单。”

选自《连云港文学》2018年第1期

评鉴与感悟

作品描述了农村妇女马大花的致富经历，她凭借自己的能力成了人人信服的“牛经纪”，把畜生市场调解得井井有条，被推举为村干部后，她也不怯场，主动思考管理村子的方法，带领全村人致富，刻画了一位独立自主，有勇有谋的农村妇女形象。

作品的标题——“捏”，一语双关，既说明了马大花当牛经纪的独特交流方式，也点明全文中心，马大花真正的本事是捏拢人心。不管是畜生市场还是一个村子，马大花心思细腻，善解人意，别人最需要什么，她便顺势满足他人，做生意不贪心，让大家都满意。作为一个农村女性，她不畏歧视，在老牛经纪合伙排挤她时，积极智取。明确自身条件不足，带领全村致富而获取公信力，种种表现突显出马大花的不凡。作品多用农村口语化的语言形式，质朴生动，说明了真心做人、用心做事的生活道理，同时赞美了像马大花一样勤劳勇敢的农村女性，鼓励她们积极突破自我，勇敢追求自我价值。（秦妍）

老　莫

/陈子赤

这老大的C县，谁都认识退休干部老莫。老莫每天戴着政府发给他的“义务治安队员”的红袖章，在大街小巷巡逻，抓小偷、纠违章。他的行为受到县委书记的表扬。书记说，一个退休的老人尚能如此，全县的人如果都像老莫那样，我们的城市将有多么美丽啊！书记的话说得好、说得极动情，于是老莫便成了C县人学习的榜样。

老莫有了荣誉，参加义务治安活动就更积极。他每天红袖章不离身，严寒烈日都阻碍不了他去街巷巡逻。小朋友看见他，叫他红袖章爷爷，向他敬少先队礼；年轻的叫他莫大伯，给他敬烟；年老的叫他老莫，给他送水，为他打气加油。那些赌钱打牌做坏事的，见他就躲。还有单位上班的，只要听说是老莫来了，谁值班，谁的神经就得高度紧张起来，唯恐他不高兴，向书记汇报说吃闲饭不作为。

家人拿他没办法，儿女说爸爸脑壳有问题，老伴说这老东西脑壳进水了。她们商量着，如何治疗老莫脑壳的毛病。

老莫的女儿在A县，说，让爸来我这吧，离了C县，他就好了。老伴扯了一个谎，把老莫骗到了A县。

在女儿家，老莫坐也不是站也不是，一天下来，全身发胀。习惯了在街头巡逻的生活，老莫再也憋不住了，吃了晚饭，撇下老伴说，我去街上走走。

街的热闹处，老莫见一辆漂亮的宝马轿车，缓缓停在路边不该停的地方，那地方没画停车位。老莫心说，这停车的，贼大的胆。老莫快步走近轿车，大声喊着：不要乱停乱靠！

宝马轿车里走出一位姑娘，着装奇异，脚穿过膝的皮靴，一件超短的吊衣裙紧吊在身，让胸前的两砣和裙下屁股随时都有走火的可能。老莫有点儿睁不开眼睛。姑娘愣了一会儿，明白了老莫的意图，顿时脸青：老东西，管得着吗？

老莫有气，加上不喜欢这姑娘的打扮，更是气上加气，走上前，抓住姑娘的手：我就不信治不了你。走！到文明办去。

姑娘见老莫突然拽着她的手不放，一边挣扎一边大叫：流氓啊，流氓……

老莫身边忽地围着一大群人。有人说，这老头是疯子。有人说，这老头是老花痴。更有几个年轻人，上前抱住老莫，帮姑娘解围。老莫急了，怎么不帮我，我是老莫啊……人群笑：是个疯子，送派出所吧！

老莫糊涂了，我是疯子？老莫不相信眼前发生的事，是梦？老莫使劲地咬了一下舌头，很疼。这是真的！

老莫辩解。他越辩解，年轻人就大声说：疯子安静！

老莫无奈地被带到附近派出所。值班警说，怎么回事？年轻人说是个老疯子，在街上拽住一位姑娘的手不放。老莫说：我不是疯子，那姑娘开车乱停乱靠……请相信我，我是老莫。

老莫？我不认识你呀！警察说。

我是义务治安员老莫！

警察一头雾水。

看我的红袖章，老莫说着，用右手拍着自己的左手臂。

老莫不拍不知道，一拍把自己吓了一跳，红袖章没有带。更要命的是，他自己终于清楚了：这是在A县女儿家，不是自己家的C县。

老莫一番解释，说我是C县的义务治安员，好不容易才说醒了警察。

警察乐了，礼貌地给老莫泡茶让座，说，向您老学习，向C县的“红袖章”学习。

老莫回到家，却不敢说起当天的事。可那天A县的一位无聊网仔，用手机拍摄了老莫拽住姑娘玉手的几张相片放在网上，题名为："老花痴巧遇性感女"。老莫的女儿上网见了，惊叫，爸，你看你，今天在街上怎么了……

老莫走过去看电脑，脸色惨白，向女儿解释说，爸在老家当义务治安员习惯了，见到这姑娘开车乱停乱靠，当时忘了是在你们A县……

这下好了，看你怎么出门见人，女儿说。

我要告他，他损害我的名誉！

告谁呢？一个无名的网仔。

选自《湖南文学》2017年第12期

评鉴与感悟

作品通过正面描述主人公老莫在两种不同环境中所受到的差别对待，把社会现象直观陈述在读者面前，引发读者思考。

在自己的家乡C县，老莫是受人敬爱的退休老干部、义务治安队员，到了A县却变成了疯子、花痴和流氓。这种天上地下的巨大差距给人以巨大的冲击。与此同时，作者也并没有对事件加入任何的个人见地，更给予了读者巨大的思考与回味的空间。老莫在自己的家乡C县是否是被所有人推崇的呢？似乎又不是，否则就不会出现被家人将他带到A县"治疗脑壳的毛病"这样的事件。那么，造成这些现象的原因是什么呢？是两县之间的地理距离？抑或是文化差距？还是C县的县委书记的一番话？作者没有直接给出答案，而是把这些涉及社会道德和理性的问题客观地堆在读者面前，目的不是引起大家站队，而是引发读者见仁见智的解读和思考。（秦妍）

二管轮胖头儿

/张海龙

船上的二管轮，俗称三轨。江苏人，人胖，头圆，心宽。处久了，船员戏呼胖头儿，谐音胖头鱼，他也不介意，任谁喊，呵呵一笑。

胖头儿好吃，做菜也好。同样一条草鱼、一捆空心菜，经过胖头儿的手，配料炖炒，盛盘上桌，有色有味。尤其小辣椒爆炒出来的空心菜，真是下饭。每次我们围坐桌旁，准备伸筷，胖头儿才洗把手，汗兮兮坐下来。口头说崭，手上举杯，不亦乐乎之后，胖头儿还帮着收拾残局。

胖头儿有手好技术，电气焊。这项技术在船上很实用，钢制的船舶，焊修漏补是常事。活少，水头机头就干了。如遇突发事件，活急，肯定会喊上胖头儿。胖头儿过来，戴上防护手套，抓过焊枪，罩上焊帽，顿时焊花四溅。几根焊条仿若烟花，美丽地燃尽，再看焊缝，流水纹般平滑光洁。周围几个老焊工，都伸大拇指，赞这活干得漂亮！胖头儿脸上的汗也不擦，一口喝尽一瓶矿泉水，问句，还有吗？听到没有了，才把手套拽下，放好，回去洗澡。

船行大海，什么事都可能发生。那次，船满载货物驶往马来西亚巴生港，到港前两天，船莫名地偏左五度。检查发现，左侧一个压载舱有水。用泵将水排尽，几个小时后，水又出现，检查相关海底阀，未发现异常。这就麻烦了，压载舱底板既是船底板，肯定有漏点。漏点大小无法确定，进出压载舱的人孔道门在货舱底部，被货物压着。

两天航行日夜安排人员测水、排水，倾斜没有再扩大。安全抵港，靠泊。货物卸完后是凌晨，距离早晨7点开航，还有六个小时。技术船员被召集在舱底，入孔道门一圈螺母卸下，道门打开，大副开始对舱内测氧测爆。胖头儿说他下去看看。我制止，担心压载舱内氧含量不够。胖头儿说，没事的，这两天一直排水，压载舱内的空气是流通的，没问题的。胖头儿的话有道理，我建议胖头儿腰间系根绳子，以保安全。绳子还没拿来，胖头儿拿着手电，已钻进舱里。

很快，胖头儿的头露了出来。报告说，漏点找到了，测量管正下方的底板，出现个破洞，无名指粗细，水花滋得老高。我们诧然，那个漏点居然是测水尺前端的小重力锤，十几年间日复一日地点击，竟然将20个厚的钢板点漏，真正是水滴石穿！漏点找到了，怎么堵漏？里面有水，焊补行不通了。正在讨论办法，胖头儿挤过来说，之前遇到过类似的情况，找一根差不多粗细的螺杆，一端弯成90度，通过漏点伸出，兜住外板，里面螺杆套上橡胶垫、垫片、螺丝上紧即可。方法可行，立马派人加工实施。两道螺丝拧紧后，水花消失了，水泡不见了。舱内残水排尽，再测，一切正常。

胖头儿好吃，但不乱花钱，挺顾家的。胖头儿媳妇我见过一次，船靠上海港，附近的家属有过来的。胖头儿媳妇中等个，偏黑瘦，不爱说话。印象深刻的是她能吃辣。她用老干妈辣酱把米饭拌得通红，看着就辣，她却吃得香喷喷。吃完默默帮着收拾碗盘，擦桌扫地。我知道胖头儿娶了个好媳妇。

胖头儿没事了，喜欢去我房间闲聊。有时船靠码头装卸货，晚饭时刻，还会端两盘新炒的菜，笑嘻嘻地进来，小喝一杯。我挺喜欢和他聊天，菜做得好吃，人也整天笑嘻嘻的，不计较。一次，几罐啤酒后，聊到了他媳妇，我当然会夸奖几句。胖头儿说，他媳妇在家不容易，在农村，有几亩地，两个孩子，一个初中、一个小学，房东侧两间房里，住着公公婆婆，需要照料。家里还有几头肥猪及家禽，每天要忙活若干张嘴。说到最后，胖头儿说起了一个雨天，他媳妇开着三轮车拐急了，侧翻在沟里，断了一只胳膊一根肋骨。烟雾腾起，胖头儿的眼睛红了，像个沉浸在错误中的孩子，一脸的自责。我不知该说些什么，只能再递过一支烟。烟雾腾起，再腾起，一直到离开，胖头儿一直在重复一句话，媳妇很能干……

我知道胖头儿不善于夸奖媳妇，但那酒后的一串“媳妇很能干”的话语，却萦绕我心头多日，久久不散。五个字，不多，重复若干遍，变得沉甸甸的，有自责，有辛酸，有无奈，有心疼……可能还有更多，远远不止这些吧！

选自《金山》2017年第12期

评鉴与感悟

作品通过几件小事从不同方面描绘胖头儿的形象，表现出一个普通的轮机员最真实的生活。胖头儿性情温和，体贴好客，有高超的工作技术和丰富的工作经验，他和妻子认真生活，照料家庭的里里外外，却依旧过不好这一生。

胖头儿就是生活中最普通最典型的劳动人民，勤勤恳恳，为了生活努力工作，却还是吃着生活的苦。他不善表达，只会在酒后一遍遍说“媳妇很能干”。这句话包含着自己复杂的情绪，自责没能让家人过更好的生活，心疼媳妇操持家务，无奈工作和生活的艰辛……生活不易，胖头儿什么都没做，光是认真地过好每一天，就已经很难了。他是我们每一个人的缩影。

作品没有过多地描述胖头儿的困难，只像介绍一个朋友一样，从外貌，性格，工作，家庭……一点点去描述，于是，一个憨厚老实、技艺高超、体贴顾家的普通工人形象已经跃然于纸上，胖头儿的泪水敲打着每个普通人的心，面对生活，每个人都过得不容易，但生活还要继续，拥抱每一个“胖头儿”，希望每个普通人都能拥有平淡真实的幸福。（秦妍）

醉春风

/李世营

一场突如其来的暴风雪，压垮了镇文化大院的门牌楼。

县文化局下派驻村的第一书记老赵就住在文化大院。这天，街坊阿四传来话，老赵欲再建文化大院的门牌楼，邀请瓦匠去做工，包工不包料，只雇工三人，预算工期一周，工钱每天每人一百二十元。

这个老赵，来镇上三年了，出了名的老抠。市面上的瓦工活，一般一天一人一百五十元。老赵出的价钱，不高。

瓦匠犹豫了一下，还是接了活。街坊阿四看出了瓦匠的心思，低声对瓦匠说：这个老赵，虽然抠门，不过这工时，却是攥在咱瓦工的手心里。

瓦匠惬意地笑了。吊线砌墙，贴砖盖瓦，是瓦匠的绝活。前几年，瓦匠随镇上的工头去南方，在大都市的建筑工地上，做钢筋架子，浇水泥柱子，却没有在乡下的泥刀要起来滑溜。有几次，不是擦破了手，就是崴伤了脚。瓦匠的心，就像飞动的风筝，线的一头，拴牢在家里。瓦匠外出，撇下媳妇，让她照顾儿女老人，打理五亩薄田。瓦匠着实放心不下。一颗心，就始终悬在城市上空飘荡。于是瓦匠就回了，拉起三五个帮工组织成一个施工队，农闲时奔走在乡村，依然做他的瓦工。

镇文化大院离瓦匠的村上四五里，骑上自行车要二十分钟。好在老赵中午管一顿饭，就省去了来回折腾的麻烦。

老赵的儿子在省里读建筑设计，设计了门楼造型，样式古色古香，要瓦匠按图施建，分毫不差。多亏瓦匠的眼力准，技术好。吊线、划线、打地基，量水平，丝毫不差。

街坊阿四贴耳的话，一度萦绕在瓦匠耳畔。瓦匠手下的活计，却一刻也慢不下。入春了，家里五亩薄田的禾苗正旺旺地长着，急等着瓦匠忙完回去施肥哩。浇水泥，铺平整，再一块块铺墙砖。瓦匠手接手砌起来的墙，尺寸规范，整齐划一，一丝毛茬都没有。老站长看在眼里，乐呵在心里。

五天，瓦匠只用了五天，门牌楼就上梁封顶了。

封顶的门牌楼，墙砖接缝填嵌密实，宽窄均匀，花纹搭配协调，造型精美新颖。在农村，筑屋建房，封顶时大工将成，是大喜庆事，雇主会放鞭炮、发喜糖。如果雇主对瓦工的活计满意，还要给挑大梁的瓦工封送红包。可是老赵，买了长长的一挂鞭炮，放了，红红的喜糖，也给乡亲们散了，虽然满腔喜悦一直挂在脸上，单没提红包一个字。

老赵抠门，十里八村少见的抠门！

门牌楼竣工的晚上，老赵在文化大院破例摆了一桌喜宴，炒了几个小菜，还特意买回两瓶二锅头。老赵和瓦匠酒至酣处，拉起了家常，攀来扯去，竟扯上了亲戚。老赵是瓦匠亲娘舅表姨家的大表哥。老赵酒劲上来，一高兴，拨通了省城儿子的手机，用视频对着新建的门牌楼给儿子上下扫了好几遍。学建筑的儿子赞不绝口。扯到门牌楼，老赵兴致未尽。三年前，老赵来村上扶贫，看到镇上文化贫乏，就依据小镇的实际，向文化部门申建了文化大院，三年来，这个文化大院给乡亲们带来了不少欢乐和幸福。老赵说，到月底，他下乡的三年任期就到了，回城也到了退休年龄。离别的时候，总还想为乡亲们做些什么，这不赶上暴风雪压垮了文化大院的门牌楼，镇里又财力吃紧，老赵就用自己积蓄的资金再建了这个门牌楼。

酒足饭饱，瓦匠起身要走，老赵已备好工钱，还从内衣里摸出了早封好的红包。老赵又硬塞给瓦匠两包烟。烟滑进了瓦匠的口袋，瓦匠却偷偷将红包压回了宴会桌上的菜盘子底下。

亲娘舅的大表哥，也是瓦匠的娘舅呀。娘舅能自掏腰包为文化大院建门牌楼，工钱收了，娘舅给的红包，怎能再收呢！

出了文化大院，天突然下起了细雨，春风和着细雨拂在瓦匠的脸上，湿湿的，绵绵的。瓦匠就有点醉了，脚下的自行车就拿不稳了：春天的风，能这般醉人？瓦匠说，咋能醉了呢！明儿个还要早起，趁着这春雨，给家里那五亩薄田施肥，盼望着麦田的好收成呢！

选自《奔流》2018年第3期

评鉴与感悟

作品以环境描写作为开篇之语，突如其来的暴风雪和被压垮的门牌楼，无一不为文章氛围平添几分肃杀。之后便引出了文章的主要人物之一，县委书记老赵。初一登场，这并不是一个十分讨喜的角色，苛刻的条件，出名的老抠等等描写却反衬出另一个主要人物瓦匠的可爱。瓦匠不怨天尤人，不拖延工期，技术好、素质高。在这个阶段，文章对人物的褒贬色彩似乎已经十分分明，一个正面人物瓦匠，一个反面人物老赵。

然而，在之后的段落中，作者笔风一转，用“破例”二字将老赵的经历娓娓道出，这时才让众多读者恍然大悟，原来我们的老赵，也是这样一位可爱的人。

在文章结尾处，作品同样运用了环境描写照应开头，不过这春风细雨带给人们的感觉却是沁如内心深处的温暖。作者大量运用对比反衬等手法，巧妙的设置转折，为读者很好的讲述了一个充满正能量的小故事。（秦妍）

木　的

/吴苹

老田是在单城推木的车的人。

木的是单城特有的一种交通工具，是和面的相呼应的。木的三轮车是用来拉客的，有点像东北的倒骑驴，车厢在前，司机在后，只是单城的木的车厢全是木头的。木的的动力并非来自深土层下的原油，而是来自人体血液里的五谷精微。前些年，县城还没有通公交车时，大街上的木的随处可见。两公里一块钱，客人在前面坐着，司机在后面撅着屁股脚踩手推。推着推着，有人就推出了不一样的人生。

就像单城的老孟，踩着木的车走了一千七百多公里，将被拐卖的残疾湘女送回了家。其后，老孟就上了电视台和主持人面对面聊天了，再之后，推木的车的老孟就成了朝九晚五的上班族了。以至于那一阵子，木的车主们像寻觅失散多年的亲人一样搜寻着街上的乞丐，偶尔发现一个，一帮人争先恐后地跑过去。独独一个人站在木的车边没有动，那个人看着那帮跑着的人，慢吞吞地说，跑得再快能跑得过命吗？好运气岂能是抢来的？

这个人就是老田。

后来，大街上的公交车和出租车多起来，木的车的生意也一天不如一天。木的车主们纷纷改弦更张，但老田没改行。六十多岁的老田做生意脑子不行，打工又没人要，只能推着他的木的车，在出租与公交的间隙里捡拾些生活的遗漏。

那是一个大雪天，天黑了下来。在路灯橘黄色的光柱里，雪花飞蛾样乱舞，很有舞台效果。街上的车辆和行人越发少了，老田仍推着他的木的站在汽车站门口，眼巴巴地瞅着落满雪的马路伸向遥远的那一头。

一辆大巴车进了站，老田推着木的紧跟其后。大巴车吐下一批乘客，老田赶紧凑上去，仰着脸看着走下来的每一个人。乘客望望老田的旧木的，大多摆了摆手。最后一个戴眼镜的中年男人坐了上来。

老田推着那个中年男人上了路。在路上，老田和那个人聊了起来。得知那人是一中的老师，刚从省城开会回来，老田就来了精神。细聊下来，老田才知道那人也姓田，还和老田一个辈分。老田说，兄弟啊，一看你是文化人，有本事，命好！我就不行了，爹妈没得早，没上过学，也就是个推木的车的命。老田叹了一口气，人呢，再犟也犟不过命呢。田老师就笑。

到了一中家属院，老田说啥也不要田老师的钱，田老师说啥也要给，两人推来推去一阵子，老田急了，高声嚷着说，兄弟，你要给钱就是看不起我这个哥！最后，田老师看推不过，只得拿了兜水果送给了老田。

老田将水果带回了家，也不舍得吃，在桌子摆了一堆。逢有串门的人，老田媳妇就指着桌上的水果说，看，城里我兄弟给的，人家可是有本事的人呢。

那堆苹果摆了二十多天，蔫得皱皱巴巴了，才让老田媳妇分给了各路亲戚。

某一个清晨田老师推开门，惊讶地发现一个人正站在他家门口的雪地里。那个人穿着旧毛衣，鼻子冻得通红，在雪地里又是搓手又是跺脚，嘴里哈出的热气已在帽檐上结了冰。哎呀！这不是推木的车的老田吗？田老师说，哥呀，你咋来那么早？老田往手上哈着气说，嘿嘿，怕你去上课了，早来了一会儿。田老师说，大冷天你咋连棉袄也不穿？老田走到木的车前，掀起棉袄说，给你带了些红薯萝卜，都是自家地里长的，不值钱，怕它们冻坏了就盖上了。

田老师拉着老田走进屋，给老田倒了一杯红糖水说，哥，你这有什么事啊？老田先嘿嘿笑了两声，搓着双手说，兄弟，哥添了个孙子，是个大胖小子呢。田老师说，好啊，哥，恭喜你啊！田老师从兜里掏出两百块钱，往老田手里塞，给孩子的喜钱。

老田连连摆着手说，兄弟，你误会了，误会了，哥不是这个意思。田老师还是往老田手里塞，拿着，给孩子的。

老田看推不过田老师，急得脸都红了，脖子上的筋鼓凸着，嘴也磕巴了，兄弟，真……真不是这个意思！

田老师停下来。

老田说，我只是想麻烦你一件事。啥事，哥？这不，家里添了这个孩子，还没取名字呢，我和你嫂子都不识字，想让你帮着给取个大名。老田停了停，擦了擦眼睛说，他爹的名字是我给取的，可能名字没取好，这不，才二十多岁就撒手走了，撇下爹娘和一个怀孕的媳妇……出了满月，估计儿媳妇也在这个家待不了几天啦……想着兄弟是个文化人，搁以前就是贵人呢，想沾沾兄弟的福气，给孩子取个好点的名字。

后来，老田再上街时，木的车上常常坐着他的小孙子。逢有人逗孩子，老田就说，这孩子叫希望，城里我兄弟给取的名字，人家是文化人，名字取得可真好听呢。逗孩子的人就说是呢是呢，这孩子名字好，长大准有福气。

每当这时，老田就咧着嘴嘿嘿直笑。

选自《小说月刊》2018年第5期

评鉴与感悟

老田是一个认命的人，他并不相信什么能改变他与木的相伴的人生。老田也是一个淳朴的人，他不沉溺于物质世俗，在乎亲情，敬畏知识，待人真诚。当老田的人物形象趋向逐渐丰满时，我们终于了解到了他的过去，他那英年早逝的儿子、随时可能离去的儿媳和她的遗腹子。经历了这样的人生大不幸，并没有带走老田的善良和质朴，但是却带走了老田对于更美好生活的追求，带走了希望。

还好，希望回到了老田的身边，随着新生命的诞生，一切又变得那样的美好。可能老田并不能参透田老师为他孙子所取名字的含义，但是他确实看到了，并感受到了希望的光芒。（秦妍）

西城菊叟

/马犇

中国人自古爱菊，养菊、赏菊，历史悠久。就是以“菊与刀”为文化和精神符号的日本，其菊花，亦源自中国。

淮城人爱养菊花，即便不是自家种植，到了秋天，也会去花市买上几盆，三两个品种，花色各异。秋天，淮城成了菊花之城，菊香四溢，菊色缤纷。

但最有名的，还属西城的黄家，他家的菊花，种植面积全城最大，黄家老大更是被称为“西城菊叟”，但他并不是淮城第一个菊叟。

清朝时，淮城出过一个菊叟，即清朝著名学者、收藏家蒋清翊。蒋氏的逸事颇多，比如嗜好金石的他藏有两块唐碑，曾专为这两块唐碑建了座“双唐碑馆”。蒋家地大，家中有个大园子，名为“怡园”，园里有亭，名曰“十稔亭”，怡园里种有五千余株秋菊，蒋氏最爱在“十稔亭”赏四面的秋菊。在淮城，蒋氏“东城菊叟”的自号，可谓家喻户晓。

黄老大是民国生人，黄、蒋是两个姓，但淮城人都把黄老大看作蒋清翊的传人，至少种菊是一脉相承的。民国末期，官府相中了黄家的菊地，想建一个训练营。

“黄老大，菊花占地如此之多，浪费，浪费啊。”官府的人来黄家，根本不绕弯子。

“地是我黄家的，不违律法，我黄某人可自由支配。到哪儿，都是这个理吧！”黄老大也没让他三分。

“理是如此，但此地要建训练营，上方有此意，你总不至于抗命吧。”来人撕破了脸。

黄老大没接茬，不想与之再作争辩，便命家人将之轰走。

这个情形，官府完全没想到。软的不吃，就整点硬的，于是官府找了几个混混，想吓唬吓唬黄老大。

没有什么对话，没有什么打斗，黄老大站在植有万株菊的地里，面前置有一把四尺长的大刀，横眉冷对。意图很明显，除非官府杀了他，否则就别想打菊花的主意。官府没辙，只好先带混混走人，再寻他法。

有一日，晴空万里，黄老大带着几个人在地里打理着秋菊。他种的菊只有两种颜色，白菊和黄菊，黄菊更多一些。到了晌午，他们刚准备回家吃饭，只见菊地四周围了一圈人。四个角上，更是站着几个臭名昭著的恶霸。这是官府派来的援兵，黄老大领着的那几个人先愣后傻，似乎已想逃离，因为在他们看来，如果跟着黄老大硬挺，别说这些菊花，就是人，也必定凶多吉少。

黄老大让身边的几个人退下，自己却在菊地的中央纹丝不动。那一圈气势汹汹的人有些傻眼，他们不知道该如何应对一个不言语、不惧怕、不退让、不自卫、也不进攻的人。呆立肯定不行，几个恶霸便向黄老大走去。就在围观的人屏住呼吸时，不知哪儿来的乌云，驱散了晴空。雷声轰隆，大雨倾盆。不一会儿，菊地就成了水塘，雨帘“生烟”，几个恶霸两两不见，更别提黄老大了。

人心可改，天意难违。官府、民间，都把这场罕见的雷雨视为天意。此后，再没有人觊觎西城菊叟的菊地。

新中国成立后，淮城要建一个福利院。建不难，选址难，但后来，多数人都建议在西城离运河不远的地方建。但西城，不是大片的水塘、农田，就是民宅，没有现成的荒地。

而此时，菊地成了淮城一景，游人如织。有些人想过了菊地，但基于菊地的过往，没人敢说出口。黄老大老了，但他并不糊涂，他知道淮城当下最热门的这件事儿。

黄老大到菊地的频率比往常高很多。他甚至让家人在菊地里搭个窝棚，他独自住进了窝棚。多数人都以为，黄老大会以死相逼，与菊地共存亡。

出乎意料的是，黄老大只住了一周。他从窝棚撤出后，菊地的大部分菊花都被送至南方的一家国营药厂，剩下来的菊花被移植到城中的公园。半年的光景，淮城福利院就建好了，孤寡老人、孤儿、重度残疾的人多被安置于此。

细心的人自会发现，福利院的公园里以菊花为主，楼前的空地中心有一尊半身的石像，菊花白黄相间地围成一圈。石像的底座上，生卒年的上方落着四个刚劲的大字——西城菊叟。

每到秋日，淮城满城菊香，但最香的还是位于西城的福利院。缘何最香？有老菊地的因素，更有菊叟精神的缘故。

选自《小说林》2017年第5期

评鉴与感悟

菊，在历代文人墨客的笔下被赋予了孤傲高洁、顽强不屈的精神品质。所以当看到“菊叟”这个名词的时候，我们不难想象这位老叟会拥有怎样的性格特征。

小小说中，这位爱菊如命的老叟，是一位刚烈倔强的人。面对官府强横的征地和地痞无赖人多势众的直接威胁，他不为所动，这样的气魄甚至使“天生异象”，吓退了一众歹人。

在这时，所有人都觉得，这菊叟为了他心爱的菊园，大概不会有什么能让他退让一分一毫吧。

然而这次，我们的推断落空了。在自己的菊园与造福黎庶的福利院中间，菊叟出人意料地选择了后者。更令人惊讶的是，这样的抉择是菊叟自己主动做出的，为了这个选择，他甚至将自己视若生命的菊送到了药厂，作为救人性命药的原料。

直到此时，我们才恍然大悟，这位酷爱菊花的菊叟，并不是只有菊的孤和直，而是将菊的风骨发扬得更加淋漓尽致。

正如臧克家先生的名句："有的人死了，他还活着"，人们也没有忘记菊叟的大义善举，在福利院中栽菊立碑，将菊叟的容颜和风骨，流传在每一个人的眼中、心中。（秦妍）

声　明

本套“北岳·中国文学年选系列丛书”收录了2018年度众多优秀文学作品及文化时评类文章。在编选过程中，我们及各选本主编已尽力与大多数作者取得了联系，但仍有部分作者因故未能取得联系。见此声明，烦请来电，以便奉送薄酬及样书。

联系人：庞咏平

电　话：0351—5628691